Été Show à La Baule

Aux Éditions Alain Bargain

Dans la collection **POL'ART :**

Serge Le Gall
- Sombre dessein à Pont-Aven
- Meurtres du côté de chez Proust
- Eaux-fortes à Sainte-Marine

Loïc Gourvennec
- Le râle du basson

Yves Horeau
- Monsieur Butterfly

Renée Bonneau
- Nature morte à Giverny *(épuisé)*
- Séquence fatale à Dinard *(épuisé)*
- Sanguine sur la Butte

Stéphane Jaffrézic
- Toiles de fond à Concarneau

Cet ouvrage de pure fiction n'a d'autre ambition que de distraire le lecteur. Les événements relatés ainsi que les propos, les sentiments et les comportements des divers protagonistes n'ont aucun lien, ni de près, ni de loin, avec la réalité, et ont été imaginés de toutes pièces pour les besoins de l'intrigue. Toute ressemblance avec des personnes ou des situations existant ou ayant existé serait pure coïncidence.

Aux Éditions Alain Bargain

Dans la collection
ENQUÊTES ET SUSPENSE® :

Jean-Pierre Bathany
- Camaret au Vitriol
- Double Je Nantais
- Été show à La Baule

Françoise Le Mer
- Colin-maillard à Ouessant
- La Lame du Tarot
- Le Faucheur du Menez-Hom
- L'Oiseau noir de Plogonnec
- Blues Bigouden *à l'Île-Chevalier*
- Les Santons de Granite rose
- Les Ombres de Morgat
- Le Mulon rouge de Guérande

Michèle Corfdir
- Le Crabe
- Mortel Hiver sur le Trieux
- Chasse à corps à Bréhat
- Larmes de fond ou le retour du crabe
- Vent contraire à Loguivy-de-la-Mer
- Herbes amères à Belle-Isle-en-Terre
- Il court, il court, le furet des Abers

Chaix d'Est-Ange
- La filière d'Arradon
- La petite dame de Locminé
- Ratissage dans le golfe
- L'Écluse de Malestroit
- Copie conforme à Larmor-Baden
- Les Truands de Saint-Goustan
- Coup de barre à Étel

Gisèle Guillo
- Dernier rendez-vous à Vannes
- Du Léman au Morbihan
- Tempête à Quiberon
- La Belle de Carnac
- Le Saigneur de Quimper
- Vol de pigeons à Arradon

Solenn Colléter
- Lettres de sang sur la Côte Sauvage

Anne-Soizic Loirat
- Lorient l'interdite

Simone Ansquer
- Téviec, le Secret

Martine Le Pensec
- Onde de choc sur Fermanville
- Angoisse sur Penmarc'h
- Lumière noire sur la Penfeld

Serge Le Gall
- La secte de l'Aven
- Sables mouvants à Bénodet
- La Douarneniste et le Commissaire
- Corps-mort à l'Île-de-Batz
- Traque noire à Audierne
- Fugue mortelle en RÉ
- Le moine rouge de Carantec

Patrick Bent
- Erquy profite le crime
- Le macchabée du Val-André
- Saint-Cast priez pour eux !
- Hécatombe à Saint-Malo

Alex Nicol
- Mystères en Finistère
- Ça bombarde chez les Bigoudens

Philippe-Michel Dillies
- Meurtres à Monnaie
- Chasse à Tours
- Train d'enfer à Saint-Pierre-des-Corps
- Les roses noires de Chartres

Christophe Chaplais
- Pâté de Corbeau aux amandes amères
- Le calisson jusqu'à la lie
- Farz aux herbes de Portsall
- Addition salée au Croisic
- Salade russe aux noix de Grenoble

Firmin Le Bourhis
- La neige venait de l'Ouest *(épuisé)*
- Les Disparues de Quimperlé
- La Belle Scaëroise
- Étape à Plouay
- Lanterne rouge à Châteauneuf-du-Faou
- Coup de tabac à Morlaix
- Échec et tag à Clohars-Carnoët
- Peinture brûlante à Pontivy
- En Rade à Brest
- Drôle de chantier à Saint-Nazaire
- Poitiers, l'affaire du Parc

Aux Éditions Alain Bargain

Dans la collection
ENQUÊTES ET SUSPENSE :

Annie Le Coz
- Les Maudits de Kérogan
- Plumes sèches à Beg-Meil
- Quimper sonne les cloches
- "Caval" à Saint-Guénolé

Marie-Françoise Marchal
- Frissons en Morbihan *(épuisé)*

Bernard Morin
- Trahison à Guerlédan

Jean-Jacques Gourvenec
- Chasse au congre à Lannilis
- Scénario macabre à Saint-Pabu

Jacques Caouder
- L'Occise des Landes
- L'Évadée de Brennilis
- Le Mort de Brest-Les Abers
- La Troménie noire
- Rumeurs mortelles à St-Renan

Patrice Rousseau
- Le faussaire de Pont-l'Abbé

Stéphane Jaffrézic
- Chili-Concarneau
- Ville bleue et beaux dégâts

Jean-Pierre Le Marc
- Matin rouge au Guilvinec
- Soirées noires à Penmarc'h
- Double vie à Loctudy
- Signes de sang à Lesconil

Cédric Labb
- Les Démons du Midi
- Les Muses de Savoie

Jérôme Lucereau
- Anévrisme
- Chef-d'œuvre meurtrier à Lorient
- L'affaire Callac *(épuisé)*

René Le Clech
- Baston chez les voileux

Jean-Luc Le Pache
- Bréhat-culpa *(épuisé)*

Philippe Lepeuple
- Samba ni loi en pays nantais
- Poulets de Brest *La mauvaise farce (épuisé)*

Bruno Ségalotti
- Filouteries en Côtes-d'Armor *(épuisé)*
- La Phalange de l'Argoat
- Breizh Connection *(épuisé)*

Yves Horeau
- Une retraite pas très spirituelle

Luc Calvez
- Le fils du Tigre
- Les Graffeurs du Ponant

Michel Renouard
- La Java des voyous
- Les castrats de Bombay
- Requiem sur le campus
- Le bouillon de minuit
- La farine du Diable
- La Vénus de Malifeu

Jean-Christophe Pinpin
- Qui voit Groix voit sa croix
- Qui voit Sein voit sa fin
- Qui voit Ouessant voit son sang
- Qui voit Belle-Ile voit son île *(épuisé)*
- Qui voit Molène voit sa peine
- Toulouse au bout du siècle
- Traque à Hoëdic *(épuisé)*

Jean-Pierre BATHANY

Été Show à La Baule

Collection

ENQUÊTES & SUSPENSE

Quadri Signe - Editions Alain Bargain
125, Vieille Route de Rosporden - 29000 Quimper
E-mail : editions.alain.bargain@wanadoo.fr
Site Internet : perso.wanadoo.fr/editions.bargain

« *La télévision joue avec le réel*
et met entre la vie et nous
un écran sur lequel ne s'agitent
que des ombres. »

Jacques Ellul

I

En ce début de matinée du mois de janvier, Paris et sa région s'étaient réveillés transis sous la neige tombant en abondance d'un ciel grisâtre. Une vague de froid venue de Sibérie, annoncée depuis le début de la semaine, s'était invitée durant la nuit.

Patrick Chauvin laissa retomber le rideau de la fenêtre de la cuisine. Il but d'un trait le restant de son bol de café, le posa dans l'évier, puis revint dans sa chambre pour finir de s'habiller.

Il ouvrit la porte de l'armoire et choisit une cravate aux motifs très colorés. Campé devant la glace, il s'appliqua à la nouer tout en sifflotant une rengaine légère.

Quand sa femme fit irruption dans la pièce, elle s'étonna de cette coquetterie subite. Persifleuse, elle lui en fit la remarque : éprouvait-il tout à coup l'envie de séduire l'ordinateur devant lequel il passait ses journées de travail ou la venue d'une nouvelle secrétaire au bureau lui tournait-elle la tête ?

Comme un gamin surpris en défaut, il se défendit confusément de ces insinuations sans fondement en balbutiant qu'il souhaitait tout simplement changer de style vestimentaire. Rien d'autre.

Cette gêne à répondre renforça le doute de son épouse. La mise en garde ne se fit pas attendre :

— Je te préviens, si tu as une danseuse dans ta vie, ça ira mal !

Il aurait bien rétorqué qu'il n'était pas aussi stupide. Sa vie était suffisamment compliquée avec une seule femme mais s'abstint par crainte que ce trait d'humour quelque peu corrosif fût mal compris. Il se contenta de nier toute aventure extraconjugale. Il n'avait guère le temps de penser à la bagatelle, fût-elle incarnée ou virtuelle.

Par manque d'habitude, il se reprit à trois fois avant de réussir à faire un nœud de cravate acceptable tout en respectant une égale longueur entre les deux pans. Il se rapprocha de la glace, tourna la tête à droite et à gauche : ses cheveux avaient depuis longtemps démissionné du sommet de son crâne, il se contenta d'un coup de peigne circulaire. Enfin, il détailla son épaisse moustache dont il égalisa les poils à l'aide de ciseaux. C'était sa petite touche de virilité. Là encore, sa pilosité était sujette aux analogies implicites et railleuses de sa femme. Celle-ci n'hésitait pas à l'occasion à l'assimiler volontiers à un accessoire de récurage. Il enfila sa veste, endossa son pardessus, prit son attaché-case puis, comme tous les jours ouvrés, posa un rapide baiser sur la joue que lui tendait sa femme – bouche de travers et pincée comme un cul de poule – et lança son rituel :

— Salut chouchou, à ce soir !

Hélas, ce sobriquet idiot avait le don d'irriter à chaque fois sa destinataire.

Il dévala l'escalier menant au rez-de-chaussée de son pavillon de banlieue.

La quarantaine passée, il était cadre moyen dans une société de traitement informatique. Sa vie lui paraissait ennuyeuse en comparaison de celle de ses amis ou de cette part de rêve que lui procurait la télévision chaque soir. Pour exister, lui aussi, et pour faire bonne contenance lors des conversations, il avait tendance à surestimer son travail afin qu'il parût moins insipide. Il se leurrait. Tout le monde sait bien qu'il n'y a rien de palpitant à passer la plus grande partie de son existence devant un écran couvert de colonnes de chiffres. Afin de donner une dimension particulière à son ordinaire, il avait aussi la propension à exagérer tous ses faits et gestes en mettant un peu de sel là où ses amis ne voyaient, somme toute, qu'une banale confrontation aux aléas de la vie. Ainsi, une simple sortie en voiture devenait un raid automobile ou encore son jogging dominical, une performance sportive. Il cherchait à tout prix à forcer l'admiration de ses contemporains, et notamment celle de son épouse, en s'inventant une sorte de monde exceptionnel.

Il ouvrit la porte de son garage, scruta le ciel d'un œil inquiet, puis avisa les alentours, tout était blanc. Sur les toits, plus une tuile n'était visible. Sur la chaussée, des ornières imprimées par les roues des véhicules témoignaient de l'épaisseur de la couche de neige.

Cela ne l'encourageait pas à prendre le volant. Pourtant, s'il appréhendait la conduite automobile, pour rien au monde et quelles que fussent les circonstances, il n'était question d'annuler cette rencontre importante prévue depuis bientôt un mois.

De plus, n'était-ce pas l'occasion d'une nouvelle bravade auprès de ses amis ? « Comment, tu as pris ta bagnole par un temps pareil ? » Il répondrait le plus naturellement : « Bien sûr, voyons. »

Avec prudence, il franchit l'espace entre le garage et la barrière délimitant son domaine privé.

Domaine qui lui valait mensuellement, depuis des années, des ponctions non négligeables sur son salaire. Cela l'avait mené à cette réflexion : pourquoi et pour qui travaillait-il ? Sinon pour la banque, afin de rembourser les crédits assortis de leurs intérêts, sans oublier les agios sur les découverts bancaires dûs aux travaux d'aménagement, à l'entretien de la voiture, aux sorties, aux vacances. Et que dire des frasques de son épouse, dépensière en vêtements et en honoraires des charcutiers de l'esthétique auxquels elle servait de cobaye parce qu'elle refusait d'assumer son âge…

Il avait pris la décision de ne plus vivre uniquement pour combler ses découverts bancaires. Sa vie devait changer et, pour sortir de l'anonymat du *vulgum pecus*, il s'était lancé dans un projet hors du commun. Ils allaient tous voir, et plus particulièrement son épouse, ce dont était capable Patrick Chauvin !

Il ouvrit la barrière en plastique blanc puis revint

s'installer au volant de sa voiture. Aujourd'hui était un grand jour. Il avait rendez-vous avec le destin. Son entourage ignorait ses projets. Il n'avait pas dérogé à ses habitudes – sauf pour la cravate – afin de ne pas éveiller les soupçons de sa femme. Et pour son directeur, il avait pris une journée sur ses congés en prétextant un petit problème d'ordre familial à régler. A cause du froid, la mécanique renâcla plusieurs fois avant de démarrer.

Si Yolande Chauvin, alias Adriana – elle y tenait, cela convenait mieux à sa beauté slave et à sa plastique irréprochable – mettait en garde son mari sur une éventuelle liaison adultérine, a contrario, la concernant, elle passait outre ses propres recommandations.

Chaque jour, sitôt la voiture de son mari disparue au coin de la rue, elle téléphonait à son voisin. Un pilote de ligne réformé qui, sans licence, était encore capable d'envoyer au ciel les femmes éprises de transports aériens. Ce virtuose du survol des monts de Vénus terminait toujours sa prestation par un magnifique piqué en vrille dont il avait le secret et, dans les figures acrobatiques, Yolande Chauvin était sa favorite. Tout à son aise, elle excellait dans le maniement de cet appendice masculin comparé parfois, et de façon vulgaire, à un instrument de pilotage d'un avion ou encore à la partie arrière de son fuselage. Pour faire bref, Adriana prenait des leçons de haute voltige pour tromper son ennui.

L'inventaire de ses reproches à l'encontre de son

époux était sans limite. La palme revenait à son étroitesse d'esprit. Plus exactement, Adriana estimait que l'entre-jambes du pantalon de son époux n'était pas assez garni pour qu'il osât rompre la routine et ne plus travailler comme un pisse-vinaigre sous la direction d'un petit chef. Et si son mari vouait sa vie à un écran, il n'était pas du bon côté de la vitre. Elle considérait mériter mieux et vivait cela comme un véritable affront.

*
*   *

La témérité de Patrick Chauvin avait ses limites. Par prudence, à cause des intempéries, il avait laissé sa voiture sur le parking de la station du RER la plus proche de son domicile pour être certain de respecter l'heure de son rendez-vous.

A présent, il était aux portes de la béatitude. Il baignait dans une sorte de léthargie due au repas copieux et bien étanché qui lui avait été offert, accentuée par la monotonie d'un fond musical de quelques notes de piano égrenées et aussi à la chaleur régnant dans la salle du restaurant. Il était bien. Il se tassa un peu sur sa chaise et se serait volontiers laissé aller à un petit somme. Ses paupières étaient mi-closes, pareilles à celles d'un iguane gorgé d'estivation. Il émit un petit rot discret en dissimulant sa bouche derrière sa serviette, il la reposa sur la table, puis porta son regard à travers la vitrine.

Les voitures circulaient au ralenti : la chaussée était glissante. Les piétons prudents, les uns derrière les autres, avançaient sur le trottoir dans l'unique sillon tracé dans la neige, telle une procession de pingouins sur la banquise. L'un d'eux, plus audacieux, remontait la file à l'écart, laissant après lui l'empreinte de ses pas. Hélas… Il battit l'air de ses bras, tout en tricotant des jambes, dans la vaine tentative de rétablir son équilibre mais finit par s'étaler après un axel involontaire, avorté.

Patrick Chauvin jugula son envie de rire en frottant énergiquement sa moustache.

Ne lui avait-on pas appris à ne pas rire du malheur des autres, même si cela faisait un bien fou ?

— Soyez-en certain, monsieur Chauvin, notre opération sera un succès !

Tiens ! Il en aurait presque oublié pourquoi il était là, attablé dans cet établissement réputé des Champs-Élysées en compagnie de cet homme assis en face de lui dans son costume sombre très chic, assorti d'un pull noir à petit col moulant son torse. Une tenue stricte pareille à celle d'un tueur hantant certains films américains. Par ailleurs, n'avait-il pas le sourire carnassier et le regard déterminé du battant sans état d'âme difficile à déstabiliser ? Le personnage, en verve, appuyait ses paroles par des gestes. Il n'oubliait pas à l'occasion, en affront aux Rmistes, à exhiber son imposante chevalière en or et sa montre Breitling® surchargée de petits cadrans ou à agiter son gros cigare havanais de révolutionnaire corrompu. Il occupait à lui seul tout l'espace. Conscient de son importance, il ne pouvait s'empêcher de jeter de temps à autre un regard dans la salle du restaurant afin de sonder sa cote de popularité… Certains sont comme ça…

Après avoir tété son cigare, il reprit :

— Je sais ce que vous pensez monsieur Chauvin : Vous craignez le fameux grain de sable dans les rouages, le petit rien, l'imprévu, l'inattendu, l'impromptu qui s'invite à la dernière minute ou que sais-je encore ? Eh bien sachez-le, nous savons anticiper, tirer profit des situations les plus désespérées, mon-sieur-Chau-vin !

Il avait appuyé chacune des quatre syllabes en pointant son cigare vers son interlocuteur. Puis, écartant les bras au-dessus de la table dans une sorte d'invite à une étreinte fraternelle, afin de montrer qu'il était un homme ouvert à tout, il insista :

— Et puis faites-moi plaisir : laissez-moi vous appeler Patrick… Allez… Si… J'y tiens absolument ! Ne sommes-nous pas à présent tous les deux un peu complices, hein ? Allons donc, bien sûr que vouiii, voyôôôns !

Il avait dit cela comme une vérité établie, une évidence qui ne souffrait pas la contradiction. Patrick Chauvin était sur un nuage. Cet homme important, connu par des millions de gens, l'appelait par son prénom comme un ancien camarade de lycée, un familier. Ah, si sa femme savait ou encore si ses collègues de bureau le voyaient, là, maintenant, ils seraient sidérés ! « Comment, tu connais Orlando et, en plus, il t'appelle par ton prénom ? » Il jubilait intérieurement, mais patience, son heure de gloire arriverait…

Cependant, il ne parvenait pas à chasser le dernier petit doute de sa tête. Cela l'empêchait d'adhérer totalement au projet même si, depuis le début du déjeuner, Max Orlando ne cessait de soutenir qu'il y croyait dur comme fer. Ce serait un succès et il savait de quoi il parlait. C'était un professionnel.

— Par ailleurs, Patrick, vous avez un physique d'acteur de cinéma ! Si, si… On ne vous l'a jamais dit ?… Nôôôn, vraiment ? Je n'y crois pas… Vous êtes trop modeste, Patrick. Moi, dès l'instant où je vous ai vu, je me suis dit : cet homme ira loin !… De plus, avec vous, inutile de perdre du temps avec des séances de casting, j'ai du flair pour ces choses… Comment, vous osez en douter ? Je vous le dis, vous êtes télégénique, mon vieux !… Puis, hé… j'ai des relations, vous pouvez me demander ce-que-vous-voulez…

Nouveau pointage du cigare.

— Pas de manières entre nous, hein Patrick !… Tenez, comme nous l'avions prévu, je vous ai préparé un premier petit contrat. Vous le signez et c'est parti ! C'est juste pour entériner ce que nous nous sommes déjà dit. Vous en souvenez-vous ?

Oui, Patrick Chauvin se le rappelait mais il n'était pas prêt à livrer sa signature au bas d'une feuille. Du moins, pas sans se faire prier encore un peu. Être dans la peau de celui dont tout dépend lui procurait un sentiment d'infatuation qu'il ne reniait pas. Au contraire, il s'en délectait même. C'était trop bon. Au-delà de cette autosatisfaction, son seing pouvait aussi être lourd de conséquence. Il engageait tout de même sa responsabilité. Le plus dur n'était-il pas à venir, et serait-il à la hauteur ?

— Ce que va penser votre femme ? Mais voyons Patrick, vous êtes assez grand pour prendre seul cette décision, pour votre épouse la surprise sera d'autant plus grande ! Vous êtes dès à présent le maître du jeu… Vous n'allez pas reculer au dernier moment, ah non ! Cela ne correspond pas à l'image que je me suis faite de vous, Patrick… Diable, je ne vous reconnais plus !… Un passage en prime-time à la télé, croyez-moi Patrick, plus d'un Français aimerait être à votre place mais vous, vous avez eu le culot de forcer notre porte et de nous faire votre proposition. Puis, Patrick, entre nous, d'homme à homme, les femmes vous tomberont dans les bras… Mais sîîî, vous verrez… Tenez ! Vous vivrez tous vos fantasmes les plus fous, à vous l'argent et les femmes : *No problem,* mon vieux, le *jackpot* !… Ah, ah, ah ! Je ne vous fais pas un dessin… Une chance comme celle-là ne se représentera pas deux fois, pensez-y ! Le contrat en or que nous vous proposons, personnellement, je le signe les yeux fermés ! Ah ! Zut ! Mon téléphone sonne, vous me permettez, Patrick ?… Oui… Oui mon poulet… Je suis surbooké, j'ai un timing hyper serré… Bien sûr, je participerai à ton émission… Oui, c'est ça, pour le fun. Pour le cachet, tu négocies avec mon agent… Ah non ! Tu ne m'imposes pas ce con d'écrivain qui squatte tous les plateaux et qui se prend pour un grand philosophe… OK ma poule, ça roule comme ça… Tu appelles ma secrétaire pour lui communiquer la date… Ah, ciao mon coco, j't'embrasse !… Vous avez entendu, Patrick ? C'était pour présenter mon livre, à une émission, alors hein ! Oui… Bien sûr, tous les animateurs que vous citez sont des collègues, je les connais tous ! Vous savez, nous formons une grande famille. Le moment venu, je vous présenterai à eux. Cela va de soi… Bien, où en étions-nous ?… Ah oui ! Je suis désolé, Patrick, je ne peux pas vous laisser quelques jours de réflexion avant de signer le contrat. Vous le faites là, main-te-nant. Tout est clair, il a été établi par notre cabinet d'avocats… Non, je vous le répète : nous avons les meilleurs collaborateurs, la supercherie sera totale, personne ne se rendra compte de rien ! L'effet sera garanti… Par contre, comme convenu, la dignité et l'intimité de chacun seront préservées. Nous avons une éthique. Cela va sans dire : nous sommes pour le respect de la personne… Allez Patrick, il est temps de vous décider. Nous, nous avons encore des mois de préparation et nous ne pouvons plus nous permettre d'attendre… Quant à vous, il vous reste à convaincre vos amis de passer leurs vacances à La Baule. Les veinards !… Dès demain, je mobilise toute l'équipe sur notre projet. Je dis bien "notre" projet, Patrick… Oui, vous paraphez chaque page et au bas de la dernière, vous portez la mention : Bon pour acceptation de toutes les clauses sans aucune restriction… Oui, comme vous dites : c'est la formule d'usage.

Patrick Chauvin se souvint de la maxime assurant qu'il n'y a jamais de problèmes mais uniquement des solutions. Alors, la dernière réticence levée, il s'exécuta.

Max Orlando commanda deux autres cafés.

La première étape conclue, les deux hommes quittèrent le restaurant, non sans avoir retenu la date d'un prochain rendez-vous.

Patrick Chauvin était à présent un autre homme. Il savourait son entrée dans le monde des vedettes. Bien sûr, cela ne se voyait pas sur son visage mais il n'était déjà plus le même. Il lui faudrait peu de temps pour avoir à son tour cette petite pointe d'autosuffisance et l'air condescendant des gens importants. Il venait de poser le pied sur une autre planète et, à défaut de ne pas être un grand bond pour l'humanité, ce premier pas allait bouleverser sa vie.

Dès sa sortie du restaurant, Max Orlando chaussa des lunettes noires pour préserver son anonymat puis tendit son poignet d'un geste nerveux pour lire l'heure à sa montre. Il était agacé.

— Âââh ! Que fait-il cet abruti, je lui avais pourtant demandé d'être à l'heure ! Le voilà, ce n'est pas trop tôt ! Venez Patrick, mon chauffeur vous déposera à l'Étoile. Vous repartez bien par le RER, n'est-ce pas ?

— Oui. Avec cette neige, par prudence, j'ai préféré laisser ma voiture sur le parking de la station la plus proche de mon domicile.

— Ah ! Vous êtes pragmatique !... J'aurais souhaité être comme vous... Si, Patrick, vous êtes bourré de qualités et c'est pour cela que je ne me fais aucun souci pour notre affaire. Vous verrez !

Max Orlando, cigare entre les dents et sourire de requin, tapota l'épaule de Patrick Chauvin pour mieux appuyer l'estime qu'il lui témoignait. Ils rejoignirent une superbe limousine en attente le long du trottoir. Cette voiture, Patrick Chauvin aurait eu beaucoup de mal à la loger dans son garage. Elle était à la mesure du personnage de Max Orlando. Tout semblait lui réussir avec une assurance déconcertante, y compris son agilité à se déplacer sans glisser sur la chaussée enneigée tandis que Patrick Chauvin, les fesses serrées par crainte d'une chute toujours ridicule, essayait de lui donner le change. Lorsque l'on était une célébrité en devenir, on se devait d'éviter ce genre de situation grotesque en public. Un paparazzi était toujours à l'affût.

Des piétons se retournaient et commençaient à se poser des questions sur l'identité de l'homme aux lunettes noires. C'était sûrement une star ! Oui, mais était-ce une vedette du cinéma américain ou un chanteur anglais de pop music ? Difficile de mettre un nom sur le personnage... Pourtant, son physique ne leur était pas inconnu.

De plus, porter des lunettes de soleil par un temps

pareil n'était-ce pas tout bonnement la preuve de son appartenance au monde des célébrités ?

Patrick Chauvin, de son côté, subodorait également les curieux se questionnant à son sujet. Un brin narcissique, il jouissait confusément de l'effet ressenti d'être à son tour la cible des regards interrogateurs. Confortablement installé sur le siège arrière à côté de Max Orlando, et à l'instant où le chauffeur refermait la portière, il eut le temps d'entendre un piéton crier :

— Mais… C'est Max !

La puissante voiture s'arracha de son aire de stationnement pour remonter les Champs-Élysées.

II

Mathilde Clouzot tapa ses pieds sur le sol pour décoller la neige de ses semelles. Elle posa ses paniers à provisions par terre et, énervée, chercha la clé de la porte d'entrée de l'immeuble dans le désordre de son sac à main. Pierre, son mari, attendait derrière elle, les mains dans les poches. Il faisait partie de ces êtres peu concernés par les tâches domestiques, cependant toujours très habiles dans l'art de superviser, de diriger, de conseiller, avec pour seul objectif de se dérober devant les corvées en arguant de prétextes parfois puérils, quitte à se ridiculiser. Jusqu'à preuve du contraire, cette manière d'être n'avait jamais fait de victimes, alors…

Pierre Clouzot, lui, était entré dans une forme de résistance passive pour ne pas, comme il aimait à le rappeler, tomber dans la féminisation rampante du mâle. De là venait sa répulsion pour les ustensiles ménagers.

Tenir un balai était dégradant pour un homme. De plus, il se défendait d'être assimilé à un “métrosexuel”, ce type d'homme qui prend soin de leur corps en usant de cosmétiques et suit la mode vestimentaire de près. Ils ont les mêmes préoccupations que les femmes et deviennent de plus en plus nombreux. Non, Pierre Clouzot était un homme, un vrai, brut de décoffrage.

Et que pouvait faire Mathilde Clouzot face à l'inertie de son époux ? Rien.

Lasse de demander à chaque fois de l'aide, elle s'était fait une raison : elle sollicitait le moins possible son mari. Elle avait pris l'habitude de se débrouiller seule.

Le soir, en rentrant de son travail, le plaisir de Pierre Clouzot était d'enfiler sa paire de charentaises capitonnées de feutrine puis de se caler dans son fauteuil devant la télé. Pendant ce temps, sa femme s'activait à préparer le repas dans la cuisine. C'était sa vision du couple : chacun à sa place !

Dès le dîner prêt, invariablement, quelques minutes avant le journal télévisé, la famille au complet passait à table au moment de la diffusion des spots publicitaires vantant pêle-mêle les produits nettoyants pour WC, les avantages bancaires ou encore l'étanchéité de couches-culottes, quand ce n'était pas celle de protections féminines avec tests comparatifs d'absorption, suivis par les bienfaits de yaourts au bimachin pour garder un ventre plat.

Les membres de la tribu des Clouzot, fascinés, mastiquaient dans un silence quasi monacal en épongeant de leurs neurones le tout-venant du petit écran. De temps à autre, le petit dernier se ramassait une taloche pour mauvaise conduite car il n'était pas rare que le garnement profitât de l'angélus du “Vingt heures” pour faire des réflexions inconvenantes en désignant de surcroît l'écran de sa fourchette.

— Dis papa, pourquoi c'est toujours le même gros con qui cause dans le poste ?

Ce n'était pas tant la requalification du présentateur qui irritait le père, car lui-même ne se privait pas et l'enfant, dans sa naïveté, répétait ce qu'il entendait, mais n'avait-il pas appris à son fils à ne pas montrer les gens qu'il nommait, qui plus est en pointant sa fourchette ? Cela ne se faisait pas !

Mathilde Clouzot avait alors coutume de suggérer une visite chez le pédopsychiatre pour trouble comportemental. Ce à quoi son mari répliquait :

— Un psy ? Mais ça va pas, non ! Une bonne raclée, c'est ce qu'il y a de mieux pour lui faire comprendre !

« Les enfants sont ingrats. Pas étonnant qu'ils enflamment les banlieues ! » pensait Pierre Clouzot.

Il se lançait alors dans une diatribe contre cette société trop permissive. Tout allait à vau-l'eau ! De son temps, les jeunes avaient du savoir-vivre et ne se permettaient pas des horreurs pareilles. Par ailleurs, toute cette violence n'était-elle pas due en grande partie à la défection de l'autorité parentale ?

A l'heure du numérique, l'enfant-roi pouvait s'exprimer sur son "blog" pour ameuter le monde entier au prétexte qu'une simple claque était désormais assimilée à de la cruauté. Alors forcément les parents devaient réfléchir à deux fois avant de choisir la sanction appropriée à la faute.

Chez les Clouzot, Dieu était témoin, on n'en était pas encore là, même si l'autorité parentale vacillait quelquefois sous les coups de boutoir de la fièvre émancipatrice de leur progéniture. Pierre Clouzot ne se rendait pas compte qu'une grande part de cette violence était aussi véhiculée par les journaux télévisés qu'il imposait à toute la famille à l'heure des repas et dont il s'abreuvait sans modération : famine, attentats, guerres, catastrophes en tous genres, meurtres, disparitions, procès pour pédophilie, pour corruption financière… Un catalogue inépuisable d'atrocités.

Le journal télévisé était-il programmé uniquement pour une espèce de gloutons de l'horreur, de téléspectateurs avides d'inhumanité ? Existait-il encore sur cette terre une parcelle habitée par quelqu'un de bien où régnât la quiétude ?

Mathilde Clouzot exerçait l'honorable métier de “professeure” des écoles. Dans cette société machiste cheminant vers la parité en freinant des quatre fers, elle tenait à la féminisation de son titre. Quand le présentateur avait fini d'égrener le chapelet des barbaries de la planète, sélectionnées avec soin afin de solliciter l'indignation, Pierre Clouzot donnait l'ordre de débarrasser la table…

En ce vendredi soir, après une semaine laborieuse, il était indispensable de se détendre. Comment ? En regardant la suite des programmes mais il n'était pas question de changer sans cesse de chaîne en torturant la zapette.

L'émission culte hebdomadaire, la grand-messe audiovisuelle parrainée par une marque de soda avait lieu à cette heure. Des millions de cerveaux aliénables s'agglutinaient devant la lucarne pour s'imprégner de “La séduction”. C'était le titre de cette émission de télé-réalité où des hommes tentaient d'affriander une femme. Tout était formaté, écrit d'avance et interprété par des comédiens. Le téléspectateur lambda l'ignorait. La presse “pipeule” prenait ensuite le relais en s'emparant de l'idylle. Puis, quand la courbe du nombre des tirages dégringolait, il fallait renchérir. Alors l'homme ou la femme commettait l'irréparable : une ignoble intrigue de coucherie ! L'obscène défrayait pour un peu de temps encore la chronique des magazines en émoustillant les cendrillons acnéiques. Puis la romance finissait tristement, pressée comme un citron jusqu'à la dernière goutte… Après avoir connu le tournis du succès, les protagonistes s'en retournaient dans l'oubli.

Mathilde Pinson, épouse Clouzot, détestait ces émissions qui, jugeait-elle, étaient imposées insidieusement au public. D'accord, répliquaient les défenseurs mais n'avait-on pas non plus la liberté de zapper ou d'éteindre carrément le poste ? Certes, vaste débat sans fin…

Mathilde Clouzot avait résolu ce problème. Peu friande de ces émissions confinées à l'inculture, elle se retirait dans sa chambre pour lire. Elle n'était pas heureuse. Son physique la complexait. Elle était un peu replète. Délaissée par son mari, elle avait tenté sans succès une aventure avec un collègue de travail. Elle avait très rapidement mis un terme à cette liaison car le sado-mado en tenue facho pour la grimpette au rideau, ce n'était pas son truc. Non, elle était plutôt du genre fleur bleue, romantique. C'était dire : elle avait pleuré en regardant le film *Titanic*. Non qu'elle comparât sa vie sentimentale à un naufrage, quoique… Elle s'imaginait parfois à la place de Rose, l'héroïne de ce drame. Elle rencontrait, elle aussi à bord d'un transatlantique, de préférence insubmersible, un prince charmant prêt à tout pour l'emmener loin de ce monde affligeant. Elle attendait secrètement son heure. La plupart du temps, elle s'assoupissait, son livre sur le nez, des rêves plein la tête. Elle n'avait pas besoin de télévision pour s'évader…

Ses journées de travail au service de la future élite de la nation étaient bien remplies. Elle enseignait dans une école primaire classée en ZEP, en cours préparatoire. Face à elle, une trentaine de Pokémons® aux cortex impénétrables, obtus pour la plupart face à l'apprentissage de la lecture et aux tout premiers rudiments de la théorie d'Einstein, la seule chose qu'ils avaient retenue de ce grand homme étant de savoir tirer la langue ! Certaines journées, particulièrement gratinées et épuisantes, étaient consacrées à la surenchère de bêtises en tous genres !

Par contre, tous excellaient aux manettes des jeux de consoles vidéo. Mathilde Clouzot ne désespérait jamais et faisait preuve d'une abnégation totale en se dévouant à la métamorphose du cancre. Un véritable sacerdoce et une manière d'oublier l'absence d'affection de son mari.

Pierre Clouzot dont l'ego frisait l'hypertrophie était vendeur de 4x4. Un marché en pleine expansion pour les m'as-tu-vu-dans-ma-jolie-voiture dont la réelle motivation d'achat se résumait en un sentiment de puissance au volant pour se rendre chez le boulanger du coin en prétextant, bien sûr, qu'il s'agissait avant tout de sécurité.

Pierre Clouzot n'était pas homme à s'embarrasser de ces considérations. Il exploitait sans vergogne les faiblesses de ses clients. Il était premier vendeur de sa concession et, avec sa tête surdimensionnée, se croyait indispensable à la bonne marche de l'entreprise. Hélas, depuis quelque temps, un commando d'écologistes luttant contre la pollution, sévissait en dégonflant les pneumatiques de ce type de véhicule : le chiffre d'affaires baissait.

La fille aînée des Clouzot, âgée de seize ans, suivait "La séduction" avec un intérêt particulier, en compagnie de ses deux petits frères assis de chaque côté d'elle dans le canapé afin de gérer les disputes. Elles avaient lieu comme un fait exprès au moment crucial où l'héroïne débinait l'un des candidats. Cela survoltait l'ambiance.

Pierre Clouzot, avachi dans son fauteuil, n'était pas avare de commentaires sexistes au sujet de l'élue de la soirée. Cela horrifiait sa fille.

Sur un rythme musical endiablé soutenu par une salve d'applaudissements, l'animateur surgissait à l'écran, son regard plongé dans des millions d'autres.

« — *Eh oui, chers téléspectateurs, ce soir un candidat malheureux retournera dans l'anonymat… Je sais, comme moi, vous dites : c'est trop cruel pour lui !* »

Pierre Clouzot se gaussait de ces jeunes hommes un peu empruntés manquant de naturel. Il ne pouvait résister à l'envie de suivre le feuilleton. Oh ! Juste histoire de connaître le gagnant et s'il en valait la peine…

— Tu parles, t'as vu comment ils sont foutus ces mecs ? De vraies gonz…

— Tu exagères, papa. Celui qui s'est fait éliminer la fois dernière était trop bien… Si !

« — *Ce soir, quel est celui qui ne méritera pas les faveurs de la belle Johana ? Nous allons nous rendre à nos studios où se trouvent en ce moment les prétendants et nous devinons déjà leur angoisse, Mesdames et Messieurs. Pourtant, nous le savons, chacun d'eux possède des atouts pour charmer la belle Johana ! Je vous retrouve après la pub !* »

Plan général sur un environnement désertique au sol craquelé par la sécheresse. Un jeune, au look d'aventurier, harassé de chaleur, s'essuyait le front du dos de la main, respirait fort. Insert* sur sa pomme d'Adam ; elle montait et descendait, suggérant une

*Gros plan sur une partie du corps.

envie irrépressible de boire. La musique allait crescendo. Soudain, dans une saturation de notes, une bouteille jaillit de terre en libérant sans fin un liquide pétillant, exagérément. Le jeune courut en direction de la bouteille devenue immense, il arracha sa chemise, se laissa inonder par le liquide. Le torse nu, il dansa en laissant éclater sa joie comme James Dean dans *Giant*. Slogan chanté par un chœur de pom-pom's girls : « *Yeah, for you it's more easy, all time you can drink Gloups-Cola ! Gloups-Cola it's the life !* »

— Johana, il lui faut un homme, un vrai ! Pas un freluquet… intervint à nouveau Pierre Clouzot.

— Papa, t'es odieux !

— Mais non ma fille, c'est la vie… Puis, écoute-moi bien : dans un poulailler, il n'y a toujours qu'un seul coq pour plusieurs poules, ici c'est le contraire… C'est du n'importe quoi. Depuis quand ce sont les femmes qui choisissent ? Hein, tu peux me le dire ?

— Ah ! Tu vois, tu ne réponds pas.

— Chut, j'écoute !

Musique entraînante, effets de jeux de lumières et voix off récapitulant l'impitoyable élimination du candidat de l'émission précédente, puis réapparition de l'animateur à l'écran.

« — *Dès à présent, chers amis téléspectateurs, comme Johana, vous pouvez vous aussi faire votre choix… Pour voter, il vous suffit de nous envoyer un SMS au numéro qui s'affiche maintenant au bas de votre écran.* »

— Avec le fric que rapportent les communications, ça paye le voyage, considéra Pierre Clouzot.

« — *A la fin de l'émission, faut-il vous le rappeler, deux d'entre vous seront sélectionnés pour participer au tirage au sort de notre grand jeu concours grâce auquel vous avez la possibilité de gagner un séjour de rêve, Mesdames et Messieurs... Je dis bien, chers amis téléspectateurs, vous qui nous regardez ce soir, un séjour de rêve pour deux sur les plages de sable fin de La Réunion ! Regardez plutôt ce que nous vous offrons !* »

Musique créole avec vue aérienne de l'île puis rapide inventaire, toujours en voix off, des sites touristique les plus prisés.

— Tiens ! Moi, je me tirerais bien à La Réunion avec la petite Johana, admit sans réserve Pierre Clouzot.

« — *Alors Johana, superbe Johana dans sa robe rouge. Ce soir, les cinq candidats sont prêts à tout pour vous conquérir ! Seront-ils à la hauteur ?* »

— Ah, ah, ah ! Regarde-les avec leur sourire niais. Des "hommelettes" ! Ce n'est pas d'eux dont elle a besoin, Johana, mais d'un homme un vrai, quoi !

— Mais papa, de nos jours les filles recherchent des gars super sympas, hyper gentils avec elles. Tu comprends ?

— Pff... Tu veux dire des mauviettes, marmonna Pierre Clouzot alors que l'animateur s'adressait aux téléspectateurs avec un regard concupiscent :

« — *Johana, moi il ne faudrait pas me prier deux fois pour partir avec elle à La Réunion, ah, ah, ah...* »

— Ouais, t'as raison, Orlando !

— Max, il est trop ce mec, hein papa ? s'exclama la fille Clouzot.

— Mouais...

Pierre Clouzot n'en était pas convaincu.

Le téléphone sonna.

— Oui ?... Ah, c'est toi ?... Quoi ? Dix contre un, le grand frisé se fait virer ce soir ?... Non, mais tu rêves, mon vieux. Johana c'est pour lui qu'elle en pince... Si, ça se voit... Hein ? L'autre ! Tu déconnes ou quoi ?... Oui... Passer des vacances à La Baule cet été ?... Pourquoi pas... J'en parle à Mathilde et on se voit le week-end prochain... OK, je préviens Yann... Salut Patrick.

III

Dans le couloir de circulation réservé au bus, Yann Coppi fonçait, tête baissée, au guidon de son side-car pétaradant. Il avait banni définitivement le casque intégral à cause de ses dreadlocks. Sa préférence allait à une protection d'un autre âge, ressemblant à une demicoque d'œuf habillée de cuir dont les lanières de maintien claquaient au vent de chaque côté de sa tête en se confondant avec ses mèches de cheveux. Quand il rencontrait un bus à l'arrêt, il réintégrait la file normale de la circulation. Pour les automobilistes, l'imprévisibilité de la manœuvre était totale. Cet outrage au code de la route déclenchait aussitôt des crissements de pneus quelquefois accompagnés d'un bruit de tôle emboutie et de verre brisé. Cela ne concernait plus Yann Coppi. Déjà loin, il poursuivait sa course folle, ignorant le concert de klaxons, les insultes en tous genres ou encore les promesses de réjouissances musclées à son encontre lors d'éventuelles retrouvailles. Pour éviter les bouchons, il lui arrivait aussi de s'approprier les larges trottoirs de la capitale en se risquant à un gymkhana entre les piétons médusés par ce sans-gêne investissant leur espace. Le kamikaze était difficilement identifiable. La plaque minéralogique de son engin était maintenue par miracle – le plus souvent, elle pendait au bout d'un fil de fer.

Rien n'avait de prise sur l'imprudent. Sourd à toute injonction, derrière ses lunettes de motocycliste, il ne visait qu'une chose : son objectif. En l'occurrence, un bar de quartier où il avait rendez-vous.

Yann Coppi, né depuis une trentaine d'années d'une mère corse et d'un père breton inconnu, n'en doutait plus : au moment de sa conception, tout s'était mélangé. Coups de biniou et chants polyphoniques avaient fini en une harmonieuse symphonie et l'avaient naturellement conduit à sa passion pour la musique. Il composait des chansons sur le rythme du reggae ou du rap en rêvant de mettre le feu au plancher des scènes. Jusqu'à présent, personne n'avait encore craqué la moindre allumette pour lui. Ses autres passions dévorantes étaient le slam, la mécanique et… les conquêtes féminines. Dans la journée, il occupait son temps comme manutentionnaire dans un entrepôt d'appareils électroménagers.

Ce soir avait lieu le concours mensuel de slam et il craignait d'arriver en retard. Plutôt lièvre que tortue, son itinéraire était toujours jalonné de rencontres imprévues, de telle ou telle chose à régler, à voir. Les diversions ne manquaient pas. Tant et si bien qu'à la dernière minute, il se rendait compte de son retard à rattraper. Et là, pas de cadeau pour le chrono, c'était la poignée des gaz à fond. Comme à l'instant…

Le blouson gonflé d'air, Yann Coppi survolait l'asphalte quasiment désert du boulevard quand la catastrophe se convia sur les coups de dix-sept heures trente.

Une petite vieille, canne à la main, traînant son passé, son arthrite et son cabas à provisions sur roulettes derrière elle, s'engagea tranquillement sur la chaussée pour la traverser…

Dans cette situation que d'aucuns auraient jugé désespérée sans une intervention divine, Yann Coppi, lui, contrecarra avec maestria la chronique de ce désastre pourtant annoncé. Dans l'urgence, il donna un grand coup de guidon et obliqua droit vers le trottoir. Puis, dans une parfaite maîtrise des pratiques du rodéo, il redressa sa trajectoire folle. Debout sur sa pétoire, cramponné au guidon, il se contorsionna en faisant contrepoids pour la dompter, ce qui lui permit de faire décoller la roue du side-car et d'éviter de peu une borne à incendie. Enfin, il rétablit le bon cap comme si rien ne s'était passé.

Arrivée sur le trottoir d'en face, la miraculée se retourna. Il lui sembla que quelque chose s'était passé dans son dos pendant sa traversée. Mais quoi exactement ? Elle n'aurait su le dire… Seules, quelques feuilles de poireaux dépassant de son cabas en avaient frémi.

Yann Coppi avait disparu. Arc-bouté sur le guidon, il roulait à fond la caisse en fredonnant les paroles de son prochain tube. Un rap, avec pour titre *Politik*, et dont il était certain qu'il ferait un tabac !

« *Politik tu fais toujours des promesses*
Regarde nous étouffons dans la cité
Tu dis que nous sommes la férocité
Ce n'est pas vrai c'est la duplicité
Quand le ministre vient nous exciter
Nous sommes unis face à l'adversité
Politik tu fais toujours des promesses
Pas de réussite sans pugnacité
Je m'en sortirai par ma sagacité
Pour avoir un jour un vrai droit de cité
Cité de béton tu es l'atrocité
Tu éveilles toute ma rapacité
Politik tu fais toujours des promesses... »

Il monta sur le trottoir et gara son engin devant le café.

Quand il entra, la séance de slam venait tout juste de débuter !

Un poète déclamait ses vers en les scandant façon rap. La clientèle écoutait dans un silence total. Personne ne remarqua l'entrée de Yann Coppi. Toujours harnaché de ses lunettes de motard et de son casque sur la tête, il s'installa au comptoir. Le barman lui conseilla de se détendre. Une trêve avait été signée et l'ennemi avait cessé ses tirs d'obus pour la soirée. Il se débarrassa de son attirail et le confia comme d'habitude au barman. Il commanda un demi de bière.

— T'as pas vu Julie ?

— T'es miro, Yann, elle est juste derrière toi.

— Ah oui !

Une salve d'applaudissements accompagnée de sifflements félicitèrent le slameur. Le brouhaha prit la relève tandis que chaque membre du jury brandissait un carton sur lequel il avait inscrit un chiffre. L'addition déterminait la note finale transcrite sur un tableau auprès du nom de l'artiste, elle nourrissait les encouragements ou les huées. C'était selon. Entre deux intervenants, le barman remplissait les verres pour apaiser les gosiers desséchés tandis qu'en connaisseurs, on commentait la qualité de la poésie.

— Hé, Julie !

— Oh Yann, quelle surprise !

— Julie, je suis prêt à…

— Yann, je te l'ai déjà dit : ça ne se passe pas ainsi. Enregistre un single et envoie-le à une major !

— Ouais, mais ils vont me piquer mon tube. J'en suis certain !

— Ton tube ? Tu as déjà la grosse tête ou quoi ? Si tu as peur d'être plagié, tu vas à l'INPI* et tu demandes une enveloppe Soleau. Tu glisses ton CD à l'intérieur, sans oublier d'en faire un double évidemment. Je t'aiderai à participer à l'émission de télé “Nouveaux talents”. J'en parlerai à un pote. Il connaît le directeur artistique. Il te convoquera à une audition.

— Le copain du copain, ça ne mène nulle part. Ce n'est pas parce que tu as baisé avec ce type qu'il va me

---

*Institut National de la Propriété Industrielle ou intellectuelle.

faire une fleur. De plus, je suis certain qu'il se fait mousser quand il dit qu'il connaît le dir'art'. Il l'a peut-être croisé une fois par hasard dans un couloir et...

— Tu me désoles.

— Reconnais-le ! C'est exactement comme si en balayant le studio, je croisais Jean James et après je me vantais de la connaître.

— Bon, puisque tu es si malin, tu débutes ta carrière de chanteur en faisant les bals à papa ! Tiens, il y a un créneau à prendre : celui des maisons de retraite.

— Si tu me prends pour un ringard, tu me fais beaucoup de peine.

— Tu t'en remettras vite. Mais réfléchis, c'est une idée comme une autre. Par contre, tu devras laisser le répertoire de Bob Marley au placard pour prendre celui de Michel Delpech ou de Claude François, il sera mieux adapté à cette clientèle... Un bonjour chez le coiffeur, un coup de gomina et hop, le tour est joué !

Yann Coppi haussa les épaules. Les grands talents seront toujours incompris.

Julie se pencha vers son ami.

— Que fais-tu après, Yann ?

— Je rentre chez moi.

— On passe la nuit ensemble ?

— Ouais, si tu veux... Je ne sais pas si tu me mérites.

Une voix cria son nom :

— Yann Coppi, c'est au tour de Yann Coppi !

Applaudissements.

— Julie, ma reine, je rentre dans l'arène, je te laisse, c'est à mon tour.

Il se présenta dans l'espace restreint alloué aux virtuoses du verbe. Il salua son public d'un bref hochement de tête et, pour se conditionner, il entama une sorte de danse indienne en sautillant alternativement d'un pied sur l'autre, exécutant de ses mains la gestuelle des rappeurs tout en récitant mentalement son texte. Une minute, il disposait seulement d'une minute pour convaincre les accros de la rime. Aucune hésitation, aucun bafouillage n'était toléré par le jury sinon la sanction était impitoyable. Le public avisé ne s'y trompait pas, lui non plus.

Tout se mettait en place comme un rituel bien ordonné. Le silence s'installait, pesant. Il lui renvoyait en écho les battements de son cœur, le sang affluait à ses tempes, sa bouche ne devait surtout pas s'assécher. Le débit de ses paroles devait être rapide. Soutenir le rythme…

Comme un coup de gong annonçant la prise de possession du ring, le tintement libérateur de poésie résonna dans sa tête. Seul, face à son auditoire implacable, ses mots allaient claquer a capella avec énergie.

« — *Je m'accroche à ton cœur*
Pareil à un imposteur
J'aurais voulu un acrostiche
Mais je ne suis pas fortiche… »

C'était parti ! Les mots sortaient naturellement, affluaient avec aisance. L'index et le pouce de la main droite formaient une équerre, ils battaient la mesure.

Était-il dans les temps ? Qu'importe le débit, pourvu qu'on ait l'ivresse, aurait-il plaisanté dans un autre moment mais là, c'était du sérieux. Il jouait sa réputation.

« — *Je jongle avec les mots*
Pour guérir d'amour tes maux
Merlin était magicien
Je ne suis qu'un humain
Il était un enchanteur
Je ne suis pas un menteur
Mon amour est sincère
Le sien est éphémère
Le jour je... »

Pour lui, la sonnerie sonna comme le glas. Il n'avait pu terminer les derniers vers. Cependant, le jury se montra indulgent car il n'était pas question de remettre en cause une future célébrité. Applaudissements nourris, sifflements, tambourinage des tables avec les poings pour ovationner l'artiste qui, de toute façon, était décrété hors concours avant même d'avoir commencé. Alors...

Yann Coppi céda sa place au suivant et regagna le comptoir suivi par son girls' fan club, surexcité.

— Voyons les filles, à défaut de n'avoir pu terminer mon vers, laissez-moi au moins finir ce verre-là ! dit-il en levant son demi de bière.

— Yann, y a pas à dire, t'es le meilleur !

— Je sais, les filles… A chacun sa fierté tout de même. Je ne suis pas allé jusqu'au bout et j'en éprouve une certaine amertume.

Le barman remit une tournée.

— Tiens ! Amertume pour amertume, savoure au moins celle d'une bonne bière.

— T'as pas vu Julie ?

— Oh ! Tu ne vas pas recommencer, fiche-lui la paix à Julie ! Yann, pourquoi n'essaies-tu pas de rencontrer une personnalité du show-biz ?

— Tu en connais, toi ?

— Non.

— Bon, alors !

— A ta place, j'essaierais aussi la télé.

Sur un plan personnel, Yann Coppi savait où cela menait : à la casse !

— A la télévision, on fabrique un chanteur comme n'importe quel autre produit. A l'heure de l'éphémère, les sentiments sont exclus, l'être humain n'échappe pas à la mode du "tout jetable"… Le temps d'un album ou deux, quelques apparitions sur scène, et en play-back, s'il vous plaît, pour limiter les risques. Puis, circulez ! Il n'y a plus rien à voir ! Les vrais artistes ne doivent leur talent qu'à eux-mêmes et au public, pas à des émissions bidouillées de télé-réalité dont le seul but est de mettre en avant les animateurs et leur talk-show. On est à des lustres de "Droit de réponse" de Michel Pollack où les injures et les cendriers volaient bas sur le plateau. Ça, c'était du direct ! Tu comprends ?

— D'accord. N'empêche, ces gars ont le bras long. Tiens ! Comment s'appelle-t-il l'animateur de "La séduction"… Mais si !… Enfin, tu vois bien qui c'est, non ?

— Désolé, je ne regarde pas ces conneries.

— Zut, j'ai son nom au bout de la langue… Ah, vouâââlà… Max Orlando ! J'ai lu dans un magazine télé qu'il préparait une nouvelle série. Alors que risques-tu en lui écrivant ?

— Que la lettre s'égare dans la corbeille à papier de sa secrétaire ! Ces gars en reçoivent des centaines tous les mois.

— Défaitiste ! Julie a raison…

— Non. Moi, Monsieur, je ne suis pas le mouton que l'on tond, car si l'on tond le mouton, où va-t-on ?

— Arrête Yann. Sois un peu sérieux !

Le barman n'arrivait pas à faire entendre raison à Yann Coppi.

Les demis de bière se succédaient. Julie revint et se mêla à la conversation.

Elle réitéra son conseil : seul, l'enregistrement d'un single apporterait des ouvertures. De plus, il n'y avait rien de plus facile à dupliquer.

— Ah ouais… Et comment ? rétorqua Yann Coppi.

Julie répondit simplement qu'un bon ordinateur ferait l'affaire.

Aussitôt, Yann Coppi s'empara d'un micro imaginaire et se mit à chanter sur un rythme de reggae.

« — *A l'heure du numérique*
Je rêve ma musique
Ce monde fantastique
Je l'entrevois magique
Wo yeah yeah !... Wo yo yo !... »

— Bon, je crois qu'il est temps de le mettre au lit, conseilla le barman en ramassant les verres vides. Si tu veux mon avis, Julie, il est préférable que :

« — *Tu rentres en métro*
Parce que la moto
Faut y aller mollo... »

Il lui fit un clin d'œil. Elle sourit en haussant les épaules.

— J'ai l'habitude... Tu sais, à jeun, ce n'est pas mieux.

Paris s'était laissé surprendre par la noirceur froide. La circulation se raréfiait. Les lumières des réverbères se reflétaient sur le macadam luisant. Les néons multicolores des enseignes des magasins et des restaurants animeraient la nuit jusqu'aux premières lueurs blafardes du petit matin.

Un homme promenait un petit chien au bout d'une laisse. Quand l'animal vit Yann Coppi équipé de ses lunettes et de son casque, il se crut en présence d'un extraterrestre. Il se mit à aboyer furieusement.

Surpris par une telle concentration d'agressivité, Yann Coppi le fixa d'un air étonné. Cela n'arrangea pas les choses. Un coup de laisse énergique ramena le chien à plus de raison.

— Il a peur, s'excusa son propriétaire.

Julie s'était déjà glissée dans le side-car et avait rabaissé la capote. Yann Coppi remonta la fermeture de son blouson, enfourcha sa machine et, debout, appuya de tout son poids sur le kick pour lancer le moteur. L'engin, catarrheux, rechigna. Encouragés par un savant dosage de la poignée des gaz, les toussotements asthmatiques se muèrent en une pétarade à réveiller les morts. Après quelques bonnes accélérations sur place pour chauffer les cylindres et aussi pour irriter le bourgeois sommeillant dans son antre, l'équipage se fondit dans la nuit.

Le trajet se passa relativement bien. Évidemment, il y eut les inévitables rappels à l'ordre des automobilistes très à cheval sur les lois régissant la conduite des engins roulants et aussi un feu rouge grillé parce que trop lent à passer au vert, puis un sac poubelle explosé par mégarde sur le trottoir, juste à l'arrivée. Rien d'exceptionnel.

Chez son amie, Yann Coppi commença par l'exploration du contenu du réfrigérateur. Un petit creux lui titillait l'estomac. Repu, il honora ensuite la belle en lui chamboulant tous les sens, puis se releva. Ces choses-là creusent aussi l'appétit. Entre deux tranches de saucisson, il revint dans la chambre.

— Tu connais quelqu'un qui possède un ordinateur ?

— … ?

— Tu dormais ?

— Euh non, enfin tout juste… Tu recherches un propriétaire d'ordinateur ? Il ne doit pas être difficile d'en trouver un, dit-elle en bâillant.

— Mais… Suis-je bête, je connais quelqu'un dans l'informatique. Un pro en plus ! Il me conseillera pour mixer ma musique, j'y mettrai les paroles. Ouais ! Je n'avais pas pensé à lui. Finalement, il ne faut pas grand-chose pour créer son studio d'enregistrement : un bon PC, un logiciel, un clavier, une pièce insonorisée par des boîtes d'œufs et le succès est là. Yahouou ! cria-t-il.

— Tais-toi Yann, tu vas réveiller les vieux du dessus.

— J'appelle mon pote tout de suite… Allô, Patrick ? Yann à l'appareil… Non, il n'y a pas le feu chez moi… Je ne suis pas devenu barjo, non plus… D'accord, il est tard… Chouchou doit dormir, je présume… J'ai besoin de ton aide… On se voit le week-end prochain avec Pierre ?… Vous envisagez des vacances à La Baule ?…

IV

Début du mois d'août. Dans la file d'attente, au péage de Saint-Arnoult en Yvelines.

« — *Vous êtes bien sur la fréquence Autoroute FM. Pour votre sécurité, nous vous rappelons nos recommandations : si vous sentez une légère fatigue, n'hésitez pas à vous arrêter sur nos aires de repos où tout est mis en œuvre pour vous accueillir dans les meilleures conditions. Pensez à vous rafraîchir. Respectez les distances de sécurité avec le véhicule que vous suivez. Limitez votre vitesse et...* »

— Ah, est-elle bonne celle-là !... Encore faudrait-il rouler avant de limiter notre vitesse ! J'augmente un peu la clim'... Ah, ah ! J'ai bien fait d'emprunter ce 4x4 à la boîte, hein ? Pff... C'est pas comme tous ces malheureux entassés dans leur tire sous le cagnard. Non mais regarde-les ! Et l'autre devant, il attend quoi. Une autorisation pour avancer ? J'te jure, moi si j'étais...

— Ça ne sert à rien de s'énerver. Franchement, si cela t'indispose tant, tu prends l'avion et tu loues une voiture sur place pour le séjour... Mais voilà, c'est une question de moyens… Tu te crois plus malin que les autres parce que tu es au volant d'un 4x4 ?

Pierre Clouzot fut piqué au vif. Il grommela :

— Moyens, moyens… Pas forcément…

— Si, on fait comme tout le monde, on patiente ! Les riches, ceux qui le sont vraiment, ne s'embêtent pas dans les files aux péages des autoroutes.

— Oh, oh ! Qu'est-ce que tu racontes ? Tu es en pleine contestation, ma parole !

— Non, j'étouffe. J'en ai assez de t'entendre dégoiser comme un vieux réac… On sait, tu es le meilleur. Les autres ne valent et ne savent rien, et patati et patata !

Mathilde Clouzot se mit à pleurer mais ravala très vite ses larmes.

— Que t'arrive-t-il encore ?

— Rien… Je ne sais pas… La fatigue, répondit-elle faussement.

Il haussa les épaules.

— Reconnais-le, j'ai raison. Tu vois la distance entre chaque bagnole ? A cette allure, on n'est pas arrivé à la guérite du péage. C'est certain, je ne pourrai pas tenir ma moyenne horaire. Et encore, je ne prends pas en compte les radars et les travaux d'été sur la chaussée… La Baule, c'est pour la semaine prochaine ! Et puis d'abord, pourquoi La Baule, hein, tu peux me le dire ? C'est encore une idée de Patrick. Il a tellement insisté. Nous n'aurions pas dû l'écouter… Tous les ans, c'est lui qui décide !

— Évidemment, puisque tu ne proposes jamais rien… Tu sais, là ou ailleurs…

« — *Maintenant notre plage musicale avec cette chanson qui a fait rêver plus d'une femme.*

— *Quand je te dis je t'aîîîmeuh !…* »

— Non mais tu entends ça ? Ce n'est pas possible. Ils se fichent de nous. Je change de fréquence.

Comme un gosse manipulant un nouveau jouet, il actionna du volant la commande de la radio.

— Cette chanson est peut-être ringarde, lui répondit-elle, mais aussi tellement romantique, décalée, kitsch, glamour… Elle s'invite pour remuer des souvenirs, pareille à une fragrance du passé… Toi bien sûr, tu es imperméable à ces sentiments.

Il haussa les épaules. Elle frissonna.

— J'ai un peu froid à présent. Comment fait-on pour augmenter la température ? Il y a tellement de boutons.

— Et voilà, Madame est perdue devant le progrès… Tu affiches la température souhaitée. C'est automatique. Ce n'est pas plus compliqué. Râââh, et devant, ça n'avance toujours pas…

« — *Have you seen your mother, baby, standing in the shadow ?* »

— Ah ! Les Stones… Tiens, “ton petit” chanteur que l'on vient d'entendre ne l'était pas encore quand ce tube est sorti, alors…

« — *In… In the shadow… Ha ha ha !* »

Elle le regarda de travers.

— "Ton petit chanteur", Pourquoi dis-tu cela sur le ton du mépris ?

« — *Have you seen your brother, baby, standing in the shadow ?* »

Mathilde Clouzot renchérit :

— Tout le monde n'apprécie pas, non plus, "Sir" Mick Jagger et les Rolling Stones.

Son mari battait la mesure sur le volant.

Il se drapa dans une sorte de suffisance et ne releva pas cette remarque désobligeante envers son idole. Pour lui, de toute évidence, la rock star était au-dessus de la mêlée.

Contre la mauvaise foi et les idées arrêtées de son mari, Mathilde Clouzot n'avait pas trouvé de remède. En existait-il seulement un ?

Elle chercha son téléphone dans son sac pour appeler ses parents. La garde des enfants leur avait été confiée pour une quinzaine de jours.

Elle demanda à baisser le volume sonore du poste. Cela, évidemment, irrita Pierre Clouzot. Cependant, il obtempéra.

Du haut de son véhicule, le regard caché derrière ses lunettes de soleil, il visitait l'intérieur des voitures de la file voisine. Son attention se fixa sur le décolleté généreux d'une passagère dont la jupe remontée découvrait exagérément ses cuisses bronzées. Le sang de Pierre Clouzot ne fit qu'un tour. Une déferlante de désir le submergea. Il se mit à fantasmer. Il prit une profonde inspiration et crispa ses mains sur le volant pour juguler sa libido. Les vacances s'annonçaient torrides.

— Eh bien, tu sais si bien critiquer les lambins, qu'attends-tu maintenant pour avancer ?

— Hein ? Euh… Ah oui !

— Allô Pierre, ici la terre !

— Oui, bon ça va… Je pensais aux Chauvin, répondit-il sournoisement en baissant la vitre pour prendre le ticket du péage.

— Je les appelle.

— Dis-leur que nous prenons l'autoroute… Nous la restituerons après. Ah, ah, ah ! Elle est bonne…

Mathilde Clouzot supportait de moins en moins ce genre d'ânerie digne d'un potache.

*

* *

Près du Mans. Aire de repos de l'autoroute A11.

Les Chauvin avaient garé leur voiture à l'ombre de l'un des rares arbres.

Adriana, comme la majorité des femmes, était très soucieuse de son apparence, mais chez elle, ce trait était particulièrement exagéré. Chaque temps mort était l'occasion d'un "reliftage".

Toutes portières ouvertes, elle était assise sur le siège passager avant de la voiture, une jambe hors du véhicule. Elle fredonnait du nez une chanson de Céline Dion qui passait à la radio, tout en mirant dans la glace de courtoisie du pare-soleil ses lèvres pulpeuses seringuées au Perlane® qu'elle s'appliquait à colorer, armée d'un stick de rouge. Puis, ouvrant grand la bouche, elle s'attarda à parfaire des petites retouches aux commissures en s'aidant de son auriculaire. Ensuite, en contrefaisant un large sourire crispé, clle détailla sa dentition sur laquelle elle passa la pointe de sa langue retournée.

Elle mit un peu d'ordre dans sa chevelure, regarda sa poitrine et, un sein dans chaque main, la fit remonter un peu afin d'en dévoiler le volume par l'échancrure de son chemisier amplement déboutonné. Satisfaite, elle sortit du véhicule pour prendre sur le siège arrière un paquet de biscuits, spécial taille fine, qu'elle grignota avec parcimonie.

Depuis quelque temps, Adriana était une femme délaissée. Sa vie sexuelle était aussi calme que celle d'une nonne. Son pilote en avait trop fait. Probablement surmené à force de raser les mottes de façon trop intensive, il avait fini par aller au crash. Il passait une série d'examens à l'hôpital, des défaillances techniques avaient été décelées lors de la check-list. Par contrecoup, Adriana était en attente sur le tarmac. Cela la rendait nerveuse, électrique, mais elle ne comptait surtout pas sur son mari pour la faire décoller.

Patrick Chauvin, lui, était le plus heureux des hommes.

Vêtu d'un marcel blanc et d'un bermuda kaki à poches latérales, une casquette de base-ball vissée sur le crâne et chaussé de sandales de cuir, il sortait des toilettes.

Là aussi, comme au péage, la file d'attente était obligatoire. Avant, il en aurait râlé. Aujourd'hui, c'était le contraire.

Il tirait satisfaction de ces situations qui le mettaient en contact avec le plus de monde possible parce que, depuis quelque temps, il avait l'impression de posséder une aura aimantant sur lui les regards des gens qu'il croisait.

Bientôt, il ne serait plus un être anonyme comme des millions d'autres ! Subjugué par sa propre audace, il traversait même des périodes où ses pieds ne touchaient plus terre.

Il baignait dans une sorte d'état de grâce. Et même si cela ne se voyait pas, ne faisait-il pas à présent partie de la catégorie des individus enviés, un peu à part ? Il avait la sensation d'être un papillon sortant de sa chrysalide. Un homme nouveau.

Bien sûr, pour l'instant, il était le seul à le savoir et n'osait imaginer sa vie lorsqu'il serait connu. Il savourait les événements à venir.

Il regagna sa voiture où l'attendait sa femme. Aussitôt arrivé, il claqua ses mains l'une contre l'autre et, d'un air ravi, lança :

— Ah quel bonheur d'être sur la route des vacances ! Tiens, rien qu'à te voir grignoter, ça me donne faim. Je mangerai bien un bon casse-dalle, pas toi, chouchou ?

La réplique, castratrice, tomba sans appel :

— Tu as vu ton ventre ! Et en plus, tu veux te bourrer de pain ?

— Chouchou, une fois pour toutes, je m'en cogne royalement de mon bide ! Ce n'est pas de ma faute si je suis petit, gros et que je n'ai plus un poil sur le caillou !

— Reconnais-le, tu cumules quand même beaucoup à toi seul. Tu ne fais pas d'efforts pour y remédier. Puis cesse avec ce sobriquet idiot. J'chui plus une gamine.

— Mais t'es mon chouchou quand même !

— Oh, chut ! Arrête à la fin… Tout le monde va nous entendre.

— Avant quand je te disais…

— Avant, c'était avant !

— Ouais ben, je suis p'tèt' moche, mais je peux encore te réserver bien des surprises. Si !

— Toi ? Je me demande avec quoi et comment, mon pauvre Patrick.

— Parfaitement.

— Tu as l'intention de maigrir, de faire des étirements et d'avoir recours aux implants capillaires, c'est ça ?

— Non ! Autre chose.

— Là, attention… Si ce n'est pas encore un truc idiot dont tu as le secret, tu commences à éveiller ma curiosité.

— Tu verras ! soutint-il en fanfaronnant.

— Voir ? Mais je ne demande que ça… Je viens d'avoir Mathilde au téléphone. Les Clouzot ne vont pas tarder à arriver. Nous ferons le restant du trajet ensemble.

— Et Yann, toujours pas de nouvelles ?

— Non. Tu sais comment il est. Nous aurons de la chance s'il n'a pas pris la direction de Strasbourg pour venir à la Baule… En attendant les Clouzot, je vais me faire les ongles.

*

*   *

Yann Coppi, toujours casqué de sa protection d'un autre âge, ses lunettes de motocycliste, un foulard devant la bouche, ressemblait à un baroudeur de la mythique 66 Road. Il filait au ras du bitume sur son nouvel engin, un superbe trike, modèle Fighter X11, aux chromes rutilants. Coudes écartés, les mains sur les poignées du guidon, les santiags dans les cale-pieds, il pilotait, incliné en arrière et bien adossé sur son siège. Julie, assise derrière lui et en surplomb, dominait l'asphalte par la lunette de son casque intégral. Les cent quarante chevaux du moteur trépignaient dans leurs dos. Ils étaient l'attraction de l'autoroute. Lors de l'acquisition de ce nouveau moyen de locomotion, Yann, grand sentimental, n'avait pu pour autant se séparer de son vieux side-car pour lequel il avait une affection particulière.

Il suivait une voiture à l'intérieur de laquelle deux gamins s'étaient retournés, les bras croisés en appui sur la plage arrière. Ils étaient attirés par cet engin hybride à trois roues dont deux énormes à l'arrière et une petite à l'avant au bout d'une longue fourche. Il ressemblait à une moto mais, en même temps, il était plus que ça parce qu'il était aussi long et large qu'une voiture.

Si au début les enfants furent captivés et fichèrent la paix à leurs parents, très vite, cela leur parut pour le moins banal et ils s'adonnèrent à un concours de grimaces en tous genres : oreilles de lapins, strabisme, étirements de la bouche en s'aidant des deux index pour laisser apparaître une dentition en créneau, sortie de langue…

Tout un répertoire inépuisable, agrémenté de variantes et encouragé par des appels de phare de l'hurluberlu sur sa drôle de machine.

Las, Yann força sur l'accélérateur pour doubler. Il remonta ainsi toute une file de voitures jusqu'à ce qu'il entende klaxonner sur son passage.

Il tourna légèrement la tête à droite et reconnut Pierre Clouzot. Celui-ci gesticulait dans l'habitacle pour tenter de communiquer par la vitre baissée et, en désespoir de cause, lui fit comprendre de rester derrière son véhicule pour le suivre.

Yann lâcha le guidon d'une main et tendit le bras, pouce en l'air. Il avait compris.

Une dizaine de kilomètres plus loin, Pierre Clouzot

mit son feu clignotant pour emprunter la voie d'accès menant à une aire de repos.

— Les voilà ! jubila Adriana. C'est formidable, Yann est avec eux !

Retrouvailles : cris de joie, rires, embrassades. Trois bises ? Non, quatre à la mode de Bretagne, on ne comptait pas, voyons !

— J'étais juste en train de proposer à Patrick de lancer un avis de recherche pour localiser Yann, mais non, c'est inutile, il est là ! dit Adriana pour le taquiner.

Éclat de rire général.

— Ah, tu avais peur de me perdre, hein ma chérie ? Allez viens, je t'emmène sur mon trike !

— Non, mon cher Yann. De ma vie, je ne monterai jamais sur un tel engin ! répondit Adriana, tout en agitant ses mains pour faire sécher son vernis à ongles.

— Alors vous, vous êtes Judith, c'est bien ça, hein ? demanda Pierre à Julie en arborant son sourire enjôleur.

Étonnée, elle fronça les sourcils et se tourna vers Yann. Celui-ci intervint précipitamment pour remettre les choses à leur place :

— Non ! Non, Pierre, c'est Julie, pas Judith. Enfin quoi, tout de même !

— Mais tu m'avais dit… Bon, excuse-moi, j'ai du mal comprendre… Judith, Julie… Je… Je mélange tout ! se rattrapa maladroitement Pierre avec un rictus figé.

Adriana et Mathilde flairèrent très vite le malaise

créé par cet incident et intervinrent aussitôt pour éteindre le feu qui couvait.

Elles firent diversion en assaillant Julie de questions tandis que les trois hommes, à l'écart, tenaient un conciliabule.

— Ouah, la bourde ! Qu'est-ce que c'est ce micmac ? Tu m'avais bien dit qu'elle s'appelait Judith, soutint Pierre entre ses dents serrées, en fusillant Yann du regard.

— Judith c'était la dernière. Elle, c'est Julie… expliqua Yann, tout simplement.

— Mais alors, pourquoi ne m'as-tu pas prévenu, la dernière fois que nous nous sommes vus ?

— Parce que je n'étais pas sûr que cela durerait.

— Sans compter que monsieur doit en avoir une autre qui attend sur le feu, prête à se faire plumer, anticipa Patrick.

— Ben… Ça alors ! Comment l'as-tu deviné ?

— Tu ne pourrais pas leur mettre un badge ? Tu sais, un truc en plastique, avec leur photo et leur nom ainsi qu'un numéro, épinglé bien en évidence. Comme ça, on pourrait mieux se repérer !

— Oh ! Vous exagérez, les gars…

— Si mon vieux, on n'arrive plus à suivre… On est un peu largués, pas vrai, Pierre ?

— Ce sont les prénoms, ils ont une consonance sensiblement voisine, ça prête à confusion. Si j'avais été à votre place, j'aurais commis la même erreur. Ne vous en faites pas, les gars, je rattraperai le coup, les rassura Yann en leur donnant une bourrade et il exprima toute la joie qu'il avait de les retrouver.

— Non mais quel toupet ! Tu vas voir, Patrick, il va nous démontrer que c'est nous qui avons tort !... A part ça, vieille fripouille, tu as eu des réponses pour ton CD ?

La route du succès était pavée d'embûches. Yann avait eu des contacts mais ils ne méritaient pas de retenir son attention. Il étudiait une autre stratégie : participer à des concerts tout en diffusant deux ou trois titres sur le Net pour se faire connaître.

Patrick proposa à nouveau son aide à Yann. Il se tenait à sa disposition pour mixer sa musique à partir d'airs connus. Si l'informatique vole au secours des réfractaires au solfège, elle ne forme pas pour autant de vrais musiciens, Yann devait s'astreindre à l'apprentissage des notes pour écrire lui-même ses partitions. Toutefois, Patrick avait une bonne nouvelle. Ce qui ne manqua pas de susciter sur-le-champ la curiosité de ses amis.

Il laissa entendre qu'il tenait une piste... Cela étonna Pierre et Yann.

Comment leur ami pouvait-il être en relation avec une personnalité quelconque du show-biz alors que, le nez rivé sur son écran, il ne rencontrait personne de la journée, mis à part ses collègues de bureau aussi obnubilés que lui par leur lucarne ?

— Vous verrez ! ajouta-t-il, sibyllin, avec un clin d'œil.

Ses deux amis se regardèrent dubitatifs. Qu'allait-il encore inventer pour se rendre intéressant ?

— Dis-moi, ne nous aurais-tu pas caché tes week-ends en compagnie d'une présentatrice ou je ne sais quelle autre vedette ? demanda Pierre, soupçonneux.

— Mais enfin Pierre, tu ne le savais pas ? ironisa Yann.

— Oh, si c'était vrai, ça se saurait ! se défendit Patrick.

Adriana sonna le rassemblement.

— Les garçons, nous ne sommes pas encore arrivés, il est temps de reprendre la route !

Mathilde proposa à Julie une place dans la voiture. Cela leur permettrait de faire plus ample connaissance. Celle-ci accepta volontiers.

— Rendez-vous à La Baule !

Yann fut le dernier à quitter l'aire de repos après avoir rassasié d'informations techniques les curieux tournant autour de son trike : moteur Ford 140 CV, 200 km/h. De 0 à 100 en 5,3 secondes… Un coup à vous mettre du désordre dans la permanente !

Il délaissa la monotonie des grands axes routiers pour la nationale, plus bucolique, malgré ce que chantait Charles Trenet, il n'y avait pas que sur la sept que l'on était heureux.

Après avoir roulé une cinquantaine de kilomètres, du haut d'une côte, Yann repéra loin devant lui une silhouette sur le bas-côté de la route.

Saint-Christophe, le patron de tout ce qui roule,

connu pour avoir porté le Christ sur ses épaules pour l'aider à traverser une rivière, alors qu'en d'autres circonstances, celui-ci se débrouillait fort bien seul pour marcher sur l'eau, n'en accomplissait pas moins d'autres miracles. Au fur et à mesure qu'il se rapprochait, Yann n'en croyait pas ses yeux. Une Miss France, vêtue d'un mini-short et d'un débardeur, sac sur le dos, pouce en action, faisait de l'auto-stop !

Un vent d'aventure souffle parfois sur les chemins de la transhumance estivale, offrant des opportunités insoupçonnées…

N'écoutant que son bon cœur, Yann prit la décision de venir en aide à l'infortunée. Son pied se crispa sur la pédale des freins.

Après avoir posé un pied à terre et ôté son foulard, il appliqua la règle numéro un de tout bon séducteur : l'humour !

Il décocha son plus beau sourire émaillé.

— Vous êtes en panne de jambes, je parie !

— Hihihi ! Vous alors, vous êtes drôle !

Imparable ! Ça marchait à tous les coups à condition de réunir les critères essentiels suivants : trike, vacances, trike-stoppeuse…

La belle inconnue se casqua puis se hissa sur le siège passager. Yann remit les gaz.

La vision provocante des cuisses se reflétant dans les rétroviseurs ainsi que les trépidations de l'engin dans le creux des reins – c'est très connu – déclenchèrent chez Yann une élévation anormale du taux de testostérone avec la conséquence, pour le moins prévisible, de le pousser à s'arrêter par pur hasard devant un champ de blé.

A défaut de vignes, donc de vendanges, il dut se contenter des moissons de l'amour. Qu'importe, pour lui l'important n'était-il pas de récolter ?

Il ne lui fallut pas longtemps ainsi qu'à sa passagère pour batifoler, nus comme des vers dans cette mer de blés ondulants si chère à Charles Péguy.

Quand Yann arriva à La Baule, tout le monde dormait.

V

Le commissaire Jean Bonneau avait été muté temporairement à La Baule. Sa mission consistait à renforcer les effectifs du corps de police durant la saison estivale ; en fait, il n'en était rien : c'était une couverture – un mot qui le révulsait en cette période quasi caniculaire. Les véritables raisons de sa présence dans la station balnéaire étaient subordonnées à un rôle, plus secret celui-là, de renseignement et de surveillance du littoral. Cette mission avait pour nom de code : opération "Came l'eau". Une goélette, provenant de Cartagena en Colombie, claquait sa voile vers La Baule-Les-Pins avec une importante cargaison de drogue à son bord. La surveillance aérienne, jugée peu discrète, aurait pu attirer l'attention des trafiquants, aussi le bateau était-il suivi de bien plus haut par satellite. Une balise avait été posée à bord du bateau par un repenti dans le port de départ. Au dernier pointage, le navire faisait route vers les Açores pour une escale technique et d'approvisionnement. D'après les informations transmises à La Baule, il mouillerait au large de la baie, à l'abri des îles Evens. Des acolytes, travestis pour la circonstance en pêcheurs sous-marins, étaient chargés de réceptionner la précieuse marchandise et de la transporter par petites quantités dissimulées dans le fond d'un zodiac, en plein jour pour ne pas éveiller les soupçons, puis ils la chargeraient dans un fourgon.

Jean Bonneau en était convaincu, ces complices se mêleraient tôt ou tard aux baigneurs afin d'habituer ces derniers à leur présence.

Il surveillait donc de la plage tous les mouvements suspects des petites embarcations. Son champ d'investigation s'étendait également aux avenues et aux allées de la cité balnéaire ou encore aux bars, en nocturne.

Pour l'heure, rien de très probant. Il passait ses journées à faire fondre ses cent trente kilos, à se vautrer comme un éléphant de mer sous un parasol, une paire de jumelles à portée de main, quand il n'usait pas ses semelles sur le front de mer, une glace à la main. Jusqu'à présent, il n'avait pas récolté le moindre indice dénonçant la présence de malfrats. Il frisait l'overdose d'ennui…

De temps à autre, il passait au bureau spécialement affecté à cette opération afin de téléphoner à des amis, policiers eux aussi, histoire de consumer le temps. Aujourd'hui, une surprise l'attendait…

Assis dans son fauteuil, privé d'accoudoirs – par crainte qu'il ne l'emportât avec lui chaque fois qu'il se levait – incommodé par la chaleur, il s'éventait à l'aide de son chapeau de paille. Modèle Borsalino, cela allait de soi. Depuis dix minutes, deux choses l'insupportaient : une grosse mouche à viande, provenant probablement des poubelles du restaurant voisin, avait investi la pièce. Elle virevoltait et bourdonnait en faisant peu cas de la gêne qu'elle occasionnait. Et un individu, assis devant lui, entré dans le bâtiment au simple motif qu'il avait aperçu de sa voiture une porte sur laquelle était apposée une plaque portant l'inscription : Police.

Le quidam exerçait pour la télévision et était venu signaler la disparition d'un collègue. Un personnage très connu.

Le commissaire se trouvait fort embarrassé et à la fois agacé. En toute logique, cette enquête incombait à la police locale. C'était une question de compétence territoriale et lui n'était pas ici pour entendre la misère du monde. Il ne pouvait pas non plus mettre l'intrus à la porte en lui conseillant d'aller voir ailleurs. Si cet homme et le disparu travaillaient pour ce média aussi puissant, Jean Bonneau, lui, se méfiait de ces gens toujours prêts à faire feu de tout bois. C'est-à-dire : A s'emparer du moindre fait divers pour en faire la Une de l'actualité.

Prudent, il ne tenait nullement à ce que les véritables raisons de sa présence à La Baule soient ébruitées au cours d'un journal télévisé.

Alors, comment expliquer à cet étourdi qu'il avait frappé à la mauvaise porte et mit les pieds dans un bureau spécialement affecté à la brigade chargée d'intercepter une cargaison de cocaïne voguant sur l'océan ? C'était impossible.

Le mieux était encore qu'il se prêtât à cette comédie ! Il aviserait par la suite.

Le commissaire afficha une moue évasive.

— Max Orlando, non, connais pas… Vous m'auriez dit Léon Zitrone, Guy Lux, Simone Garnier…

— C'était à l'époque des speakers, quand les postes étaient équipés d'un seul bouton, Commissaire. Maintenant nous avons toute une génération de jeunes animateurs, tous aussi talentueux les uns que les autres.

« D'âââccord », se dit Jean Bonneau. « Encore un qui veut faire passer les saltimbanques de l'audiovisuel pour des premiers prix de vertu. Des consommateurs de blanche neige, oui ! La cloison nasale défoncée par la sniffette et tout ça pour quoi ? Pour s'agiter devant les feux de la rampe. » Au demeurant, c'était en partie à cause de ces gens si, aujourd'hui, il marinait à La Baule… « Du calme, Jeannot… Franchement, il y a des coups de pieds au PAF* qui se perdent ! »

— Puis-je vous confier une photo de mon ami, Commissaire, euh… je n'ai pas bien saisi votre nom, pouvez-vous me le rappeler, s'il vous plaît ?

— Bonneau.

— Ah oui ! Comme le…

— Ah non, vous n'allez pas me la resservir ! Moi ça s'écrit e-a-u. Il ne faut pas confondre un anarchiste avec un représentant de l'ordre !

---

*Paysage Audiovisuel Français.

— C'est sûr… Bien, comme je vous le proposais, je peux vous remettre une photo…

— Dou-ce-ment, nous n'en sommes pas encore là…

Le commissaire se pencha vers son interlocuteur et adopta le ton de la confidence :

— Dites-moi, vous-même, dans la vie, vous répondez à quel patronyme ?

— Wrosinsky, commissaire. Sergueï Wrosinsky.

Le front de Jean Bonneau se plissa. Le regard se fit inquisiteur.

— Vos papiers.

— Mais je…

— Allez, allez, ne discutez pas. Vos papiers !

— Nous sommes français depuis plus de trois générations, Commissaire !

Sergueï Wrosinsky tendit sa carte d'identité. Le commissaire l'examina sous tous les angles pour comparer attentivement la photo à son original.

Puis, tenant le document plastifié d'une main, il le tapota sur son pouce tout en fixant son visiteur. Il réfléchissait.

Seul, le vol de la mouche, dans une vague d'excitation aiguë, distrayait le silence. Enfin, le policier livra le fruit de sa réflexion :

— Il ne vous est pas venu à l'idée que votre ami ait pris la tangente pour aller taquiner la gueuse ? De plus, s'il est connu, il n'ira pas loin. Il n'échappera à personne. Cet homme, il a un téléphone, je suppose ?

— Oui. Il ne répond pas et c'est bien pour cela que je suis inquiet.

Certes, Max Orlando ne pouvait pas faire deux pas dans la rue sans être assailli par un essaim d'admiratrices. Il était loin d'être un parangon de vertu et comptabilisait pas mal de défauts.

Par contre, il répondait toujours aux appels téléphoniques des techniciens. Rien ne le détournait de son travail, or, ce matin, il devait être présent dans le car de la régie pour surveiller le début de l'enregistrement d'une émission.

Jean Bonneau rendit la carte d'identité, reprit son chapeau et brassa à nouveau l'air avec. Puis avança :

— Un break, je vous dis… Il aura tout simplement éprouvé l'envie de faire un break… Un jour ou l'autre, ces gens-là ne sont plus en phase : ils court-circuitent, ils pètent les plombs, ils disjonctent… Ils se volatilisent puis on les retrouve trafiquants de fromage de chèvre dans le Larzac… Classique !

— Commissaire, je n'arrive pas à imaginer ce tableau bucolique : Max dans la peau d'un pâtre et encore moins trayant des chèvres sur le Causse.

— Alors s'il est absent de son boulot sans justification, cela relève du code du travail. Pas de la police !

— Je comprends parfaitement. Cet aspect regarde le directeur de la société Produ-système. Moi, je suis un ami de Max et, si son téléphone reste muet, je sais qu'il a un problème. C'est à ce titre que…

— Que vous venez me voir, la fleur à la bouche, pour me signaler la disparition de votre ami. C'est bien ça ?

— Oui !

— Vous cherchez à vous payer ma tête ou quoi ? Cela fait tout juste douze heures qu'il s'est envolé et vous voulez que je lance un avis de recherche ?…Je vais certainement vous contrarier mais ça ne fonctionne pas ainsi, monsieur Brosinsky !

— Wro, Commissaire, Wrosinsky…

— Tout ça c'est pareil ! S'il fallait courir après tous les individus qui disparaissent nous n'en finirions pas ! Votre ami est adulte que diable, et avec toute sa tête ! De plus, sans déposition de votre part, je ne peux rien faire. Revenez me voir quand un délai raisonnable sera passé, à ce moment-là j'agirai.

Par ces mots, le commissaire crut mettre un terme à cet entretien. Son interlocuteur s'entêta :

— Ah non, Commissaire !

— Ben alors, que voulez-vous que je fasse ?

— Je ne sais pas… Euh… Vous pourriez faire des recherches à titre personnel, du moins dans un premier temps.

— Et puis quoi encore ! Vous savez ce que vous me demandez là ?

— Non.

— De travailler au noir !

Jean Bonneau n'en revenait pas. Il se tapota le front avec son mouchoir.

Il en avait entendu de bonnes durant sa carrière à tel point qu'il désespérait parfois du genre humain mais là, il estimait que cette demande dépassait les bornes de la bienséance et pouvait être qualifiée de tentative de corruption d'un officier de police…

Cela relevait des pratiques d'une république bananière… Mais on n'en était pas encore là puisqu'une aucune offre pécuniaire n'avait accompagné la proposition.

La mouche qui, pendant ce temps, poursuivait son vol hystérique sans but précis, sinon celui d'irriter les occupants de la pièce, se posa enfin sur le plateau du bureau.

Le policier cessa brusquement de s'éventer. Immobile, tel un reptile devant sa proie, il figea toute son attention sur l'insecte puis, à l'instant propice, lança une attaque foudroyante. Le Borsalino s'abattit, piégeant le diptère.

Jean Bonneau prit alors une liasse de rapport pour se ventiler et, puisque son interlocuteur ne semblait pas disposé à déguerpir, il se pencha alors vers lui.

Dans les yeux du commissaire brillait une lueur sadique, pareille à celle du gamin s'apprêtant à arracher les ailes d'un insecte, histoire de voir comment ça fait quand il n'en a pas.

— Donnez-moi plus de détails sur votre ami. Vos relations avec lui sur le plan professionnel et personnel… Aussi des précisions sur cette émission que vous devez enregistrer à La Baule…

*
* *

— Attention, le rasta se réveille. Il est juste pile-poil sous l'arbre où se trouve l'antenne. Pourvu qu'il ne remarque rien... Il sort de son sac de couchage...

— Démarrons l'enregistrement... Au diable les absents ! Max serait le premier à nous reprocher de l'avoir attendu, les bras croisés. Qu'en penses-tu, Édouard ?

— OK, on fait un plan séquence en PM* sur le personnage. Règle la caméra deux... Et Sergueï, où est-il ? Il devrait être avec nous pour la sélection des plans !

— Il est chez les flics pour signaler la disparition de Max.

— Ce matin, à une heure, quand nous nous sommes quittés devant la boîte de nuit, Max nous a dit qu'il devait rencontrer Patrick Chauvin à la villa, une heure plus tard. Celui-ci était inquiet sur le déroulement de l'opération. Max voulait le rassurer et le prévenir que Sergueï installerait le leurre, juste après son passage.

— Oui. C'est ce qui était prévu, affirma Denis. Max nous en fait voir de toutes les couleurs mais personne ne peut lui reprocher de négliger son travail. Son absence est anormale. Je n'y trouve aucune explication.

---

*Plan de plusieurs minutes sur l'individu et l'environnement proche.

— Pour une fois que cela lui arrive, on ne va pas non plus en faire un drame. Sergueï s'est un peu vite emballé en se rendant chez les flics, estima Denis.

— Donc Patrick Chauvin est la dernière personne à avoir vu Max ?

— Oui… On lance… C'est parti ! Denis, garde le plan séquence. Je teste la caméra trois… ZV* et GP** sur le rasta… Je n'en reviens toujours pas. Bientôt, on ne sortira plus des studios. Il suffira de téléguider les caméras à distance. Il y a seulement cinq ans, je n'aurais jamais cru à une telle prouesse technique… Attention ! Une femme sort de la maison. Denis, caméra un, en action : ZR avec PA***… La femme rentre dans le champ de la caméra deux… Parfait… Quoi ? Ouaiiis ! Ça, c'est super, je suis scié, tu as vu la beigne qu'il s'est pris dans la poire ! Elle a un sacré tempérament, la p'tite nana ! Et lui, il ne réplique même pas… Hé, Denis, je sens que nous n'allons pas nous ennuyer pendant quinze jours !

— Qu'est-ce qu'il fiche, Max ? Merde, c'est son émission. Il aurait dû être là.

— Laisse tomber… Il finira bien par réapparaître.

— Édouard, avec le joystick fait pivoter la caméra trois de trente degrés… Doucement… Voilà, c'est parfait… La fille revient vers la maison… Se retourne… Le rasta la rejoint…

---

* Zoom avant.
** Gros plan sur le visage.
***Zoom arrière et plan américain : s'arrête à mi-cuisse.

*
* *

Yann fut réveillé par le chant matutinal des oiseaux. Un rayon de soleil folâtrait sur son visage en jouant à cache-cache à travers le feuillage de l'arbre frémissant sous l'effet d'une légère brise qui, en même temps, diffusait une odeur d'herbe et d'humus humides de rosée.

Yann était bien. Il était en relation intime avec la nature, loin de la vie parisienne trépidante, stressante. A son arrivée, pour ne pas importuner ses amis, il avait dormi sur la pelouse, au pied d'un arbre, emmitouflé dans son sac de couchage.

Il cligna des yeux avant de s'habituer à la clarté du jour. La position du soleil lui indiquait approximativement le milieu de la matinée. Il s'étira, se positionna sur le dos et, les mains croisées sous la nuque, observa durant un bon moment la cime de l'arbre sous lequel il avait dormi. Il tourna la tête sur le côté et plissa des yeux devant le ciel bleu, marbré de nuages blancs en altitude.

Tout était calme à la villa. Aucun de ses amis ne semblait réveillé. Il défit la fermeture éclair de son duvet et s'en extirpa. Il réprima un frisson et vint s'asseoir au soleil pour se réchauffer.

La porte de la maison s'ouvrit à ce moment. Julie apparut en pyjama sur le perron. Les mains sur les hanches, elle fixait Yann sans dire un mot. Puis elle descendit les marches pour se diriger vers son ami au pas de charge. Arrivée à sa hauteur, elle se planta devant lui.

Yann mit sa main en forme de visière sur son front. Il releva la tête, un sourire doux au coin des lèvres, prêt à recevoir son premier baiser à La Baule. Il n'eut pas le temps de réaliser qu'une claque magistrale lui arrivait sur la figure.

— Tiens, *good morning* La Baule ! lui souhaita Julie.

Éberlué, il se frottait la joue tandis que son amie s'en retournait à la maison d'un air furibond et sans avoir donné de raison à son geste. Mais était-ce bien nécessaire ? Yann avait très bien compris. Si le vieux side-car lui apportait plus qu'il n'en fallait d'alibis irréfutables à ses escapades, avec le trike flambant neuf, il avait beaucoup plus de mal à justifier le coup de la panne.

Julie s'arrêta soudainement, se retourna et, pointant un index menaçant dans la direction de Yann, elle le prévint :

— Si tu me refais encore un coup comme celui-là, je-me-tire, compris ? Maintenant, viens m'aider à servir le petit-déjeuner.

Tous étaient autour de la table. Quand Yann apparut dans l'encadrement de la porte, ils l'accueillirent avec des cris de joie. Jouant de la dérision et des sous-entendus, ils le chahutèrent sur son retard.

Yann soutint qu'il s'était trompé de route ! S'il avait su, il se serait équipé d'une carte routière et se défaussa sur Julie en prétextant qu'elle l'avait abandonné en montant dans la voiture de Mathilde et de Pierre, alors qu'elle était chargée de lui indiquer l'itinéraire.

Ils lui rappelèrent qu'il existait des panneaux de signalisation mais reconnurent volontiers leur inefficacité en cas d'analphabétisme.

Julie, moins amène, parce que directement concernée, fit comprendre à Yann qu'elle n'était pas dupe. Elle aurait accepté une heure de retard mais débarquer à la villa à quatre heures du matin était pour elle sans équivoque.

Il tenta de contester l'heure d'arrivée. Goguenarde, elle mit les choses au point et précisa :

— Si pour toi les panneaux routiers ont quelque chose d'obscur, en revanche, je n'ai aucune difficulté à lire l'heure à ma montre. Je t'ai entendu arriver parce que le moteur de ton engin m'a réveillé.

Patrick, lui, avait eu du mal à s'endormir. N'y arrivant pas, plutôt que de tourner et se retourner dans son lit au risque de réveiller Adriana, il avait préféré faire un tour dans le jardin.

En rentrant, il était tombé sur Pierre, assis dans la cuisine et dans le noir.

— Je venais tout juste de rentrer. Je n'arrivais pas à fermer l'œil, reconnut Pierre. Il est curieux que nous ne nous soyons pas vus dans le jardin.

Patrick se contenta de hausser les épaules en faisant la moue. Lui non plus n'avait pas de réponse à apporter.

— Moi, j'ai été réveillée par un bruit. Il provenait, me semble-t-il, du jardin. Je n'en ai pas vraiment la certitude. Je me suis rendormie après, déclara Mathilde.

— Café pour tous ? proposa Julie, la cafetière à la main.

— Ouais ! répondirent-ils en chœur.

La seule qui n'avait pas eu d'insomnie était Adriana. Elle s'était endormie aussitôt après s'être couchée, le climat marin lui était sûrement bénéfique. Sur ce point, les avis divergeaient : l'air iodé avait tendance à énerver ; mais non, la mer n'excitait pas. C'étaient des idées reçues.

— Hier soir, lorsque vous êtes partis pour acheter des provisions, j'ai fait le tour de la propriété et j'ai repéré un chemin. Il longe le mur d'enceinte à l'arrière de la villa. Cette nuit, des fêtards sont passés par là en chahutant et ils t'ont réveillée, dit Patrick en s'adressant à Mathilde.

— Pourvu que cela ne se reproduise pas toutes les nuits ! Je ne le supporterai pas, se plaignit Mathilde.

Ils la persuadèrent du contraire.

— Yann, toi qui dormais dans le jardin, bien sûr, tu n'as pas fait ou entendu de bruit ? demanda Julie, pour enfoncer le clou.

— Ah non ! Je te vois venir. Pour le bruit du trike : OK, je fais mon mea culpa, mais pour le reste, pas question ! Trouvez un autre coupable ! Quand je dors, une charge d'artilleurs ne me réveillerait pas !

— Alors, je suis la seule… Ça va, j'ai compris… Je souffre d'acouphènes… Vous êtes tous contents ? s'insurgea Mathilde en fondant en larmes.

Ils se regardèrent étonnés et à la fois gênés d'être la cause de la réaction de leur amie.

— Mais ne le prends pas sur ce ton… Enfin que t'arrive-t-il ? s'inquiéta Adriana.

— Je ne sais pas… Excusez-moi.

— Un petit coup de déprime ? C'est ça, ma cocotte ?

— Elle est devenue neurasthénique, on ne peut plus rien lui dire, elle se met à chialer tout de suite ! C'était comme ça pendant tout le trajet, déclara Pierre.

— Toi, s'il te plaît, tu la rabats deux minutes, lui ordonna Adriana.

— Comment ça !

— T'as pas compris ? Nous réglons cela entre femmes.

Le nez dans son bol de café, Pierre bougonna :

— Si à présent je dois me taire devant les femmes, je n'ai plus qu'à m'exiler sur une île déserte…

— Je t'en prie, Pierre, fais-le ! Au bout d'une semaine, tu auras beaucoup de mal à te supporter. Je suis prête à le parier, lui fit remarquer Adriana, un brin railleuse.

— Han, c'est malin…

Éclat de rire général.

Pour conclure, Patrick avança que ce bruit pouvait aussi provenir de chez leur voisin le plus proche. Une petite maison jouxtait la villa. Enfin, tous tombèrent d'accord, car bruit ou pas, la première nuit passée hors de son propre lit est toujours agitée. Ils s'y habitueraient. C'était tout.

Le petit déjeuner terminé, Adriana proposa d'office :

— Les filles, nous sommes en vacances, me semble-t-il ?

— Jusqu'à preuve du contraire, oui.

— Alors, sortons faire le tour des boutiques, j'ai absolument besoin d'un maillot. Ces messieurs vont débarrasser la table et ranger la cuisine.

Protestations vaines.

*

* *

Gaston Dumoulin descendit de son mirador improvisé : une caisse de bois surmontée d'un seau métallique renversé. Juché sur cet échafaudage brinquebalant, adossé contre le mur mitoyen séparant son modeste havre de retraite de l'imposante villa du voisin, il épiait les allées et venues des nouveaux locataires par une brèche laissée par une pierre manquante.

Il n'était pas né de la dernière averse. Quelque chose ne tournait pas rond.

Ce pressentiment était là, tapi dans sa tête et l'on ne trompait pas facilement un ancien militaire médaillé, rescapé de l'enfer de Diên Biên Phu ! Ces trois mots, épigraphe en fer forgé torsadé de dix millimètres de section, chacun portant une couleur du drapeau français et résonnant encore des trompes de la débâcle, étaient apposés *in memoriam* sur la façade de sa maison !

Sa moitié eut préféré “Mon p'tit paradis” ou un nom évocateur d'une relation à une personne, un végétal ou un objet ou alors une référence à la mythologie grecque, comme le suggéraient certains noms des villas et des immeubles de La Baule.

Hélas, le refus de son mari avait été sans appel. Pas de place aux futilités face à une tragédie nationale. Toute la vie de Gaston Dumoulin gravitait autour de cette déroute cuisante et rien ne parvenait à la lui faire oublier. Pas même le gros rouge titrant douze degrés estampillé : mélange des différents pays de la Communauté Européenne.

Quand il entra dans la cuisine, sa femme équeutait des haricots verts pour le déjeuner.

— Léonce, il se complote des choses à côté ! annonça-t-il, l'air grave, en désignant la villa voisine d'un coup de menton.

— Laisse tomber, à force, tu vas te gélifier le raisiné dans la marmite. Tu sais ce que le docteur t'a dit ?

— Râââh, j'ferai une sieste pour récupérer !

La semaine dernière, deux hommes étaient venus installer une antenne dans un arbre. Ensuite, ils s'étaient affairés autour du tas de bois, au fond de la propriété. La scène lui avait en partie échappé. Masqués par leur fourgon, ces hommes avaient déchargé un gros paquet enveloppé dans une toile, avaient ôté des bûches du tas. Plus tard, ils avaient rembarqué le paquet puis étaient repartis après avoir reconstitué la réserve de bois à l'identique. C'était à ne rien y comprendre. Par la suite, il n'avait revu aucune de ces personnes…

Hier soir, un groupe de locataires avait investi la villa. Tous les mêmes, ces touristes ! Sitôt arrivés, ils se croyaient tout permis : des cris, des éclats de rires, aucune retenue, aucune discipline. Concernant l'heure de l'extinction des feux, les nouveaux arrivés avaient été raisonnables : Rien A Signaler. Non, c'était plutôt l'agitation de la nuit… Des ombres furtives, mouvantes, se fondant çà et là dans le noir. Il en avait repéré une du côté du tas de bois… Encore ce fameux tas de bois, mais qu'avaient-ils après ce tas de bois ? Celui-là devait certainement receler quelque chose parce qu'un tas de bois, ce n'est ni plus ni moins qu'un tas de bois ! Merde à la fin !

— Calme-toi, Gaston, tu te fais bouillir la cafetière et c'est mauvais pour toi, rappela Léonce.

N'avait-il pas aussi entendu grincer la porte, celle donnant sur le chemin longeant la propriété ? Et cet énergumène avec sa drôle de coiffure, pareille à un tas de goémon posé sur la tête. Il avait dormi sur la pelouse et venait de se faire claquer comme un gamin, sans réagir. Incroyable ! Gaston Dumoulin n'en revenait pas. Jamais il n'aurait toléré un tel geste sur sa personne de la part d'une femme.

Il alla à l'essentiel :

— Léonce, je l'ai toujours dit : depuis la victoire du général Giap, c'est la décadence. Le gauchiste est partout, c'est le foutoir total. Il est grand temps que nous ayons un sursaut de conscience. Le drapeau est en danger !

— En attendant l'invasion des communistes, donne-moi donc un coup de main pour effiler les haricots.

VI

Sur le trottoir, devant l'une des boutiques de l'avenue du Général de Gaulle, Mathilde, Adriana et Julie détaillaient des vêtements suspendus à un portant pour attirer le chaland.

Elles étaient parties sitôt le petit déjeuner terminé après avoir planté les trois hommes contestant leur rôle de grandes folles du logis. De plus, elles avaient prévenu qu'il en serait ainsi durant tout le séjour. Elles aussi voulaient profiter de leurs vacances !

Préoccupées par l'absence de moral de Mathilde, elles entrèrent dans la boutique en discutant. Leur amie était-elle déprimée par son métier trop prenant, des élèves difficiles, ses propres enfants lui créaient-ils des soucis ? Non, rien de tout cela. Mathilde affirma une fois encore que ce n'était qu'une crise passagère. Elle n'y trouvait pas de réelles justifications à part une fin d'année interminable mais cela n'avait rien d'exceptionnel. C'était ainsi tous les ans.

Réunies autour d'un bac, au centre du magasin, elles faisaient le tri des vêtements soldés, mis pêle-mêle, tout en continuant leur conversation.

Adriana exprima son avis : le mal-être de Mathilde durait depuis un moment et elle ferait un grand travail sur elle-même en acceptant une fois pour toutes qu'elle n'avait rien à partager avec son mari.

— Toi et Pierre, vous n'avez rien en commun ! affirma-t-elle.

Puis d'enchérir : dans un couple bancal, la faute incombait systématiquement à l'autre et vice-versa. Le résultat est que l'on tournait en rond. Alors, partant de ce postulat et refusant les déballages des difficultés du couple devant un psy, Adriana déclara avoir résolu personnellement le problème en prenant un amant.

Certes, à l'heure de cette confidence, son pilote était un peu décati mais, après un bon rétablissement, il redresserait de nouveau le nez comme un Concorde en plein vol.

— Quitter un boiteux pour tomber sur un cul-de-jatte, merci bien ! contredit Mathilde. Et puis, je suis bien trop grosse pour plaire à un homme.

— Mais non, ma cocotte, que vas-tu chercher à la fin ! Crois-en le dicton : femme sans fesses, homme en détresse.

Puis il fut question de la fameuse crise : celle, ô combien réputée, de la quarantaine. Elle perturbait les femmes comme les hommes en les rendant esclaves de la chose sexuelle. Les malheureux étaient sous l'emprise du malin, le fameux démon de midi. Donc ils n'étaient pas responsables.

Mathilde s'insurgea contre cette idée établie laissant croire que les humains étaient pareils à des bêtes en rut à une période de leur vie.

Pourquoi pas non plus un virus du libertinage qui, faute d'antidote, prenait possession de votre être et, tant qu'à y être, pourquoi pas une crise d'adolescence tardive ? Tout cela n'avait pas de sens, c'étaient des clichés.

— Vous comprenez, je ne suis pas une libidineuse hystérique à la recherche d'aventures. J'aspire à autre chose.

Oui, mais alors à quoi ? Mathilde n'avait pas la réponse.

— Écoute, ma chérie, je crois que tu nous fais une sérieuse crise de mysticisme. Voilà tout. Fais une retraite dans un couvent et tu y verras plus clair ! conseilla Adriana en tirant sur l'élastique de la taille d'un slip de bain. Qu'en pensez-vous, les filles ? Je le trouve ultra-tendance, de plus il est à ma taille, non ?

— Whaou ! Très string brésilien. A la plage, tu vas allumer tous les hommes ! prédit Julie.

— Ils se calmeront en se la trempant dans l'eau !

Et Julie, comment analysait-elle sa relation avec Yann ? Elle la jugeait instable. Yann était un garçon charmant mais si le passage fatidique des quarante ans s'avérait être une turbulence physiologique programmée de l'être humain, il avait une décennie d'avance. Cela tenait du prodige ou peut-être bien d'un dérèglement hormonal précoce ! Allez savoir…

— Je crains que les bonnets soient trop petits, estima Adriana en brandissant cette fois le haut du maillot qu'elle venait de trouver dans le bac. D'autant qu'à la rentrée, j'ai l'intention de me faire poser des implants mammaires.

— Nooon ! Des seins siliconés, mon Dieu, je n'y crois pas…

— Eh, si, les filles !

— Tu exagères Adriana… Tu veux ressembler à cette malheureuse Bauloise, Lolo Ferrari ?

— Dans ce cas, je ne vois pas pourquoi tu t'encombres avec le haut. Le slip te suffit, considéra Julie.

— Si je m'écoutais, je plaquerais tout pour refaire ma vie ailleurs, déclara Mathilde en surprenant ses amies.

— Ah ! Nous y sommes… Enfin tu te lâches. Je le savais bien, c'était une affaire de couple. Et moi qui étais prête à t'expédier faire un séjour chez Mère Teresa ! Je vais te dire ce qui te soucie : ton vrai problème est de savoir comment larguer Pierre sans tout perdre. Tu dois y réfléchir.

Finalement, Mathilde était d'accord mais, avant tout, elle tenait à mettre les choses au point. Si elle quittait son mari, ce ne serait sûrement pas parce qu'un pyromane lui mettrait le feu dans le fondement. Non, ce serait une démarche personnelle.

*

*   *

Le soleil était au zénith. Deux cavaliers menaient leur monture au trot dans les vagues mourantes de la plage momentanément désertée. Dans la baie, des silhouettes de voiliers se profilaient dans la brume de chaleur et, beaucoup plus loin, au large, en affûtant son regard, on distinguait celle d'un cargo remontant probablement vers La Manche.

Pierre et Yann prenaient plaisir à prolonger ce premier bain de mer en chahutant comme des gamins. Patrick était sorti de l'eau depuis un moment déjà. Allongé en appui sur un coude, il prenait des poignées de sable et, de sa main fermée, les laissait s'écouler en un mince filet comme s'il exécutait des mandalas.

Il était en pleine réflexion. Le moment crucial approchait.

Cette nuit, il avait retrouvé Max Orlando dans le jardin. Quand Pierre était sorti, à cause de son insomnie, il avait bien cru que celui-ci allait anéantir le plan. Il en rit intérieurement. Là, ce n'aurait plus été un imprévu ou le fameux grain de sable évoqué cet hiver au restaurant par Max, mais carrément le pavé dans la mare… Heureusement, le tas de bois était là !

Pierre et Yann revenaient vers lui en courant. Pierre prenait un peu plus d'embonpoint chaque année. En revanche, le temps ne semblait pas avoir de prise sur Yann.

Il avait toujours les abdominaux en tablette de chocolat. Blanc pour l'instant. La bronzette n'était pas superflue.

— Alors, lâcheur ! Tu aurais pu rester plus longtemps dans l'eau, reprocha Pierre.

Yann donna un coup de coude à Pierre.

— Hé, mate ce qu'il y a de ce côté. Tu comprends pourquoi, maintenant ?

Patrick et Pierre tournèrent la tête vers une rousse au corps de porcelaine enduit d'huile solaire.

— Pff... soupira Patrick en levant les yeux au ciel.

— Quoi, parce que Monsieur fait le difficile en plus ? Tiens, tiens... Et pourquoi pas une rousse... Je n'ai jamais vu une rousse à poil !

Yann prit sa serviette de bain, la secoua pour en extraire le sable – ce qui déclencha les protestations de ses amis – et s'approcha de la sirène à l'huile. Il étala sa serviette et s'allongea dessus, torse relevé, en appui sur les coudes, le regard perdu sur la ligne de l'horizon.

Il aborda l'inconnue.

— Des journées ensoleillées comme celles-ci, on en redemande, n'est-ce pas ?

Elle tourna la tête vers lui. Indifférente, elle ne répondit pas. Il insista :

— Vous venez souvent sur cette plage ? Personnellement, je...

Il est très difficile de prédire ce que sera le temps. Un vent contraire et le beau fixe passe à un temps couvert.

— *Please, shut up... Because if you make an appointment with me, it's no ! Okayyy ?*

— Euh… Comment dire ? *I'm absoluty* de votre avis, *because it's the moment* où l'on profite le mieux de la *beach…*

— *What ? You h've not understand, guy ? Leave me alone. Shit !*

— Ah, *little* coquine, du *shit*, voyez-vous ça… *I like your* style direct, *yes, yes ! But i'm* complètement désolé, *when* je viens *at the beach…* Ah, bon, vous partez déjà ?

Elle se leva et lui lança des regards furibonds tout en rassemblant ses affaires à la va-vite dans son sac de plage. Elle s'installa un peu plus loin.

Pierre et Patrick n'en pouvaient plus de rire. Yann, dépité, revint vers eux en traînant sa serviette derrière lui. Il se vengea de l'hilarité de ses amis en secouant le sable de sa serviette sur eux et plus qu'il n'en fallait. Cela déclencha une bordée contestataire, voire injurieuse.

— Ça va les gars, ça va ! J'explique : c'est une femme mariée. Elle ne veut pas être compromise dans une aventure qui la dépasserait… Je respecte son choix. Je lui ai dit : OK, restons-en là.

— T'es vraiment un chic gars, bien sous tous rapports, le gendre idéal dont rêvent les mères pour leur fille. Si, mon vieux !… Pierre, t'as pas l'impression qu'il nous prend pour des buses ?

— Si on rentrait, j'ai un p'tit creux à l'estomac, pas vous ? proposa Yann d'un air détaché, comme s'il n'avait rien entendu.

— Tu n'es pas bien ici ? D'accord, tu viens de te ramasser et alors ? Rien ne t'empêche de recommencer avec une autre. Une célibataire cette fois, préconisa Pierre.

Patrick se rangea à l'avis de Yann.

— Non, il a raison, rentrons !

Pierre n'était pas d'accord. Il était bien à la plage. D'abord son maillot n'avait pas eu le temps de sécher, il n'était pas pressé, n'était pas venu ici pour se cloîtrer dans une villa et s'étonnait de l'insistance de Patrick. Il finit par abdiquer dans la mauvaise humeur en se retournant contre Yann, l'instigateur de ce retour précipité.

Ils traversèrent le boulevard de l'Océan et sa barrière d'immeubles à l'américaine pour s'enfoncer dans la zone des villas à l'architecture de style provinciale des années 1900. L'odeur des résineux y dominait.

Quand ils franchirent la porte de la propriété, les trois femmes s'activaient autour du barbecue. La table avait été dressée sous un parasol.

— Nous vous attendions pour allumer le feu ! cria Julie.

Patrick, sans laisser le temps de répondre à ses amis, proposa illico ses services.

Yann s'interrogea sur cette précipitation. D'habitude, il était assigné d'office à cette tâche parce que tous rechignaient à s'y mettre.

Patrick, très zélé, demanda aux femmes de s'écarter du futur brasier pour aviser la situation. De toute évidence, il fallait du charbon de bois et de l'alcool à brûler. Il les réclama.

— Voilà, dit Mathilde en claquant ses mains. Hier soir, j'étais certaine d'avoir oublié quelque chose en faisant les courses : c'était l'alcool à brûler.

Patrick n'en espérait pas tant. Il rassura Mathilde. Ce n'était pas un problème. Des aiguilles de pin et quelques branches mortes ramassées au pied des arbres feraient l'affaire. Il proposa à Yann de s'en charger tandis que lui chercherait un vieux journal dans la cuisine pour l'allumage.

— Tu en trouveras plein au fond du jardin, sous les pins, près du tas de bois ! cria Patrick à l'adresse de Yann, tout en gravissant les marches de l'escalier de la maison.

Patrick revint avec des feuilles de papier qu'il torsada, les déposa dans le fond du foyer, puis houspilla Yann afin qu'il se dépêchât.

Les femmes, attablées devant un jus de fruit, conversaient entre elles et riaient. Se tournant vers Pierre, elles s'enquirent de la température de l'eau de mer.

— Excellente, pour un premier bain !

Patrick interrompit leur conversation pour leur demander de prendre toute la mesure de la scène qui s'offrait à eux : un homme en extase devant un tas de bois. Yann, immobile, leur tournait le dos. Il recula d'un pas, sembla réfléchir, puis avança à nouveau vers le tas de bois, tendit la main pour y toucher quelque chose. Cette fois, il fit un brusque écart en arrière.

Pierre se pencha vers Mathilde et plaisanta.

— Ce sont les effets néfastes du soleil : le fameux coup de bambou.

S'adressant à Yann, il cria :

— Surtout, prends ton temps, on fera les grillades un autre jour !

Yann exécuta un demi-tour. Il revenait les mains vides et le pas mal assuré. Il se retournait de temps à autre pour montrer le tas de bois avec son index. Son teint était livide.

Cinq paires d'yeux étaient braquées sur lui.

Hagard, il se laissa choir sur une chaise, se servit une bonne dose de whisky et l'avala cul sec. Il s'en resservit une autre dans la foulée.

La désapprobation fut générale. Non mais, fallait quand même pas pousser ! Tel qu'il était parti, en soutenant ce rythme, il allait siffler toute la bouteille, seul. Ils le pressèrent donc de s'expliquer. Il fit une tentative mais ses paroles restaient inintelligibles.

— L'un d'entre vous peut-il aller voir ce qui l'a traumatisé à ce point ? proposa alors Patrick.

Adriana se leva et, d'un pas énergique, battit le sol de ses talons de liège pour se rendre au tas de bois.

Sur place, elle poussa un hurlement en trépignant puis revint en courant en invoquant sa mère. Ensuite, elle entama une sorte de danse indienne autour de la table en ne cessant de répéter – holà là, mon Dieu !

Patrick estima qu'il devait intervenir, même si, pour l'instant, tout se déroulait parfaitement. Le succès était garanti. Max Orlando avait vu juste et Patrick s'en serait bien frisé les moustaches de satisfaction si elles avaient été plus longues. A lui d'entrer en piste !

Tenant une spatule d'une main et un tisonnier dans l'autre, il partit vers le tas de bois tandis que Yann, après un troisième verre, reprenait ses esprits.

— Y a… Y a un cadavre dans le tas de bois !

Adriana opinait de la tête tout en continuant sa course effrénée autour de la table. Julie intervint.

— Adriana, arrête, s'il te plaît ! Tu nous saoules à la fin !

Patrick revint les bras ballants. Les ustensiles lui en étaient tombés des mains, ses jambes ne le portaient plus. Devant lui, tout se mit à tournoyer de plus en plus vite jusqu'à ce qu'il s'écroulât sur la pelouse.

Mathilde, clouée sur sa chaise, se demandait s'ils avaient tous des hallucinations. Julie et Pierre allèrent à leur tour jusqu'au tas de bois.

*

*   *

Gaston Dumoulin descendit de son seau et se rattrapa de justesse tandis que l'assemblage hétéroclite de son poste d'observation se dérobait sous ses pieds. Perplexe, il souleva le bord de son béret et se gratta la peau du crâne. Maintenant, c'était au tour de ses voisins d'en avoir après le fameux tas de bois !

Quant à la cause de leur affolement, difficile de le savoir. Il était dur de la feuille. Forcément, contre le

Viêt-minh, aux commandes des pièces d'artillerie, il ne portait pas de protection contre le bruit. Sans compter tous les projectiles pétant autour de lui comme un feu d'artifice sauf que, là, il n'était pas question de belles bleues ou de belles rouges mais de calibres hachant de la chair à canon. Quand il déboula dans la cuisine, Léonce se pervertissait l'esprit devant la télévision. Elle suivait avec assiduité son feuilleton journalier de l'été : un énième remake des *Feux de l'amour*. Ces choses-là ne se commandent pas !

— Léonce, va falloir que tu viennes pour écouter ce qu'ils disent. Figure-toi, ils en ont après le tas de bois. J'avais vu juste !

— Monter sur ton échafaudage ? Jamais de ma vie !

Par ce refus catégorique, dans la tête de Gaston Dumoulin, les raisons du désastre français se firent claires comme le jour. Voilà comment Hô Chi Minh avait gagné la guerre : parce que les femmes coopéraient avec les combattants. Elles transportaient des armes avec leurs bicyclettes. Pas comme ces Françaises qui ne pensaient qu'à se pomponner le minois ou à s'intoxiquer les neurones avec des histoires d'amour ! Gaston Dumoulin ne pouvait passer sous silence cette cruelle vérité et, si cette dernière n'était toujours pas bonne à dire, il ne la renia pas.

— Bordel de bordel, toutes pareilles, ces bonnes femmes !

— Va faire ta sieste et fiche-moi la paix ! se défendit Léonce.

*
* *

Patrick Chauvin était au paradis. Il entendait des voix célestes. Les anges le tutoyaient. Cependant, jamais il n'aurait pensé qu'ils pouvaient être aussi irrespectueux envers le Père éternel : « Nom de Dieu, réveille-toi Patrick ! » Et au catéchisme, ne lui avait-on pas appris que les anges n'avaient pas de sexe ? Un autre mensonge, parce qu'il entendait bien une voix féminine dire : « Il faut toujours qu'il en fasse plus que les autres. » Maintenant un ange lui tapotait la main tandis qu'un autre ordonnait : « Écartez-vous ! » Il reçut une sorte d'impact sur une joue, puis l'autre. Il eut aussi l'impression de plonger dans un océan, de revenir à l'état fœtal.

« Ça y est, il revient à lui. Va remplir une autre carafe, Yann ! »

Il cligna des yeux, les ouvrit franchement et sourit à la vie. Une résurrection ? Des têtes étaient penchées sur lui comme quand il était bébé au-dessus de son berceau.

Il n'eut pas le temps de goûter plus longtemps aux réminiscences de sa prime enfance qu'une trombe d'eau lui arriva sur la figure.

Il en eut le souffle coupé, toussa, cracha, éructa, jura, se redressa. Où était-il ?… Ah, oui…

— Làà à ! hurla-t-il, saisi par la panique, en montrant le tas de bois.

— Yann, aide-moi à le porter, on va l'asseoir dans la maison, proposa Pierre.

Ils s'assirent dans le salon. Atterrés par cette découverte, ils restèrent un moment à se dévisager. Silencieux, ils tentaient de comprendre ce qui leur arrivait, chacun gardant pour soi une foule de questions.

Pierre se leva. Il ne tenait plus en place. Il rompit le silence :

— C'est à croire que la malédiction s'abat sur nous. Pourquoi ce cadavre est-il là, alors qu'il y a des centaines de villas entre Le Pouliguen et Pornichet ?

Affaissé dans un fauteuil, les bras pendants, la tête reposant sur le thorax et les jambes écartées, Patrick, fortement choqué, murmurait dans un souffle :

— Ce n'est pas lui qui aurait dû être là…

Pierre fronça ses sourcils et porta un regard interrogateur sur l'assemblée.

— Vous avez entendu ? Qu'est-ce qu'il raconte ?

— C'est pas lui qui aurait dû être là, répéta Patrick.

— Comment ça, pas lui. Qu'en sais-tu pour avancer des choses pareilles ?

— Si.

— Si, quoi ? Précise ! insista Pierre.

— Ce devait être un mannequin, pas Max.

— Si vous voulez mon avis, son bref séjour dans les limbes lui a porté sur le ciboulot. Il n'a pas retrouvé tous ses esprits, estima Yann.

— Je vous l'ai dit, intervint Adriana. Nous avons tous vu le macchabée et pas un de nous n'a viré de l'œil, sauf ce cher Patrick. Maintenant il nous fait son numéro en racontant des conneries. C'est tout lui. Moi, ça fait des années que je le supporte. J'en-ai-ras-le-bol !

Pierre prit la défense de son ami :

— Adriana, tu te calmes, s'il te plaît. Quel intérêt aurait-il à nous raconter des salades ?

— C'est à lui de nous le dire, conclut Adriana.

— Max, je n'en connais qu'un, l'animateur de la télé, affirma Pierre.

— C'est bien lui… J'ai reconnu sa montre au poignet… Aussi sa chevalière, marmonna Patrick.

— Voilà qu'il connaît Max Orlando, maintenant ! Là, je suis inquiet pour sa santé mentale, déclara Pierre en dévisageant tour à tour ses amis.

— Avant de s'enquérir de sa santé mentale, encore faudrait-il qu'il en ait une ! railla Adriana.

— Patrick, tu me reconnais, n'est-ce pas ?

— Bien sûr, Yann.

— Parfait Patrick. Alors tu vas nous expliquer posément tout ça… Rassieds-toi, Pierre ! ordonna Yann. Nous en avons pour un moment.

*

*   *

Dans le car de la régie, ce fut le branle-bas de combat.

Les voilà, ils reviennent de la plage ! Je veux du bon travail, les enfants, exigea Sergueï Wrosinsky.

Une demi-heure après :

— La caméra quatre en action orientée vers le tas de bois en plan moyen. Regardez-le, il n'en revient toujours pas de découvrir le leurre. Ah, ah, ah, il en est pétrifié ! Il n'en croit pas ses yeux. Il faut saisir son expression : gros plan ! Trop bon… Attention, il revient vers les autres guignols. Il en est aphone. Pour s'enfiler du whisky, il ne perd pas le nord… Attention, c'est au tour de la blonde… Plan américain, puis gros plan dès qu'elle arrive au tas de bois… Ouais, super son cri d'hystérique !… C'est au tour de Chauvin d'entrer dans la danse… Il se dirige vers le leurre… je n'arrive pas à y croire, même dans sa façon de lâcher les ustensiles, il est naturel… C'est un bon comédien. Il fait demi-tour… Capte-le en plan rapproché. Édouard, tu tiens toujours le groupe à table, avec la deux ? OK, continue ! Voilà notre Chauvin sur le chemin du retour. Il se paye même le luxe de simuler l'évanouissement. C'est pas Chauvin mais cabotin qu'il aurait dû s'appeler…

— Max, il rate tout. Tu es de mon avis, Sergueï ?

— Oui, Denis. Je n'arrive pas à expliquer sa disparition.

*

*   *

— Ce n'est pas possible. Tu ne nous as pas fait ça ! ne cessait de répéter Pierre en arpentant la pièce de long en large. Ils étaient sidérés par ce qu'ils venaient d'apprendre de la bouche de Patrick, toujours assis dans son fauteuil avec la mine déconfite de l'accusé devant un tribunal.

Les faire participer, à leur insu, à la découverte d'un faux cadavre afin que la France entière s'amuse de leurs réactions… Non, ça ne passait pas !

— Il ne t'est pas venu à l'idée que nous pouvions ne pas être d'accord avec ton plan foireux ? Hein ?

Patrick n'osait répondre. Pourtant, à part le ciel, plus rien ne pouvait lui tomber dessus. En même temps, il était soulagé de ne plus supporter seul ce fardeau. Penaud, il risqua timidement :

— Ça aurait pu être marrant, quoi…

— Sauf que ça ne l'est plus du tout ! Dans le tas de bois, ce n'est pas un mannequin en latex mais un homme en chair et en os et je ne te raconte pas la suite en détail. Là, crois-moi, ça va être du délire total, du grandiose en matière de trash TV. Le glauque atteindra son apogée quand le public apprendra qu'il s'agit de l'animateur de l'émission. L'audimat va pulvériser tous les records. Ce genre d'exploit n'aura pas besoin de publicité pour connaître un succès fulgurant hors de nos frontières !

— Mais qu'est-ce qui m'a pris d'épouser un type pareil ! dit Adriana avec un air catastrophé. Qu'est-ce qu'il a donc dans le crâne ?

— Là n'est pas la question. Lui aussi peut dire la même chose sur toi, lâcha Pierre sans penser à mal.

Adriana en resta interloquée. Elle se demandait si elle avait bien compris, puis :

— Quoiii ? Et en plus, tu le défends ! Ah, c'est bien les mecs, ça !

— Oh, ça suffit ! intervint Yann. L'instant est trop grave, alors de grâce, épargnez-nous vos bisbilles ! Personnellement, dans d'autres circonstances, je n'y aurais pas été hostile. Mais être mêlé à une histoire pareille, je refuse tout net !

Mathilde fondit en larmes.

— Notre séjour est foutu. Nous sommes venus ici pour nous reposer et nous nous retrouvons avec un cadavre sur les bras. Un comble !

— Ne t'en fais pas, demain nous demanderons une autre location à l'agence, la rassura Julie.

— En laissant le cadavre où il est ?... Vous êtes inconscients ou quoi ? A coup sûr, ce sont des vacances garanties à l'ombre et pour longtemps, assura Pierre.

Tous se focalisèrent à nouveau sur le responsable de cette situation dépassant tout entendement. Pourquoi s'était-il laissé embarqué dans une telle galère ? Quand, de surcroît, ils apprirent que l'idée de cette mise en scène macabre venait de lui et qu'il en avait fait la proposition à la société de production, une pluie de noms lui attribuant un état psychologique proche de l'internement s'abattit sur le malheureux.

« Il est dingue. C'est simple : il est com-plè-te-ment-din-gue ! », ne cessait de répéter Adriana.

Tout cela ne résolvait pas pour autant le problème du cadavre, rappela Julie à juste titre.

Puisque Patrick avait été si malin pour les mener dans ce traquenard, il devait l'être tout autant pour les en sortir. L'important n'était-il pas qu'il trouve une solution pour les débarrasser du corps ?

Alors, il énuméra un éventail d'expédients, allant de la chaux vive au bain d'acide, mais le plus efficace – et sans conteste le plus usité par les vrais professionnels du sud de l'Italie – n'était-il pas encore un lest de ciment aux pieds pour une immersion au large de la baie ? Du travail propre et soigné et de la nourriture pour les crabes.

Cette solution ne recueillit pas un écho favorable parce que jugée irréalisable. Certes, la partie maçonnerie ne posait aucune difficulté majeure, tout au plus le juste dosage des matériaux et un bon savoir-faire pour gâcher le ciment.

C'était la suite : il fallait un bateau, embarquer le cadavre en un lieu désert de la côte puis naviguer de nuit, ce qu'aucun d'eux ne maîtrisait. Alors il fut demandé à chacun de se dénouer les synapses pour trouver la solution la plus pragmatique afin de faire disparaître définitivement Max Orlando de leur vue.

Pierre interrogea Patrick pour mieux connaître les dessous de cette affaire.

Un contrat avait été signé avec une société de production dont Max Orlando était l'animateur vedette. La prestation de Patrick était agrémentée d'un cachet. Il avait bien sûr l'intention de partager une partie de cette somme avec ses amis. Cette clause n'était pas inscrite au contrat parce que cette transaction ne regardait pas la société de production.

— Ah je comprends ! Ils sont malins. En cas de litige : démerdez-vous ! La responsabilité de la société de production est dégagée. Elle ne reconnaît que le signataire, c'est-à-dire Patrick. Quand devais-tu nous en informer ?

— A la fin du séjour.

— Et si nous n'étions pas d'accord ?

Patrick alla chercher le contrat. Yann fit la lecture des passages les plus importants.

— Écoutez bien la mention de l'article huit : Tous les droits de retransmissions, y compris ceux négociés avec les sociétés audiovisuelles étrangères, reviennent à la société Produ-système après que le signataire désigné en tête dudit contrat – c'est-à-dire l'irréfléchi assis en face de nous – ait perçu pour sa prestation la somme forfaitaire inscrite à l'article dix…

Il tourna la page, lut l'article concerné et en tira cette conclusion :

— A savoir Mesdames et Messieurs, des clopinettes pour faire les singes devant des millions de personnes alors que Max, lui, devait palper des sommes bien plus importantes… C'est ce que l'on appelle un contrat léonin ! N'oublions pas le star system : plus tu as la cote, plus tu fais de l'argent, au motif magnanime de faire oublier aux téléspectateurs leurs emmerdes de fin de mois en les immergeant dans des divertissements consternants. Chapeau bas !

— Yann, si nous ne pataugions pas dans les ennuis, je t'applaudirais volontiers, reconnut Mathilde.

— Nous ne sommes pas ici pour faire le procès d'un système dévoyé mais pour nous débarrasser d'un cadavre gênant, rappela Pierre.

— D'accord. Mais j'approuve aussi Yann. Il a le mérite de nous ôter tout scrupule pour passer à l'action, fit remarquer Adriana.

Yann proposa un vote référendaire car, réflexion faite, seulement deux possibilités s'offraient à eux : faire disparaître le corps ou pas. Dans le deuxième cas, il ne leur restait plus qu'à confesser leur découverte au commissariat avec l'inconvénient majeur d'avoir à supporter mille tracas et de renoncer définitivement à leur séjour.

— Je n'ai pas envie de cela, pleurnicha Mathilde.

— Oh ! Tu vas arrêter de larmoyer à tout propos. Personne n'y tient, la houspilla Adriana.

A main levée, la première proposition remporta tous les suffrages.

Julie demanda à Patrick à partir de quel jour les prises de vues commençaient. Celui-ci répondit que la première scène venait d'être filmée. Quand Adriana entendit cela, elle demanda à ce qu'on la retienne sinon la perspective d'un deuxième cadavre devait être prise en considération.

Julie voulut en savoir plus sur le déroulement des opérations ; qu'était-il prévu si, après leur macabre découverte, leur intention avait été de téléphoner à la police ? Patrick devait persuader ses amis de retarder cette éventualité. Le mannequin devait être retiré au cours de la prochaine nuit. Dans le cas contraire, deux comédiens, faux policiers, se seraient rendus sur place non sans avoir prévenu les vrais qu'il s'agissait d'une mise en scène pour la télévision.

En référence, Mathilde évoqua une émission baptisée “La caméra planquée”. Tous se regardèrent. Mais alors des caméras, il y en avait partout, y compris dans la pièce dans laquelle ils étaient ! L'affolement gagna. Patrick eut un mal fou à leur faire entendre qu'il n'était nullement question d'yeux espionnant à l'intérieur de la maison. Uniquement dans le jardin. Était-il encore crédible en affirmant cela ?

Yann fut traversé par un éclair. Ce matin, en se réveillant, il avait observé le faîte de l'arbre sous lequel il avait dormi. Sur la plus haute branche était fixée une tige métallique.

Patrick se lança dans l'explication des nouvelles technologies comme la Wi-Fi, le captage d'Internet par les ondes. Ce qui autorisait, entre autres prouesses, un informaticien averti à pénétrer dans les ordinateurs de son voisinage, s'ils n'étaient pas sécurisés.

Ses amis lui firent savoir qu'ils avaient un cadavre sur les bras et qu'ils se fichaient des avancées du binaire comme de l'an quarante. Patrick Chauvin rétorqua que l'explication était utile pour comprendre la suite. Les caméras miniaturisées, positionnées dans le jardin, étaient télécommandées par l'intermédiaire de l'antenne. Les prises de vues étaient retransmises par ce système d'ondes à un studio mobile stationné plus loin, du côté de la voie ferrée. En enlevant l'antenne, on supprimait la manipulation des caméras.

D'un avis général, le sort de l'antenne et des caméras serait scellé au moment opportun. Ils devaient résoudre en urgence le cas de Max Orlando.

— J'ai une idée ! s'écria Mathilde.

*

* *

Après avoir déjeuné, Jean Bonneau s'était assoupi sur sa chaise, la tête abandonnée sur son double menton. Dans son assiette gisait, entre autres reliefs, la carcasse d'un poulet. Reprenant sa respiration après une apnée prolongée, l'un de ses ronflements, plus sonore que les autres, le réveilla brutalement. « Qu'est-ce ? » se dit-il aussitôt, croyant à une alerte générale, une attaque soudaine ou quelque chose de ce genre.

Il émit des borborygmes, et comme il n'en était rien, replongea bien vite dans un état de veille, les paupières mi-closes. A présent, tel un soufflet de forge, il expulsait son souffle par la bouche en faisant vibrer ses lèvres l'une contre l'autre. Progressivement, il glissait à nouveau dans la narcolepsie quand, implacable, le réveil se mit à sonner.

Il eut un soubresaut et releva brusquement la tête en prenant une profonde inspiration.

Quinze heures : et maintenant la plage !

Dur métier de flic… Il bâilla bruyamment puis se frotta les yeux avant de porter son regard endormi sur la vue imprenable de la baie ensoleillée. Il logeait dans l'un des immeubles du front de mer, en aplomb du boulevard.

Cependant, il ne portait pas un jugement favorable sur ses conditions de travail. Quand on est obèse, la chaleur est intolérable sur la plage, le sable pénètre partout et colle aux plis du corps. Il devait aussi se coltiner la promiscuité des estivants et tous les désagréments que cela engendrait : cris, jets de ballons, zézaiements des MP3, effluves d'huile solaire… La liste était loin d'être exhaustive. Certes, il y avait de jolies filles à regarder, belles comme des Miss Monde, mais il devait aussi supporter des ex-Barbies fripées, entrées en résistance contre les dégâts des ans, des pré-pubères pas encore complexées par leur corps ou encore des jeunes freluquets aux muscles arrogants qui s'y croyaient carrément. Quand ce n'était pas des vieux bedonnants, plantés au bord de l'eau sur leurs guibo-les de rossignols. Ces derniers ne se faisaient plus d'illusions. Leur raideur avait muté depuis un temps déjà…

Chaque individu ambitionnait d'être l'unique spécimen de son espèce.

Tous se côtoyaient et s'exposaient pêle-mêle sur une serviette délimitant leur surface restreinte de pulvérulence minérale.

Jean Bonneau noua le cordon de son bermuda aux motifs exotiques, enfila une chemisette, passa un drap de bain autour de son cou, mit son chapeau de paille, puis partit rejoindre les cohortes de doigts de pieds en éventail, non sans avoir chaussé ses lunettes de soleil pour parachever sa panoplie de parfait vacancier en assurant son incognito.

Après s'être faufilé dans le dédale des serviettes désertées et des corps allongés, il s'installa à son tour, attirant les regards un rien dédaigneux auxquels tout nouvel arrivant, considéré comme un intrus, avait le droit. Jean Bonneau ne s'en souciait pas. Il y voyait là les comportements qu'ont les populations de phoques sur les rochers. Toujours un pour déranger les autres, à un moment…

Il repensa à son visiteur de la matinée et à cette émission de télévision. Il en déduisit que la connerie humaine avait la particularité d'être la seule ressource inépuisable sur cette terre et réservait bien des surprises car on inventait maintenant de faux cadavres pour divertir le téléspectateur.

Si ce n'était la redevance audiovisuelle utilisée à mauvais escient pour gaver le public d'âneries, tout cela ne le concernait pas, sauf qu'un animateur célèbre s'était évanoui dans la nature.

Dans quarante-huit heures, on pourrait qualifier cette absence de disparition ou du moins l'envisager comme telle et, dans les soixante-douze heures, pourquoi ne pas entrevoir la possibilité d'un rapt avec une demande de rançon dont il faudrait négocier âprement les modalités de versement ?

« Mais du calme, mon Jeannot », se dit-il. « Nous n'en sommes pas encore là. Pour l'instant, il s'agit d'un individu majeur. Cela ressemble tout au plus à une escapade... Que vois-je là-bas ? Trois hommes marchant côte à côte dans les vagues mourantes... Trois, c'est limite suspicieux... Toutefois, impossible d'appliquer la loi interdisant les rassemblements de plus de trois individus, nous ne sommes pas dans un hall d'immeuble. Pourtant, mine de rien, ils peuvent très bien fomenter un attentat, un casse, un complot politique, tout en marchant tranquillement... Tiens, tiens ? L'un d'eux est coiffé comme un rasta et un autre, petit moustachu dégarni et rondouillard, le troisième se la joue viril en bombant du torse pour gommer son ventre... Ne serait-ce pas ce groupe dont m'a parlé ce Bro... Wro... Crosinsky ? Si. Ce sont eux, suivis de leurs épouses. »

*

*   *

— Regardez, entre le club "Star of the sea" et l'escalier, c'est parfait, considéra Mathilde. Cette parcelle est la moins fréquentée.

— L'avantage est l'escalier. Cela facilitera bien des choses, nota Julie. Qu'en pensez-vous, les gars ?

— Mouiii, répondit Patrick, pas convaincu.

— On ne leur demande pas leur avis. Ce sera là, un point c'est tout ! intima Adriana.

— Un peu plus de discrétion, s'il vous plaît. J'éprouve l'impression désagréable d'avoir tous les regards braqués sur nous. J'ai peur, dit Mathilde en se mettant à sangloter.

— Et c'est reparti ! Tu… Mathilde, tu nous emmerdes avec ta parano ! explosa Pierre.

Adriana s'insurgea :

— Toi, tu la fermes, gros rustre ! Viens me voir, ma cocotte. Tu ressens ce sentiment parce que tu te sens coupable, c'est ça ?

— Voui.

— Mais ce n'est pas toi qui l'as tué, n'est-ce pas ?

— Bien sûr que nooon…

— Eh bien alors, sois zen ! Regarde et imagine ! Si tu remontes tout en haut de la plage, pour le coup, c'est toi qui regardes les gens. Tu vois, cela dépend de ta position géographique. C'est tout.

— Bon, au lieu de disserter sur la position des individus sur la plage, efforçons-nous d'être naturels et continuons à marcher en direction de Pornichet, rappela Patrick.

— Zut, on ne va pas se taper toute la plage à pied jusqu'à Pornichet ! râla Pierre. Et puis si Mathilde n'est pas bien, elle consulte un médecin et on n'en parle plus !

— Pour qu'il lui prescrive des p'tites pilules qui font voir la vie en rose ? Ça ne changera rien. Toi, Pierre, tu seras toujours aussi con et pour cette maladie, il n'existe aucun remède !

— Adriana, tu me lâches… Parce que maintenant, c'est de ma faute si elle est comme ça ?

— Allons, allons. Du calme. Prenons un bain, suggéra Patrick.

— Bonne idée ! s'exclama Julie.

Ils remontèrent sur le sable sec et se dévêtirent à la hâte de leurs chemises et de leurs shorts.

— Mais enfin, chouchou, c'est quoi ce maillot, tu ne mets pas le haut ?

— Non.

— Tu vas exhiber tes berlingots, comme ça, aux yeux de tous ?

— Et alors, je ne vais pas faire la mijaurée devant trois coqs de sous-préfecture.

— Dont deux chapons, rectifia Yann.

Pierre et Patrick échangèrent un regard. Ils s'étaient compris, leur rictus en disait long sur les suites de cet affront.

Yann saisit la menace et détala comme une flèche vers la mer, talonné par ses deux amis, décidés à venger cet outrage à leur virilité.

— De vrais gamins. On ne dirait pas qu'ils portent le poids d'un cadavre sur leur dos, se désolait Mathilde.

— Pourquoi a-t-on mis cet homme dans notre jardin ? Je n'arrive pas à le comprendre, s'interrogea Julie.

— C'est évident, il y a un lien avec l'émission… Les filles, ce matin au cours du petit-déjeuner, rien ne vous a interpellé dans la conversation ?

Mathilde et Julie ne voyaient pas ce à quoi Adriana faisait allusion.

— Réfléchissez… Cette nuit, chacun d'eux est allé dans le jardin à un moment ou un autre. Et pourquoi pas ensemble, hein ?

— Tu cherches à nous faire comprendre que…

— Je n'insinue rien mais je me pose beaucoup de questions, admit Adriana, mystérieuse.

Elle en avait trop dit. Aussi Mathilde et Julie la prièrent-elles de préciser le fond de sa pensée.

Adriana l'admettait volontiers, son mari s'était fait posséder en signant ce contrat.

Dans cette affaire, il ramassait tout au plus des miettes.

Alors, s'en était-il rendu compte, et, pris de remords, en avait-il parlé à ses deux amis ? La nuit dernière, dans le jardin, une ultime discussion avec Max Orlando se serait-elle mal terminée ?

Mathilde reçut cette éventualité comme un choc et mit du temps avant d'affirmer qu'elle n'imaginait pas une seule seconde son mari ou Patrick être des assassins.

— Je ne dis pas par un acte volontaire mais plutôt un accident survenu au cours d'une empoignade. Mathilde, tu l'as dit toi-même, cette nuit, un bruit t'a réveillée…

— Oui, bien sûr. Mais j'ai du mal à admettre ce scénario et je les imagine mal se prêtant tous les trois à la comédie de l'étonnement.

— Moi pas. N'as-tu pas remarqué le ton de Pierre ? Il sonnait faux ! Il n'a pour ainsi dire pas réagi à l'énormité qui nous tombe dessus.

— Et Yann dans tout ça ? demanda Julie.

— Il serait arrivé après la scène tragique.

Mathilde mit sa main sur son poitrail et dit d'un air effaré :

— Mon Dieu, c'est horrible, jamais je ne supporterai de dormir avec un assassin. Faites quelque chose, les filles… Je me sens mal.

— Ah non, Mathilde, ressaisis-toi, nous n'avons aucune preuve ! C'est une hypothèse.

— Regardez-les comme ils s'amusent dans l'eau !

— Allons les rejoindre !

VII

— Kéque t'as, Gaston, pourquoi ne manges-tu point ?

— Pas faim, maugréa-t-il. Sers-moi donc un p'tit coup de jaja, Léonce.

— C'est mauvais pour ta santé qu'il a dit le médecin.

— Ah ! Cesse donc avec cet oiseau de malheur. C'est pas le pinard qu'est mauvais pour la santé, c'est ce qu'on mange avec. C'est bourré de produits chimiques à c'qui paraît !

Puisque Léonce était réticente, Gaston Dumoulin prit la bouteille, ôta la capsule en plastique et se servit lui-même un verre.

— Tu te fais trop de bile avec ces touristes.

— Quand ils sont revenus de la plage, ils ont sorti des outils du garage.

— Et alors…

— Et alors ? Explique-moi donc ce que des touristes ont à faire avec des pelles et des pioches, ce n'est tout de même pas pour faire des pâtés de sable sur la plage, si ?

— Chais pas.

— C'est pas une réponse ça ! Allume la télé, c'est l'heure des infos !

A cause de sa surdité, Gaston Dumoulin forçait sur le volume sonore, l'amplitude des décibels fréquentait allègrement le pic des nombres à trois chiffres.

« — (...) *La présence d'un anticyclone, bien ancré sur les Açores, nous promet pour demain et pour les jours à venir, un magnifique temps ensoleillé sur tout le territoire. En revanche, en début de semaine, une dégradation est attendue. En effet, des orages pourraient se déclarer sur l'Ouest...* »

— Bah, à la météo quand ils disent une chose, il arrive tout son contraire, reprit-il.

— Kéque tu racontes ? J'entends pas, dit Léonce en tendant l'oreille tant le poste braillait.

Gaston Dumoulin s'était décidé à manger sa soupe. L'œil rivé à l'écran, il aspirait bruyamment et avec la régularité d'un métronome ses cuillerées plus qu'il ne les avalait. Quand son assiette fut aux trois quarts vide, il y versa le reste de son verre de vin, le mélangea au potage et repartit de plus belle avec ses bruits de siphon.

Sa femme posa le plat suivant sur la toile cirée. Dans la cacophonie ambiante assurée par le téléviseur, il ronchonna son désaccord. Les dessous de plats n'étaient pas faits pour les chiens ! Agacé, il se resservit un autre verre de vin tandis que la femme-tronc du journal télévisé – « *Mesdames, Mesdemoiselles et Messieurs, bonsoir...* » – apparaissait à l'écran pour annoncer les titres du journal sur un fond musical dissonant.

Gaston Dumoulin faillit s'étrangler avec sa bouchée. Que venait-il d'entendre ?

A Hanoï, non loin de Diên Biên Phu, les autorités vietnamiennes et françaises commémoraient les accords de Genève conclus en juillet 1954 après la défaite du 7 mai.

Complètement abasourdi, Gaston Dumoulin n'en croyait pas ses oreilles. Il lui fallut peu de temps pour réagir :

— Quoi ! Ils sont retournés là-bas ? Bandes de communistes ! brailla-t-il.

Il fut à deux doigts d'éjecter le poste par la fenêtre quand une voix intérieure le ramena à la raison. Furieux, il zappa aussitôt la chaîne – et ses souvenirs cuisants – puis se précipita sur la bouteille de vin afin d'y retrouver un peu de réconfort. Le goulot tinta sur le col du verre.

Il ingurgita sa dose puis fit une pause pour remettre de l'ordre dans sa tête. Son cœur, ses tempes, ses jambes battaient à un rythme techno. La terrible nouvelle l'avait tourneboulé.

— Nom de Dieu, Léonce ! T'as entendu ? Maintenant il faut copiner avec les Viets ! Jamais tu m'entends, jamais de ma vie, je ne pactiserai avec les rouges !

— Tais-toi donc à la fin, je n'entends rien de ce qui se raconte dans le poste !

« — *(…) Et oui Max, toute ton équipe t'attend. Alors, Max, si tu nous vois ou si tu nous entends, reviens vite, nous comptons sur toi à La Baule !* »

— Quoi, qu'est-ce qui z'ont dit sur de Gaulle ? demanda-t-il, prêt à reprendre du service dans la résistance.

— La Baule, pas de Gaulle ! T'arrêtes pas de gueuler, comment veux-tu que je comprenne !… A c'qui paraît, quelqu'un aurait disparu à La Baule…

— Bah, cherche pas. C'est un coup de ceux d'à côté.

Étaient-ce les premiers symptômes de la sénescence ? A l'entendre accuser des touristes innocents, elle en remua la tête de gauche à droite et consternée, répliqua :

— Tu deviens complètement maboul avec l'âge, mon pauvre Gaston. Arrête de dire des bêtises !

Incompris, Gaston Dumoulin se réfugia dans le mutisme. Contrarié par l'équipée renégate de ces anciens combattants français au Vietnam, il termina son repas comme il l'avait commencé : sans appétit. C'était à croire que plus rien ne tournait rond dans le pays.

Cependant, il puisa au fond d'un autre verre de rouge une pensée cocardière aux accents gaulliens :

— Léonce, la France est comme son camembert : bonne, généreuse, mais trop coulante.

Après cette considération alimentaire teintée d'amertume, il ingurgita un dernier verre et déclara qu'il ne baissait pas pour autant le pavillon.

Il s'en alla reprendre son quart de garde.

Ils étaient là, tous les trois, tenant les outils par leur manche pour s'assurer de leur bonne tenue en main… se les passaient tour à tour… complotaient entre eux…

*

* *

— Tu es certain d'avoir neutralisé l'antenne ? s'assura Pierre auprès de Yann.

— Aucun doute.

— Nous n'aurons pas à utiliser la pioche. Les pelles devraient convenir, considéra Pierre en recensant les outils alignés contre le mur de la maison.

— A condition de ne pas tomber sur de la rocaille en creusant, releva Patrick.

— Tu n'as tout de même pas l'intention d'attaquer la roche à coups de pioche ?

— Euh, non.

— Donc chacun de nous prend une pelle.

— Une bâche ! Il nous en faut une pour envelopper le corps, fit remarquer Yann.

— J'en ai repéré une en plastique bleu. Elle est dans le garage. Va la chercher, Patrick.

— Que regardes-tu ? demanda Pierre à Yann.

— Si personne ne peut nous apercevoir.

— Je ne le crois pas. Le mur de la propriété est assez haut pour nous protéger des indiscrets. De plus, il fera nuit.

Ils inventorièrent une dernière fois l'essentiel de l'outillage et des accessoires. L'opération serait terminée à trois heures. L'heure à laquelle Adriana, Mathilde et Julie rentreraient.

Ce soir, elles dînaient au restaurant. Après, c'était casino et boîte de nuit. Elles s'interdisaient de remettre les pieds à la villa tant qu'elle serait hantée par la présence du cadavre.

*

*   *

En l'absence des techniciens, Sergueï Wrosinsky mit en fonctionnement la caméra un. Il brancha un moniteur de contrôle. L'effet neige apparut sur l'écran. Ce brouillage était-il dû à des parasites ? Pour s'en assurer, il alluma tour à tour les écrans suivants. Le résultat était identique. Sur les moniteurs ondulaient des stries verticales quand elles n'étaient pas horizontales, pareilles aux strates d'un millefeuille. Autant dire, en l'état, rien n'était exploitable.

Ses connaissances techniques se bornaient à de simples notions, aussi son premier réflexe fut-il de se lancer dans la vérification de toutes les connexions des appareils à l'intérieur du car puis il termina par l'inspection de l'antenne du toit. Rien ! Peut-être s'agissait-il de la rupture d'un câble ? Auquel cas, l'un des deux techniciens devrait les tester un à un à l'aide d'un ohmmètre, ce qui prendrait du temps, or Sergueï

Wrosinsky n'en disposait pas. Il réfléchit : ce type d'incident technique était fort rare. Il s'était vite emballé. La panne provenait plus vraisemblablement de l'antenne de la villa.

La première des précautions était de sauvegarder les prises de vues de l'après-midi, puis de pénétrer dans la propriété sans se faire remarquer, tout en conjurant le ciel que ce fût l'unique souci technique.

*

*   *

Patrick avait préparé le dîner : un repas des plus ordinaires se résumant à deux boîtes de cassoulet. Il ne portait pas le trio à la jovialité. La corvée à venir, non plus, n'était pas réjouissante et personne n'aurait su dire dans quelle catégorie classer le service funèbre qui allait suivre. En tout cas, pour l'instant, l'atmosphère s'apparentait parfaitement bien à celle d'une veillée mortuaire : recueillie, pesante même.

Yann proposa de prendre une bouteille de vin dans la réserve du propriétaire des lieux, histoire de dégeler la morosité ambiante. Des grands crus sommeillaient dans la cave et ne demandaient qu'à enchanter leur palais. Il y eut des désapprobations. Non, cela ne se faisait pas !

Yann mit l'accent sur l'état des lieux établi par l'agence de location en leur présence, lequel ne mentionnait pas de réserve de vins. Alors, une bouteille de plus ou de moins, qui le prouverait ?

Les réticences de Pierre faiblirent. Bon, après tout, en l'absence de preuves, oui, pourquoi pas ? Le propriétaire était aussi un peu fautif en ne protégeant pas sa cave. C'était tenter le diable !

Patrick joua la partition du rabat-joie : question de civilité ! Yann en resta coi avant de répondre :

— Non mais je cauchemarde ! Si nous en sommes là, c'est quand même un peu par ta faute, non ? Alors, ta morale, tu t'en fais un coussin et tu t'assois dessus !

Patrick, embarrassé, bafouilla quelques excuses. D'accord mais sans lui.

Quand Yann tira sur le tire-bouchon, le bruit de la délivrance résonna dans la cuisine. Leur choix s'était porté sur un Château l'Angélus®. Non seulement c'était un grand cru classé mais encore le nom sonnait bien en la circonstance. Des prières, l'hôte du tas de bois en avait besoin.

Le liquide couleur rubis chanta en coulant dans les verres. Dans un premier temps, Yann et Pierre en humèrent les odeurs boisées puis les premières prises, mêlées d'air, roulèrent en bouche pour libérer tous les arômes.

Elles furent avalées. Il s'ensuivit, sans retenue, des bruits de bouche et des claquements de langue sur le palais, accompagnés d'onomatopées de plaisir. Il y eut un silence de prétoire avant l'énoncé du verdict… Ce furent des éloges appuyés pour bien faire comprendre à Patrick qu'il était dans l'erreur en boudant ce plaisir.

— Franchement Patrick, à faire ton cul serré, tu ne sais pas à côté de quoi tu passes… Je t'en sers un verre ?

— Hum… Bon d'accord, mais un seul…

— Sois tranquille, personne ne saura que tu en as bu.

Le regard de Patrick s'anima. Il reconnut qu'il n'était nul besoin de se faire violence.

— Tu en reprendras peut-être un autre ? proposa Yann.

— J'avoue que je ne vais pas opposer de résistance.

La première bouteille eut raison de l'atmosphère glaciale du début du repas. Chacun eut des anecdotes à raconter au sujet de bonnes bouteilles descendues lors d'occasions particulières si bien que l'envie d'en ouvrir une autre trouva cette fois toute sa légitimité.

*

*   *

Sergueï Wrosinsky claqua la porte du car. Essoufflé, il se laissa choir dans un fauteuil.

Il avait couru sur le chemin du retour de la villa où il s'en passait de bien bonnes. Quand il avait ouvert la petite porte de bois pour pénétrer dans le jardin, les lumières de la cuisine étaient allumées. Il avait entendu que l'on y chantait à tue-tête. En la circonstance, cela avait quelque chose d'indécent, de déplacé. Trouver un cadavre dans un jardin ne portait pas à faire la bombe, mais bon… En même temps, il reconnaissait que cette fête dont il ignorait les raisons tombait à point.

Il s'était faufilé dans la pénombre pour parvenir jusqu'à l'arbre et y grimper afin de rafistoler l'antenne. Nul doute, elle avait été détériorée lorsqu'il s'était absenté avec les techniciens pour une pause. De toute évidence, il s'agissait d'un acte délibéré.

Rien de ce qui avait été décidé entre Max et Chauvin ne se réalisait et ce sabotage en était une preuve. Le vent avait tourné. Ils avaient donc une autre idée en tête : celle de remettre en cause le projet. Le risque était réel. Il devait tourner cet aléa à son avantage.

Sergueï Wrosinsky se questionna sur la manière dont Max aurait appréhendé cette situation. Il aurait certainement tenté de rencontrer Patrick Chauvin. Mais pour lui dire quoi ? Il n'aurait rien pu faire ni rattraper quoi que ce soit.

Il allait montrer à l'équipe Produ-système ce dont était capable Sergueï Wrosinsky. Le directeur, ce vieux gueulard, lui qui tenait ses personnels pour des novices, des incapables, n'en reviendrait pas.

Et comment réussirait-il ce tour de force, lui, Sergueï ? En faisant le contraire de Max. Il avait sa petite idée. Il s'assurerait du concours des femmes en les séduisant par tous les moyens. Sur les trois, il y en aurait bien une pour convaincre les deux autres.

Max avait commis une erreur en ne faisant pas participer la femme de Chauvin au projet. Pourtant, il le lui avait conseillé mais il était resté sourd à sa demande, trop aveuglé par son ego. Les femmes devaient se prosterner à ses pieds.

Toutefois, à la décharge de Max, il fallait reconnaître qu'avec la pétulante Adriana, cela n'aurait pas été facile. Elle avait une personnalité trop fantasque.

Il alluma l'un après l'autre les moniteurs pour vérifier si sa réparation de fortune fonctionnait. Les images saccadées se stabilisèrent tant bien que mal après qu'il eut opéré quelques réglages à l'aveuglette à partir de la console centrale garnie de boutons chiffrés, de curseurs gradués et de cadrans à aiguilles oscillantes, selon les gestes des techniciens. Le résultat était passable. Seule, la caméra dirigée sur le tas de bois renvoyait une vue à peu près exploitable. C'était là l'essentiel.

Il programma l'heure de l'enregistrement et quitta le car-régie.

*

*   *

Jean Bonneau, à la recherche de la fraîcheur vespérale, se baguenaudait sur l'esplanade conquise par les piétons tandis que le va-et-vient des voitures persistait sur le boulevard.

L'ambiance nocturne s'installait. Des odeurs de barbe à papa, de guimauve et de friture flottaient dans l'air, portées par la brise naissante venue de la mer. Une torture pour le commissaire, amateur de friandises.

En se rapprochant du carrousel, situé entre le casino et l'hôtel Royal, il entendit une valse jouée à l'orgue de barbarie. Elle le transporta dans un autre temps, trop vite passé. Ses souvenirs de jeunesse ressurgirent sur un fond de mélancolie.

Ce soir, il n'avait pas envie de draguer le suspect dans la frénésie nocturne de certains établissements de la station balnéaire. Il éprouvait une sorte de ras le bol de sa profession dû en partie à son âge, mais aussi à l'intérêt décroissant qu'il portait à présent à l'opération “Came l'eau”.

Les dernières informations faisaient état d'une annulation possible de l'escale du bateau à La Baule. Un indic avait annoncé une arrivée sur les côtes du Finistère.

Jean Bonneau n'était pas surpris par ce rendez-vous manqué. Sans avoir la rate au court-bouillon, il ressentait tout de même une petite pointe de frustration à l'idée de cette marchandise lui passant sous le nez, au large des îles Evens.

Il connaissait aussi les ruses des trafiquants. Ils diffusaient souvent de fausses informations pour brouiller leurs traqueurs. Donc il n'écartait pas totalement l'espoir d'un débarquement ici même. Pour l'heure, la cellule de coordination de l'opération avait ordonné le statu quo.

Il repensa à cet homme de la télévision. Il se dit qu'il ne lui en coûterait rien de rendre une petite visite aux locataires de la villa. Histoire de se faire une opinion.

Aussi pour faire croire qu'il portait une attention à cette affaire de disparition, car il était certain, ce Pro… ce Strosinsky reviendrait l'importuner avec cette histoire.

Si les piétons avançaient, se croisaient ou changeaient de direction dans une sorte de fluidité naturelle, Jean Bonneau, lui, progressait imperturbable comme une machine de guerre. Se trouver sur son passage était à coup sûr courir un désastre. Si bien que le vide se faisait devant lui. Un périmètre de sécurité, un *no man's land* à ne pas franchir s'établissait spontanément autour de sa personne. Ainsi, après avoir entendu des miaulements, il fut le seul à apercevoir un chaton égaré.

Il s'arrêta et se baissa pour prendre cette peluche vivante. Les coutures du fond de son pantalon connurent une tension extrême, proche de la rupture. L'animal apeuré par cette masse qui fondait sur lui, hérissa son poil et cracha en montrant ses dents. Peine perdue.

Jean Bonneau le saisit par la peau du cou. Il le porta à hauteur de ses yeux.

« Pauvre minet », s'apitoya-t-il.

Que faire, sinon garder ce pupille jusqu'au lendemain pour décider de son sort ? Il rentra à son appartement avec son protégé.

*

*   *

— *Y avait un macchabée, qui disait, qui disait, qui disait tsoin tsoin ! A c'qu'on... !*

L'horloge comtoise de la cuisine carillonna, puis marqua les deux coups en jetant un froid dans la pièce.

Le silence prit place.

Trois bouteilles de Château l'Angélus® alignées sur la table, comme autant de trophées que les autres n'auraient pas, dénonçaient la beuverie.

C'était ainsi. Ils ne s'en étaient pas rendu compte. Ils avaient occupé leur soirée comme ils avaient pu dans l'attente de l'heure prévue, en se mettant un peu de baume au cœur en vue de la basse besogne à exécuter.

Quoi qu'il en soit, ces choses ne souffrent pas l'analyse, elles arrivent comme ça, sans que l'on sache vraiment pourquoi ni comment.

Patrick émit un bâillement sonore à s'en décrocher la mâchoire puis annonça en titubant :

— J'irais bien me coucher... Pas vous les gars ?

Sans dire un mot, Pierre le saisit par l'arrière du col de sa chemise et pointa son index sur le cadran de l'horloge puis vers le jardin pour rappeler à son ami qu'un invité indésirable y patientait.

Ils sortirent.

Si d'aucuns se seraient acquittés de cette tâche macabre avec répugnance, les trois compères, complètement désinhibés par l'alcool, l'abordèrent sans aucune appréhension.

Pierre s'installa au volant de son 4x4. Il enclencha la marche arrière. La boîte de vitesses hurla son désaccord, il s'en prit au matériel étranger et à son manque de performance. Après plusieurs reprises, il présenta enfin correctement le hayon du véhicule face au tas de bois.

Pendant ce temps, Yann dégageait les premières bûches pour accéder au cadavre. Il les lançait à la volée.

Patrick, lui, s'efforçait de déployer la bâche, non sans s'être étalé par terre plusieurs fois et avoir appelé ses amis à la rescousse pour l'aider à se relever. Les gestes étaient lourds, désordonnés.

Quand l'animateur fut découvert, Pierre demanda à ses amis de s'écarter parce que, jusqu'à présent, il ne l'avait vu qu'à la télévision. Il tapota la joue du mort.

— Alors mon vieux, qu'est-ce que tu fais là, hein ?

Il exprima une mimique de déception.

— Ben, dites donc, je ne le reconnais pas.

— Forcément… Hé… Quand tu le vois à la télé, il est maquillé, précisa Patrick.

— Il est mort surtout, rectifia Pierre. Vous avez vu ? Holà là, comme il est petit… Je m'attendais à un autre mec. Quelqu'un de plus balèze, voyez… Genre un mètre… Chais pas moi… En tout cas, plus grand… Dans le fond, il n'est pas si terrible que ça.

— Faites voir… demanda Yann à son tour. Ouais ben, maquillé ou pas, il a une drôle de tête ce gus.

Les avis divergeaient, enfin chacun finit par admettre : sous les sunlights multicolores, avec un costume bien coupé de chez un excellent tailleur, un bon plan des caméras et entouré de superbes nanas, c'était certain : l'Orlando était à son avantage. Là, sur son tas de bûches, il n'avait l'air de rien. Non, franchement, il décevait !

Yann n'était pas surpris. Elles étaient comme ça les vedettes de la télé, toujours au top devant les objectifs des caméras, mais finalement, quelconques dans la vie de tous les jours. Devant le public c'était sourire obligé de façade, langage châtié et bonnes manières. Derrière, c'était selon : prises de gueules, coups tordus, consensus hypocrites ou cirage de pompes pour défendre sa part de butin.

Il était inutile d'inventer des concepts scandaleux pour amuser le téléspectateur, le PAF, protéiforme à souhait, se suffisait à lui-même. N'était-il pas un excellent vivier de sujets d'émissions ? Et c'était celle là, la vraie télé-réalité !

— Tu peux répéter, Yann ? J'ai pas bien compris.

— Laisse tomber Pierre. Yann veut dire : si la télévision se mettait en scène, le choc serait brutal pour le public, traduisit Patrick en se rattrapant de justesse au tronc d'un arbre pour ne pas tomber.

La façon d'envelopper le corps dans la bâche de plastique fut l'occasion de nouvelles palabres.

Enfin, au terme de bien des discours et de tergiversations, Max Orlando, vedette nationale du petit écran, termina emballé comme un énorme bonbon dans la bâche bleue, nouée à ses extrémités par des cordelettes.

Il fut chargé, non sans mal, à l'arrière du véhicule dont les sièges avaient été rabattus.

Direction la plage.

Yann monta à l'avant à côté de Pierre. Quand ils eurent franchi la grille de la propriété et parcouru une centaine de mètres, Yann se retourna pour s'assurer que tout allait bien à l'arrière. Surpris, il constata l'absence de Patrick.

Pierre le vit dans le rétroviseur. Il courait derrière l'automobile en gesticulant. Pierre pila et attendit.

Essoufflé, Patrick monta à bord.

— Sympa de m'avoir attendu, les mecs, j'étais en train de pisser !

*

*   *

Jean Bonneau dormait d'un sommeil profond en emplissant la chambre du bruit des réacteurs d'un Boeing 747.

Le chaton avait trouvé refuge sur le point culminant de la chambre : la bedaine de son sauveur.

Il montait et descendait au gré des respirations quand il se réveilla, probablement surpris par un ronflement plus bruyant. Dressé sur ses quatre pattes, il s'étira en faisant le dos rond. Semblant maîtriser parfaitement les mouvements d'ascenseur, il entreprit un brin de toilette jusqu'à ce que, trop confiant, il perdit l'équilibre. Il roula au bord du lit où il planta ses griffes dans les draps pour ne pas chuter sur le sol. Remis de ses émotions, il remonta sur son maître et lui manifesta sa reconnaissance en se frottant à son visage, tout en ronronnant.

La tête de Jean Bonneau reposait sur l'épaule d'une diva. Il jouissait de la caresse voluptueuse des poils soyeux de l'étole de vison de la femme. Il entendait aussi le bruit régulier du moteur d'un runboat, glissant sur les eaux d'un canal scintillant de mille lumières. Il était à Venise. Le bateau transportait le couple au palais des Doges pour une soirée mondaine.

L'accostage ne se passa pas bien.

Debout sur le pont, ne doutant de rien, fier comme Nelson après la bataille de Trafalgar, Jean Bonneau s'apprêtait à débarquer le premier afin de proposer galamment à sa bien-aimée son bras viril comme la bienséance l'oblige.

L'embarcation heurta soudainement un obstacle sous-marin. Il perdit l'équilibre et s'affala lamentablement en entraînant dans sa chute la femme qui braillait. S'était-il blessé ? Il ressentait une douleur aiguë à son appendice nasal.

A présent, le chat lui mordillait le nez. Jean Bonneau, réveillé par la fin désastreuse de cette trop brève aventure sentimentale onirique, se redressa en faisant geindre de toutes parts les ressorts multi-soupirs de la literie.

Ahuri, il se palpa le nez et mit un temps à réaliser. La douleur provenait d'une affection mal contenue du chat… Sacré Hercule !

La veille, avant de se coucher, il avait ainsi baptisé le chaton en hommage au célèbre détective belge.

Mais où était-il passé ce matou ?

— Psstt, psstt, Hercule, viens voir papa !

Il entendit un miaulement provenant de la cuisine.

Hercule avait faim. Il suppliait son maître de venir remplir sa gamelle.

Jean Bonneau regarda l'heure au réveil : trois heures trente ! Ce chat était sans pitié… Il se leva.

Après s'être acquitté de son rôle de père nourricier, il vint s'affaler dans le canapé du salon. Le bruit plus lointain des vagues mourant sur la plage dénonçait la marée basse. Dans une heure, l'aurore poindrait. Enfin, lassé de contempler la baie par cette nuit étoilée de pleine lune, il se leva et se campa devant la porte-fenêtre.

Au pied de l'immeuble, le boulevard était désert, à part un véhicule garé sur le trottoir, côté mer – ce qui était interdit mais, au petit matin, fallait tout de même pas chipoter – cela ne dérangeait personne, surtout pas les jeunes abonnés du club de jeux. A cette heure, les marmots devaient écraser dur.

« Tiens ? », se dit-il en distinguant avec peine des ombres sur la plage, juste en contrebas du véhicule… Un 4x4, semblait-il…

« Vite, les jumelles ! »

*
* *

Le trou avait plus de deux mètres de haut quand la dernière pelletée fut extraite. Pierre tendit les bras pour qu'on l'en sorte. Patrick et Yann s'y reprirent à plusieurs fois, au point qu'une bordée de noms exotiques leur parvint d'outre-tombe. Pierre leur demanda si c'était lui ou Orlando qu'ils avaient l'intention d'enterrer ! La délivrance arriva au bout de bien des efforts.

Le futur locataire de la fosse fut approché du bord puis déballé. Yann et Patrick se saisirent chacun d'un bout de bâche et la soulevèrent dans une parfaite synchronisation.

Le cadavre, tournant sur lui-même, fut expédié sans ménagement dans la fosse avec une heure de retard sur l'horaire prévu.

L'instant d'après, un dernier coup du plat de la pelle fut donné pour bien tasser le sable et le volume restant, dispersé à la va-vite.

Ils s'assirent face à la mer pour souffler un peu.

— Une prière ! Par correction, nous aurions pu nous fendre d'une prière, reprocha Patrick.

— Est-ce bien utile ? Il est bien ici, face à l'océan.

— Personnellement, je ne l'appréciais pas… Quand il passait à la télé, je me foutais même de sa gueule… N'empêche, cet hiver, j'aurai une pensée pour lui quand je verrai son remplaçant… On s'habitue, dit Pierre avec un fond de regret.

— *Un animateur quitte la scène*
Sous les ponts coule toujours la Seine
Respect, j'ai le spleen.
Les jours s'en vont moi je demeure
Un successeur attend son heure
Suspect, par feeling…

— Yann, à quelle heure fermes-tu ta boîte à vers ? demanda Patrick.

— Quoi ! Tu n'apprécies pas mon élégie ?

— Tout ça pour dire qu'un animateur a clamsé et qu'un autre va le remplacer ?

— Tiens ? Ce n'est pas mal non plus ce que tu viens de dire.

— Il est plus de quatre heures, il va bientôt faire jour. On rentre ! ordonna Pierre.

VIII

Sergueï Wrosinsky sortit du bureau de police, il n'y comprenait plus rien. Un flic en civil venait de lui apprendre que le commissaire Bonneau était absent parce qu'il effectuait ses RTT à la plage.

Ce poulet de base avait omis de lui préciser que, dans leur jargon professionnel, cela signifiait : Repérages de Tous Trafiquants.

Sergueï Wrosinsky se demandait s'il avait bien mis les pieds dans un poste de police ou dans une colonie de vacances pour flics. Pas un seul ne revêtait l'uniforme.

De même, les maîtres-nageurs CRS délaissaient le caleçon de bain réglementaire en gros coton, celui avec l'élastique de la taille remontant jusqu'au nombril. Était-ce une forme de dilettantisme due à l'ambiance de la station balnéaire ? Il n'avait pas la réponse.

Pour repérer le commissaire, il colla sa main en visière sur son front. Il scruta la plage peu encombrée en ce début de journée. Cela ressemblait rudement aux devinettes des livres *Où est Charlie ?* Sa persévérance aboutit quand, après quelques balayages du regard, il localisa une silhouette plus massive parmi les corps étalés. Il s'en approcha…

Jean Bonneau somnolait, touché par la sensation de plénitude. Il préférait les matinées de plage, il y faisait moins chaud, tout y était plus tranquille. L'air iodé, le sable, les cris lointains des mouettes et le chuintement régulier des vagues mourantes avaient sur lui un effet hypnotique.

En parfait accord avec l'élément marin, il n'eut pas fallu grand-chose pour qu'il basculât dans un sommeil paradoxal.

Cette nuit, après qu'Hercule eut mangé, celui-ci avait fait la bamboula dans l'appartement en cavalant d'une pièce à l'autre, sautant sur les meubles, exécutant parfois des bonds de travers, queue dressée et yeux exorbités. Un grain de folie passager. Jean Bonneau avait vu dans ce défoulement une forme d'expression de joie de la part du félidé, celle d'avoir trouvé un nouveau foyer après le stress de l'abandon. Il avait laissé faire.

Il y avait eu aussi cette animation sur la plage. Hélas, avec des jumelles non-équipées d'infrarouge…

Sergueï Wrosinsky jeta alentour un regard méfiant, puis salua le policier en toute discrétion.

— Bonjour, Commissaire.

— Plaît-il ? répondit Jean Bonneau en soulevant une paupière pour identifier l'importun.

— Nous nous sommes rencontrés à votre bureau hier matin.

— Exact… Mettez-vous de l'autre côté, j'ai le soleil dans les yeux.

— Mon ami n'a toujours pas donné signe de vie. De plus…

— Mais ma parole, c'est vraiment une obsession chez vous !

— C'est que…

— C'est que quoi encore ! Je vous l'ai dit : je me rendrai à la villa mais je vous préviens sur cette affaire, j'assure le minimum syndical !

— Je ne comprends pas.

— C'est pourtant simple : je ne tiens pas à passer pour un empêcheur de fuguer librement. Des personnes qui se volatilisent en France, on en dénombre quinze mille tous les ans !

— Autre chose, Monsieur le commissaire, le faux cadavre a disparu. Ce matin, il n'était plus dans le tas de bois.

— Eh bien, si le faux cadavre s'est carapaté, a fortiori pourquoi pas votre homme ? Vous commencez sérieusement à me les briser menues avec vos histoires de fantômes !

— Ce faux cadavre est notre outil de travail. En l'occurrence, il s'agit d'un vol. Connaissez-vous le coût d'une telle réalisation pour la société de production, Commissaire ?

— Je m'en contrefiche. Ce n'est pas mon problème. De plus, vous êtes allergique aux dépositions de plaintes. Je ne vois pas ce que je peux faire !

— Une plainte pour la disparition d'un faux cadavre ? Vous n'y songez pas, Commissaire : de quoi aurais-je l'air ?

— D'un con, c'est certain, admit le commissaire en regardant planer une mouette au-dessus de la mer.

Pour Jean Bonneau, les locataires de la villa avaient découvert la supercherie et fait disparaître le faux cadavre. Courir après des momies en latex n'entrait pas dans ses attributions professionnelles.

Toutefois, concernant Max Orlando, il était disposé à se fendre d'une petite enquête de voisinage. Pour la forme.

Sergueï Wrosinsky le prévint : seule une petite maison, habitée par un couple de retraités, était attenante à la propriété.

— Un couple de personnes âgées, dites-vous ?

— Oui. Une aubaine pour nous. On ne pouvait souhaiter des voisins plus discrets.

— Bien, dans la soirée, j'irai rendre visite à ces braves gens.

*

*   *

L'heure, c'était l'heure ! La rigueur militaire de Gaston Dumoulin lui interdisait de faire la grasse matinée. Tout décalage horaire le perturbait dans ses habitudes. Néanmoins, vaincu par la fatigue au terme d'une nuit riche en événements, ce matin, il n'avait pas entendu le réveil sonner. Pour le coup, il s'en prit au laisser-aller de sa femme. Il ne pouvait pas compter sur elle. Tout allait à vau-l'eau dès qu'il se relâchait un peu !

Léonce ne se laissa pas faire pour autant et tint tête en répliquant qu'elle, non plus, n'avait pas prêté attention et que cela pouvait arriver à n'importe qui.

En vérité, tout en malice, elle avait fait la sourde oreille et mit à profit la défaillance de son despote de mari pour goûter à la délectation de la paresse.

Même sans clairon, le rappel ne se fit pas attendre.

— Debout là-d'dans !

Léonce, enfouissant ses rêves de vie de bohème sous l'oreiller, se leva pour préparer le petit déjeuner.

Gaston Dumoulin avait une mine de papier mâché et le cheveu hirsute. Ses lèvres disparaissaient dans sa bouche édentée. Il s'assit sur le bord du lit et saisit son dentier baignant dans un verre d'eau posé sur la table de nuit.

Si ses observations de la nuit le mettaient sens dessus dessous, il n'en était pas moins vrai que, cette fois, il tenait enfin ces maudits touristes. Tout, il avait tout vu !

Devant son bol de café fumant, attifé de son pyjama à rayures, il ne pipait mot. Il récapitulait les événements de la nuit : d'abord, il y avait eu cette bringue à n'en plus finir de la part des trois voisins, offrant ainsi l'occasion à un homme de s'introduire dans la propriété sans être vu, de grimper dans un arbre et de repartir sans être inquiété le moins du monde. Ensuite, les trois noceurs étaient sortis, avaient embarqué leur colis dans une voiture – enfin, si l'on pouvait encore appeler cela une voiture, à La Baule on ne voyait plus que ces engins. Mais le plus surprenant était venu des femmes. Durant l'absence de leurs maris, elles étaient rentrées en compagnie d'un homme. Celui-là même qui avait grimpé dans l'arbre. Il était reparti avant le retour des trois hommes. Tout cela devenait compliqué, et à la fois très suspect.

Il était grand temps qu'il aille en rendre compte à l'autorité compétente.

— J'y vais avant le repas de midi, se dit-il pour lui-même à haute voix, au terme de sa réflexion.

— Où ça ? demanda Léonce, le sourcil en accent circonflexe.

— Ben, au commissariat de police, voyons ! répondit-il, comme si c'était une évidence.

— Kéque tu vas faire là-bas ? s'insurgea-t-elle en haussant le ton, puis d'ajouter : je ne veux pas entendre parler de ces histoires, laisse donc ces gens vivre leur vie !

Gaston Dumoulin rapporta son témoignage de la nuit. Il était temps de rétablir l'ordre dans ce foutu pays !

Léonce soupira et leva les yeux au ciel.

— Un cadavre ? Mon pauvre Gaston, tu devrais moins forcer sur la liche et commencer par faire le ménage dans ta tête avant de vouloir le faire chez les autres !

— Tu me crois pas ?

Non, Léonce ne le croyait pas, et tout ce cirque commençait à bien faire. Elle avança un argument imparable : pendant la guerre, au prétexte que leur tête ne revenait pas à certains, des malheureux avaient été livrés aux boches de la même façon !

Gaston Dumoulin, piqué au vif, quitta la table.

Après avoir enfilé sa salopette pour entreprendre quelques travaux de jardinage avant la forte chaleur de l'après-midi, il ne put s'empêcher de monter sur son promontoire branlant pour jeter un petit coup d'œil chez les voisins.

Il resta bouche bée devant le spectacle, au point que la partie supérieure de son dentier en tomba de son emplacement.

Ses exploits dans les bordels de campagne rejaillirent d'un coup. En quelques secondes, il revisita ses étreintes avec les belles Annamites.

En érection – la dernière était depuis longtemps remisée au placard des souvenirs – les yeux exorbités, il n'arrivait plus à se détacher des trois femmes entièrement nues sur des transats, en pleine séance de bronzage intégral. C'était trop. L'attirance pour ces corps le déboussola. Trois paires de seins pour lui seul, sans compter le reste, et sans qu'il ne puisse rien faire… Il ne supporta pas.

Ses jambes se mirent à flageoler, transmettant des oscillations de plus en plus importantes au seau posé en déséquilibre sur la caisse de bois, elle-même mal stabilisée sur le sol. La vue de Gaston Dumoulin se brouilla tandis qu'il ressentait une vive douleur dans sa tête. Il tenta de s'agripper au mur mais ses mains ne rencontrèrent pas de prise.

L'édifice s'écroula. Gaston Dumoulin s'affala sur un appentis couvert de tôles sous lequel il amassait ses bouteilles vides.

*

* *

En entendant un vacarme d'enfer de l'autre côté du mur, Adriana, Mathilde et Julie se redressèrent, affolées. Mues par le même réflexe de pudeur, elles protégèrent leur intimité comme elles le purent : d'un bras, d'un croisement de jambes…

— Cela doit provenir de chez nos voisins, présuma Mathilde en tendant l'oreille.

Elles revêtirent leur maillot de bain puis se réinstallèrent sur les transats. Le calme était revenu.

Adriana aborda la question qui la tourmentait et qu'elle désirait poser à ses amies depuis un moment :

— Avez-vous réfléchi à la proposition d'hier soir ?

— Non, pas vraiment.

— Pourtant Sergueï nous a demandé de nous décider rapidement.

— Ne crois-tu pas que nous avons des choses plus urgentes à traiter ? rappela Julie.

— Lesquelles ? demanda Adriana.

— Cet animateur pardi ! Il n'est pas venu seul dans le tas de bois, dit Julie.

— Nous en avons déjà parlé. Cessons de nous voiler la face, rétorqua Adriana.

— Tu fais encore allusion à nos hommes ? émit Mathilde.

— Oui. C'est peut-être difficile à admettre mais ce ne sont pas des saints. A un moment de la nuit, ils sont allés tous les trois dans le jardin. Un ou deux d'entre eux ont pu commettre ce meurtre.

— Pourquoi pas tous les trois ? proposa Julie.

— C'est aussi à envisager. Quelle que soit la version, aucun d'eux ne la dévoilera. Leur amitié est trop forte. Ils s'engueulent mais jamais tu ne les diviseras.

— Sept possibilités sont à prendre en compte, décréta Mathilde.

— Rien que ça ? ironisa Julie. Lesquelles ?

— S'ils ont agi ensemble, c'est une première éventualité. En duo, cela nous en fait trois autres. Enfin il reste le cas de figure du crime commis par un seul, donc trois autres possibilités. Au total, cela fait bien sept.

— Yann ? Je le vois mal dans la peau d'un assassin, douta Julie.

— Pas plus Patrick, considéra Adriana. Foutu comme il est… Pourtant, je n'éprouve aucune honte à le dire mais cela m'exciterait plutôt de le savoir capable d'un tel…

— Adriana ! protesta Mathilde.

— Ben quoi, si on ne peut plus se donner des frissons !

— Je t'en prie. Fais-toi courser par un taureau en furie et tu en auras des frissons !

— Si Yann n'en est pas capable, et Patrick non plus, Pierre est donc le coupable tout désigné, conclut Julie.

— Pierre n'avait aucun motif pour agir seul. Non, nous devons exclure une action individuelle. Ils étaient deux ou au pire, trois, comme l'a évoqué Julie. Au cours d'une empoignade, ils ont eu le dessus… Le malheureux aura fait une mauvaise chute…

— Alors, pour quelle raison ne se sont-ils pas débarrassé du corps à ce moment-là ?

— Par manque de temps… Nous devions aussi trouver un cadavre dans le tas de bois, alors ils se sont dit : pourquoi ne pas mener la farce jusqu'au bout ! Ils font disparaître le mannequin et mettent le corps à sa place en attendant de trouver une solution. Et toi, Mathilde, tu leur as soufflé une issue à ce problème en proposant de l'enterrer sur la plage. Le reste, l'évanouissement, la colère feinte… c'était de la comédie.

— Cette version est fort possible.

— En tous cas, les filles, comptez sur moi pour obtenir la vérité de la bouche de Patrick… Pour Sergueï, nous décidons quoi ? demanda de nouveau Adriana.

Le claquement des volets contre le mur mit un terme à leur conversation. Elles se retournèrent en levant la tête. Pierre était dans l'encadrement de la fenêtre ouverte.

Il s'étira, bâilla bruyamment, les regarda longuement d'un œil éteint, puis disparut sans dire un mot. Il vivait un réveil chaotique.

— A présent, je le perçois différemment... Il me fait peur, chuchota Mathilde.

— Tu as raison, il est terrifiant, enchérit Adriana en pouffant.

— Mon Dieu, tu es bête !

A son tour, Patrick fit son apparition sur le seuil de la maison. La moustache en désordre, les épaules tombantes et le ventre en avant, il se caressait le crâne pour en chasser la tempête ambiante. La misère du monde dans le regard, il fit un geste de la main pour saluer les femmes.

— Tiens, regarde-le, mon monstre... N'est-il pas inquiétant, lui aussi ? fit remarquer Adriana.

— En effet, il est très impressionnant. Cette loque t'émoustille vraiment ? voulut savoir Julie.

Fou rire général.

Yann non plus n'était pas au mieux de sa forme, mais en comparaison de ses deux amis, il donnait la nette impression d'avoir déjà récupéré. Il ingurgita un café corsé et sortit rejoindre les femmes. Pierre et Patrick le suivirent.

Aucun d'eux n'osa la moindre allusion à l'équipée de la nuit.

Pourtant, Pierre souhaitait crever cet abcès. Il attendit d'avoir quelque peu retrouvé ses esprits pour en parler.

Il leur proposa une version acceptable des faits et chacun fut tenu de la respecter. Ils avaient été bernés par un faux cadavre.

La supercherie découverte, suivie de la confession de Patrick, les avaient menés à se débarrasser du mannequin pour mettre un terme à cette mystification de mauvais goût.

Le cadavre n'avait jamais existé et, par ailleurs, bien malin celui qui pourrait en apporter la preuve. Ils ne souhaitaient plus entendre parler de cette mésaventure.

Les bûches éparpillées par Yann furent rassemblées pour reconstituer le tas de bois, puis les outils et la bâche remisés à leur place dans le garage. L'affaire était classée.

Le séjour reprenait son cours normal.

*

* *

L'après-midi s'étira dans l'indolence de ces journées de vacances où l'oisiveté, loin d'être un vice, devient alors le libre-arbitre des comportements de chacun.

Accablés par la chaleur et la fatigue de la veille, ils s'étaient assoupis dans le jardin dans l'espoir de retrouver un regain d'énergie pour la soirée.

Sauf Adriana.

Mettant à profit cette ambiance de farniente, elle entreprit de soudoyer son mari afin de recueillir ses aveux en usant d'un stratagème, maintes fois éprouvé : ses atouts féminins.

Un roulement provocateur de la prunelle associé à une attitude lascive suffirent à faire comprendre à Patrick qu'elle n'était pas hostile à une sieste délurée. L'un après l'autre, mine de rien, ils s'éclipsèrent sans se faire remarquer pour rejoindre leur chambre.

Était-ce le fameux frisson d'être étreinte par un présumé psychopathe ou une simulation exagérée de son plaisir destinée à mettre le monstre en confiance ? Peu importait, Adriana exulta sans retenue sa jouissance par la fenêtre restée ouverte, au point d'agacer ses amis.

Ils trouvaient exaspérant, voire indécent, qu'elle troublât leur repos de ses interjections hystériques.

Yann, n'en pouvant plus, en fit même la réflexion à haute voix.

Et pour être sûr d'être entendu par Adriana, il cria :

— Même les cochons sont plus silencieux dans leur copulation !

Adriana, tout à son orgasme, ne réagit pas. Elle était frappée de surdité.

Hélas, son sacrifice fut vain !

Concernant le meurtre de Max Orlando, l'oreiller n'avait pas rempli sa fonction. Patrick n'avait fait aucune confidence. Elle n'était guère plus avancée.

La seule préoccupation de son mari était de savoir comment il allait se dépêtrer du contrat signé avec la société de production, sans y laisser des plumes.

Adriana ne se priva pas de lui asséner quelques vérités. Entre autres, celle d'être un cornichon de lignée royale.

Il était bien tard pour penser aux conséquences de ses inepties. Cette dernière idée la conforta dans la voie à suivre.

IX

Le soleil n'était plus qu'une boule incandescente déclinant derrière Le Pouliguen. Çà et là, quelques jeux de ballon continuaient sur le sable en grande partie déserté. Les derniers baigneurs regagnaient leurs pénates. Rires et pleurs d'enfants se mêlaient. Petits et adultes, les cheveux poisseux de sel, des grains de sable collés à leur peau hâlée ou rougie par le soleil, marchaient à même le bitume en ondulant du bassin, la serviette de bain nouée autour de la taille. Ils portaient leurs équipements dans le désordre le plus complet : objets gonflables, parasols, vêtements, jouets. Pareille à une armée dépenaillée, battant en retraite.

Jean Bonneau traversa le boulevard. Il se rendait à la villa décrite par Sergueï Wrosinsky avec l'obstination instinctive du pachyderme rejoignant son point d'eau à la tombée du jour.

Pour le chat, le commissaire avait craqué. Grand sentimental et pour combler aussi le vide de son existence, il avait définitivement adopté Hercule. Désormais, on l'attendrait chez lui.

Mais voilà… Pendant son absence pour effectuer des achats nécessaires au confort du chaton, ce dernier en avait profité pour se carapater. Hercule, incorrigible, avait récidivé dans ses envies de fugue pour se réfugier sur le balcon voisin. Jean Bonneau avait sonné à la porte de l'appartement pour récupérer le fugitif. Il était tombé nez à nez avec une femme, sosie d'une ancienne gloire de l'accordéon. Elle en pinçait pour cette petite touffe de poils ; de surcroît, elle n'était pas indifférente non plus au propriétaire de l'animal qu'elle avait tenu absolument à inviter, un de ces jours, à boire un apéritif pour mieux faire connaissance – entre voisins, quoi de plus normal…

Jean Bonneau restait sur sa réserve. On ne l'y reprendrait plus. Il avait déjà tenté de cultiver l'amour par trois fois… Toutes ses femmes l'avaient quitté sans qu'il sût vraiment pourquoi. Par dépit, il s'était juré que sa vie serait désormais calquée sur celle des grands justiciers : il se la jouerait solitaire !

Alors, il n'était pas enclin à s'encombrer l'existence une fois de plus, car il voyait bien où sa voisine voulait en venir. D'autant qu'elle souffrait d'un sérieux déficit esthétique et qu'à présent, il avait fort à faire avec Hercule.

Il écrasa son pouce sur le bouton de la sonnerie de la maisonnette baptisée : Diên Biên Phu…

Léonce Dumoulin apparut sur le pas de la porte et toisa l'intrus.

— Kèque c'est ? On a déjà donné !

Jean Bonneau, un demi-sourire en coin, ôta son chapeau de paille tout en inclinant la tête pour saluer la vieille dame, puis il exhiba son sésame tricolore. Il n'en fallut pas plus à Léonce pour qu'elle se précipitât afin d'ouvrir la barrière à ce destructeur de pèse-personne. Son poids était sans commune mesure avec celui de son Gaston.

— Kéqui s'passe ?

— Rien de grave, Madame. Juste quelques renseignements.

Jean Bonneau emboîta le pas de Léonce pour entrer dans la maison.

Il faisait une enquête de routine sur la sécurité. L'été, à La Baule, la population était multipliée par dix au plus fort de la saison.

Les résidences secondaires étaient environ deux fois plus nombreuses que celles des permanents, sans oublier la quarantaine d'hôtels, les campings et autres structures d'accueil pour les collectivités. Il fallait être prudent.

— Vous vivez seule ? s'informa Jean Bonneau.

— Mon mari est à l'hôpital de Saint-Nazaire. Il a eu un malaise dans la matinée.

— Pas trop sérieux ?

— Si. Une attaque cérébrale, qu'ils ont dit les médecins… Faut attendre qu'on l'opère…

— Je lui souhaite un prompt rétablissement… Et avec vos voisins, cela se passe bien ?

— Ah ! Les voisins… Justement, c'est à cause d'eux si tout ça est arrivé.

— Comment ça ?

— Gaston, mon mari, il se faisait du mouron. A tort, peut-être… Je sais pas. Quand on est bileux de naissance, ça ne se corrige pas. S'pas, Monsieur ?

— Ah ? Expliquez-moi pourquoi ?

Léonce fit le récit du bouleversement de la vie de Gaston. Depuis l'arrivée des gens d'à côté, il avait changé, il n'était plus tout à fait le même. Cet été, pour la première fois, le propriétaire restait en Afrique. Il louait sa villa. Gaston était inquiet, il avait flairé des choses suspectes et passait ses journées et ses nuits à surveiller les nouveaux voisins. Il disait qu'il s'en passait des bien drôles. Il voyait des cadavres dans le tas bois, des personnes s'introduisaient à la dérobée dans la villa, il accusait les voisins de la disparition d'un homme connu de la télévision. Pour faire court, Gaston n'était plus dans son état normal.

— Un cadavre dans le tas de bois ?

— Comme je vous l'dis ! Tout ça parce qu'il avait soi-disant vu un bras dépasser du tas de bois. Non mais vous vous rendez compte ? Autant dire, le malheureux n'avait plus toute sa tête. S'pas, Monsieur ?

Léonce écopa une larme.

« Pas si sûr », pensa le commissaire.

Certes, Gaston Dumoulin avait été dupé par le faux cadavre. Mais pour quelle raison incriminait-il les voisins dans la disparition de l'animateur ? Était-ce un délire ou une vérité de sa part ? C'était pour le moins troublant. Néanmoins, il n'en saurait guère plus. Dans l'immédiat, il était impossible d'interroger ce précieux témoin, victime d'une rupture d'anévrisme. Il ne lui restait plus qu'à rendre une visite aux accusés.

Il prévint Léonce Dumoulin de sa démarche. Elle réagit aussitôt en refusant de porter caution à ce qu'elle considérait être des divagations de son mari. Elle ne souhaitait pas se mettre à dos ses voisins. Avant de la quitter, le commissaire la rassura : il serait discret.

*

* *

Jean Bonneau saisit la poignée de bois pendant au bout d'une chaînette puis tira. La cloche tinta par trois fois. Il patienta.

A travers les grilles du portail, il vit venir à lui une ravissante blonde. Cela lui permit d'expertiser d'un œil concupiscent le déhanchement suggestif de la femme et sa poitrine généreuse visiblement trop à l'étroit dans les bonnets… Un canon de beauté ! Rien à voir avec sa voisine de palier, l'ex-reine du bal musette.

— Oui ? prononça du bout des lèvres la sculpturale slave en arrivant à la hauteur de Jean Bonneau qui, les yeux égarés sur les deux seins, souleva son chapeau et opina du chef pour saluer la femme tout en cherchant dans sa poche sa carte professionnelle.

— Que se passe-t-il, Inspecteur ?

— Commissaire…

— Oh, pardon ! s'excusa-t-elle avec un sourire d'ingénue, en battant des cils.

— Je vous en prie, Chère madame. J'effectue une visite de prévention sur la sécurité. L'été, vous savez ce que c'est…

— Non. Je n'ai jamais été victime d'un vol mais j'imagine les désagréments engendrés par un tel acte. Voulez-vous entrer ?

— Rassurez-vous, mon intention n'est pas de vous importuner… Seulement de vous donner quelques conseils, à la suite d'une petite visite des lieux.

— Volontiers ! Nous prenons un apéritif. Joignez-vous à nous, proposa Adriana. Et ne me dites pas que vous êtes en service ! ajouta-t-elle en agitant son index pour lui faire comprendre qu'elle refusait ce genre d'argument. Suivez-moi, Commissaire. !

Jean Bonneau n'en espérait pas tant.

Il suivit la femme, aimanté par son fessier chaloupant dans un mini-short en jean.

Adriana connaissait le pouvoir de son anatomie sur les hommes. Là, elle ne se privait pas d'en rajouter. Elle soupçonnait le prétexte fallacieux de cette visite : il n'était certainement pas la conséquence d'un simple travail de prospection à but préventif. Que pouvait-elle y faire sinon de se prêter au jeu…

— Le commissaire Jean Bonneau ! annonça-t-elle, en adressant un large sourire à ses amis réunis autour de la table dans le jardin.

— M'sieurs Dames, les salua Jean Bonneau en soulevant légèrement son Borsalino. Juste une visite de courtoisie, pour votre sécurité.

Personne ne le crut. Un froid polaire s'abattit sur le groupe.

Muets, fixant le nouveau venu avec des yeux de merlan réfrigéré et le rictus figé au coin des lèvres, ils avaient la même pensée : le pire était devant eux...

Mathilde se déroba en virant carrément de l'œil. Ils expliquèrent au policier qu'elle était dans un état psychologique fragile et particulièrement émotive ces derniers temps. Ce à quoi, Jean Bonneau, s'essayant à un trait d'humour, dit qu'il ne pensait pas effrayer les femmes à ce point. Cela décrispa un peu l'ambiance.

— Je n'ai rien fait ! se défendit Mathilde en reprenant ses esprits.

— Grand Dieu si ! affirma Jean Bonneau de façon autoritaire, pétrifiant tout le monde sur place.

Il ajouta d'une voix doucereuse :

— Vous vous êtes évanouie, Chère madame, ah, ah, ah !

Chacun rit jaune, poussant en soi un soupir de soulagement. Ce yo-yo émotionnel leur titillait les nerfs.

« Trop facile ce petit jeu. », se dit Adriana, décidée à passer outre les affres de l'incertitude. « Si ce policier est en visite de courtoisie, eh bien qu'il fasse son travail ! Nous n'avons rien à redouter de sa part. »

— Voilà où nous logeons, Commissaire ! dit-elle en montrant la maison. Je vous guide pour la visite, ensuite vous nous apporterez votre savoir en matière de sécurité. Pendant ce temps, mon mari vous servira une boisson. Que désirez-vous ?

Jean Bonneau ne répondit pas.

Tandis qu'Adriana entrait dans la maison, talonnée par le commissaire toujours subjugué par sa chute de reins, ses amis et son mari, de nouveau attablés, étaient sceptiques quant au véritable motif de cette intrusion.

Quelque chose sonnait faux dans la démarche du commissaire. Un flic de son rang avait autre chose à faire. Ce genre d'intervention était assuré par des policiers en uniforme.

Troublés, par crainte d'être entendus, ils se questionnèrent à voix basse : et si c'était pour le cadavre ? C'était certain, il ne pouvait en être autrement.

Pour autant, ils ne s'expliquaient pas comment cette information était parvenue au commissaire. Une délation ? Oui, mais de qui ?

Cette visite de sécurité n'était qu'un subterfuge destiné à mettre un pied dans la place. N'ayant pour le moment aucune solution pour empêcher le policier de faire son travail, le mieux était encore qu'ils eussent une contenance naturelle.

— Durant vos absences, fermez les volets du rez-de-chaussée, cela dissuadera les monte-en-l'air, conseilla Jean Bonneau au terme de la visite de la maison, avant d'ajouter :

— Je vais aussi inspecter le jardin !

Toujours accompagné d'Adriana, il fureta çà et là.

Les regards angoissés suivaient le policier sans perdre une miette de ses gestes. Quand il s'arrêta, face au tas de bois, une onde de panique parcourut la tablée.

Jean Bonneau s'attardait, semblait réfléchir.

Mathilde était encore à deux doigts de fuir le monde de la conscience. Elle serrait très fort la main de Julie en psalmodiant une incantation : « Mon Dieu, faites qu'il s'en aille, mon Dieu, faites qu'il… »

Patrick se rongeait les ongles. Pierre jouait des mâchoires comme un castor en pleine activité. Yann ne quittait pas du regard le policier. On eût cru qu'il était prêt à bondir sur lui.

Tous attendaient le terrible réquisitoire. Le policier allait forcément se retourner. Les traits de son visage déformés par la haine, il pointerait alors sur eux un doigt accusateur et, d'une voix grave et sonore, affirmerait « C'est vous qui avez tué cet animateur ! »

Mais non… Le commissaire reprit tranquillement son exploration des lieux et, longeant le mur d'enceinte, fit une nouvelle halte devant la petite porte de bois. Là, le doute n'était plus permis : il savait ! Un nouveau frisson parcourut leur échine pour se loger dans leurs entrailles.

Jean Bonneau se saisit de la poignée et la porte s'ouvrit. Il la referma. Tout en poursuivant, il aborda enfin la partie mitoyenne du mur qui séparait la propriété du jardin de Gaston Dumoulin. Levant la tête, il remarqua une brèche, juste une pierre manquante, mais ne releva pas. Puis il commenta :

— Rien n'empêche un individu de pénétrer dans le jardin par cette petite porte de bois. Vous devriez faire attention. Le risque est là ! précisa-t-il.

Ils déclarèrent ne pas en posséder la clé, ce qui témoignait d'un manque de professionnalisme de l'agence de location, tout en se gardant de préciser au policier qu'ils en connaissaient la raison. Cela ne faisait aucun doute, il s'agissait d'une volonté de la société de production. Les membres de l'équipe avaient ainsi la possibilité d'aller et venir à leur insu.

Adriana invita le commissaire à s'asseoir avec eux pour partager un agréable moment de détente autour d'un verre. Ils insistèrent à contrecœur en souhaitant secrètement entendre la formule convenue de la part du policier « Non, merci. Jamais pendant le service ! »

C'était mal connaître Jean Bonneau. Alors que la tablée détendue papotait à bâtons rompus de la recrudescence des vols durant l'été et des retours parfois désagréables quand les vacanciers découvraient que leur logement avait été visité durant leur absence, le commissaire sema à nouveau le trouble.

Entre deux biscuits salés, le verre à la main, il leur demanda, mine de rien, s'ils étaient informés de la disparition d'une vedette du petit écran, ici même à La Baule.

Le coup fut d'autant plus rude à encaisser qu'ils s'étaient faits à la présence du policier et que l'épisode du cadavre avait été reléguée au second plan.

L'ambiance retomba bien plus vite qu'elle ne s'était installée. Ils se regardèrent, espérant la réponse de l'un d'eux afin que les autres n'eussent plus qu'à acquiescer. Aucun n'osa prendre cette initiative. Jean Bonneau les soupesait. Pierre comprit que ce moment de flottement, aussi court fût-il, allait en leur défaveur. Il mit un terme à cette tergiversation embarrassante :

— Non, nous ne sommes pas au courant !

Enfin libérés, tous confirmèrent également. Jean Bonneau précisa :

— Il s'agit de Max Orlando.

— Max Orlando ? reprirent-ils, simultanément.

Comme tout le monde, ils l'avaient vu à la télé mais ils ignoraient la nouvelle. Depuis trois jours, ils ne regardaient pas la télévision, n'écoutaient pas la radio, ne lisaient pas les journaux. De vraies vacances, quoi !

— Hum, bien sûr, acquiesça le commissaire en tentant de saisir la plus infime expression de leur mensonge à travers une gêne exprimée par des battements de cils plus rapides, une légère contraction du visage, un regard fuyant. Était-ce bien utile ?

— Vous reprendrez bien un autre verre, n'est-ce pas Commissaire ? proposa Adriana…

X

— Il sait tout ! Vous avez vu sa tête ? Elle ne me dit rien qui vaille, surtout quand il nous a questionné sur la disparition d'Orlando. Il-sait-tout ! insista Yann.

— Admettons… Alors, quelle solution proposes-tu ? lui demanda Pierre.

— Ben de… Je ne sais pas, moi… Enfin tu me comprends, il n'y en a qu'une, non ?

— Franchement, je ne vois pas laquelle !

— Pierre, enfin, je ne vais pas t'en faire un dessin !

— Attends ! Surtout ne me dis pas… Mais t'es complètement givré, Yann !

— Yann a raison, avança prudemment Patrick.

La réplique cinglante fusa :

— Toi, ta gueule, voilà où nous en sommes avec ta lubie de vouloir faire le pitre à la télévision ! explosa Pierre.

— Si je ne peux plus rien dire…

— Non, surtout pas !

Pierre se demandait dans quel monde il vivait. Était-il anormal en ne partageant pas les desseins de ses amis ou ceux-ci étaient-ils tombés sur la tête ?

— Tu as vu sa façon de fouiner dans le jardin, elle est sans équivoque.

— Je ne dis pas le contraire mais vos pensées me consternent.

Pierre les connaissait bien et il avait parfaitement compris le projet de Yann et Patrick : faire disparaître le commissaire. Il se désolidarisait de cette entreprise funeste. Il y aurait des preuves. Un policier n'agit jamais seul. On le voit bien dans les films. Il prend des notes sur un calepin, laisse forcément des traces de son enquête, interroge à tout va ; de plus, il est doublé d'un adjoint – certes un peu balourd, sinon on ne verrait pas la différence avec son chef. Puis, tuer un policier qui plus est avec le grade de commissaire, non ça ne se faisait pas ou alors on ne respectait plus personne ! Pierre pouvait accepter bien des choses, mais pas celle-là…

Pour Yann et Patrick, il n'était nullement question d'expédients conventionnels pour supprimer Jean Bonneau, genre corps farci aux pruneaux. Quant à parler recette, il en existait quelques-unes à mitonner pour travestir un crime en un drame stupide, susceptible de s'abattre sur tout un chacun. Le crime parfait en quelque sorte ! Et non pas celui que l'on sort d'un chapeau, tel un lapin, mais le fruit d'un raisonnement ne laissant rien au hasard. D'accord, répondit Pierre pour mettre ses amis face à leurs responsabilités : lequel et comment ? Il était pessimiste quant aux chances de réussite d'une telle entreprise, arguant du détail omis, de l'imprévu de dernière minute. Même Hitchcock n'avait jamais réussi un coup pareil, puisque son crime à lui était “presque” parfait. Yann et Patrick réfutèrent la comparaison. Ils y voyaient les ficelles convenues du cinéma, tout juste acceptables par les cinéphiles, à la seule fin de préserver la morale du film.

Les arguments de Pierre pour les ramener à la raison restèrent vains.

Yann et Patrick avaient déjà jeté les bases de plusieurs scénarios. Entre autres, celui de réinviter le commissaire à un apéritif afin d'introduire une substance mortelle dans son verre.

Ce plan avait été abandonné parce qu'il n'aurait pas échappé aux analyses de l'institut médico-légal. Avec cette méthode se profilait aussi le spectre de l'agonie interminable de Raspoutine, vaincu en dernière ressource par les balles. Que de temps perdu par ses bourreaux ! L'histoire ne risquait-elle pas de bégayer ?

Tout bien réfléchi, il fallait faire moderne dans la manière : ils se mirent en tête de suivre Jean Bonneau en voiture, de saisir l'occasion propice et vlan ! Le choc inévitable. Un accident de la circulation dû à un malaise subit du conducteur. Un procès pour perte de contrôle d'un véhicule était préférable à un homicide volontaire prémédité. De surcroît très difficile à plaider pour un avocat sans l'évocation d'une jeunesse difficile, d'échec social, de parents alcooliques et encore… C'était la totale qui menait tout droit à perpette.

Pierre leur fit remarquer qu'un véhicule aux pare-chocs renforcés, modèle chasse au rhinocéros, serait nécessaire pour venir à bout de Jean Bonneau, mais qu'en aucune façon son 4x4 ne serait utilisé pour un safari dans les rues de La Baule. Il voyait dans le procédé une certaine forme de brutalité. Sans se départir, ses amis insistèrent. Tout résidait dans l'art de faire. Ils citèrent même des situations plausibles bénéficiant du doute.

Une femme – à la condition essentielle d'habiter les étages supérieurs d'un immeuble – juchée sur un escabeau, astique ses carreaux tout en fredonnant une rengaine diffusée à la radio. Pimpante en cette matinée ensoleillée, elle est heureuse à la perspective de rejoindre son amant dans l'après-midi. Soudain, c'est l'horreur ! La malheureuse perd l'équilibre et plonge dans le vide... Le mari ? Il l'avait prévenue, bon sang ! Cela devait arriver un jour. Il passe en revue les aberrations : elle était chaussée de talons hauts, l'escabeau était mal calé, le vertige, l'attirance du vide, et tout et tout. De plus, il soutient mordicus qu'il était dans une autre pièce de l'appartement. Il n'a rien pu voir, le tout nouveau veuf... Allez prouver le contraire ! Et que faire en prévention de ce type d'accident domestique ? Rien. Sinon de conseiller à certaines épouses de nettoyer une seule face des carreaux ou de profiter d'une absence de leur mari ou encore d'en changer pour faire plus simple.

De même, combien d'hommes n'étaient-ils pas tombés accidentellement d'une falaise au seul motif d'avoir voulu épater leur femme ? A défier le vide pour prouver qu'ils en avaient, ils auraient fait un faux pas et glissé.

Hélas, oui, cela devait aussi arriver… Incontestables, ces cas de mésaventures fortuites.

— A éviter toutefois, au prétexte d'un cadrage précis, la photo prise justement tout au bord de la falaise quand, le dos face à l'immensité océane, confiant, tu fixes l'objectif en affichant ton plus beau sourire pour la postérité. Là, une voix te demande : « S'il te plaît mon amour, peux-tu reculer encore un peu, je ne vois pas tes pieds… » Non, un cas d'école bien trop connu ôtant toute crédibilité à la version pourtant bien préparée du drame imprévisible. Tu comprends la nuance ? En soi, la perte de contrôle d'un véhicule à cause d'un malaise physique n'est pas condamnable. Un tribunal y verra la marque de la fatalité. Cruelle, j'en conviens, conclut Yann.

Les exemples ne manquaient pas. Seule la réflexion était la clé de la réussite de tout plan. Pour autant, ils n'arrivèrent pas à convaincre Pierre. Lui se tiendrait à l'écart de cette aventure sinistre pour endosser, si besoin était, le rôle du porteur d'agrumes au parloir de la prison.

Un lieu où la visite d'un ami réchauffe toujours le cœur. Ils apprécieraient le moment venu.

Le projet en resta là.

*

*   *

Quand Sergueï Wrosinsky entra dans le car de la régie, les deux techniciens étaient présents. Chacun d'eux avait la tête entre les feuilles d'un journal pour cause de chômage technique.

L'antenne avait subi de sérieux dommages. Les écrans ne transmettaient plus qu'une nuit sibérienne enneigée.

— Ordre de la direction : si Max ne réapparaît pas avant la fin de la semaine et si tout n'est pas rentré dans l'ordre, la mission est annulée. On plie le matos ! lança Sergueï Wrosinsky.

Les techniciens avaient suffisamment de prises de vues dans la mémoire de l'ordinateur. En bidouillant, il était possible d'en créer de nouvelles pour produire une émission pour une soirée. S'en délectant jusqu'à satiété, on repasserait en boucle, au ralenti ou sous des angles différents, les moments forts réclamés maintes fois par deux ou trois célébrités du cinéma ou du show-biz conviées sur le plateau.

Celles-ci les agrémenteraient de leurs commentaires désopilants pour affranchir les rires et les applaudissements imposés par des panneaux lumineux aux spectateurs du plateau.

A cela s'ajouteraient bien évidemment les inévitables clips publicitaires.

Le “téléphage” assis devant sa boîte à images n'y verrait que du vent.

L'art de combler du vide tout en faisant de l'audimat atteindrait son apogée.

Enfin, une séquence, la plus ridicule, serait sélectionnée pour rejoindre les sempiternels bouche-trous : les bien-nommés bêtisiers destinés aux cerveaux embués par les fêtes de fin d'année.

— Ne vous en faites pas, les gars, vous n'avez pas travaillé inutilement. Je suis en affaire avec les épouses. J'en ai parlé à la direction, j'ai carte blanche pour négocier avec elles. Les trois charlots pourront aller se rhabiller, surtout Chauvin.

— Et si Max revient ?

— Max ? A moins qu'il n'ait été victime d'un rapt, auquel cas il créerait l'événement et nous tiendrions là un bon sujet d'émission, sinon sans une excuse sérieuse à présenter, je crains qu'il n'ait plus qu'à faire sa valise… J'ai fait part à la direction de mon souhait de présenter l'émission à sa place, à la rentrée.

— Toi ?

— Et alors, pourquoi pas ?

— Oui, bien sûr, tu en es capable. Et il est normal que cela te revienne de droit.

Édouard, le technicien, renchérit :

— C'est vrai, tu as toutes les idées. De plus, tu les mets en œuvre. Tu t'occupes de tout. Et avec le souci du moindre détail, il faut le reconnaître… En y réfléchissant bien, Max ne faisait pas grand-chose, hormis son numéro devant les caméras. Et encore… Sans sa sniffette de coke, il n'avait aucune personnalité. Mais voilà, Monsieur était en état de grâce auprès du staff : il était une des stars de la chaîne au point qu'il en avait la grosse tête et ne se privait pas de nous emmerder avec ses caprices. Tiens ! Lors d'un enregistrement en Corse, je me souviendrai toujours de…

— Mais ? Tu parles déjà de lui au passé ! releva Sergueï Wrosinsky au technicien.

— C'est vrai, je ne m'en suis pas rendu compte.

— Tu as le mérite d'exprimer ce que tout le monde pense mais n'ose dire, y compris moi. Ainsi, on ne pourra pas me reprocher d'être le seul à lui tondre de la laine sur le dos. Cela dit, arrêtons de le dénigrer. Pour l'heure, nous ignorons toujours la raison de son absence.

— Sans chercher à médire, laisse-moi quand même te raconter ses exploits corses, insista Édouard.

— Vas-y, tu en meurs d'envie.

— C'était à ses débuts, sa popularité était ascendante. Déjà il coiffait sans complexe de l'extra-large. Ce n'était pas faute de l'avoir prévenu de la jouer modeste, mais peu lui importait. Il se croyait au-dessus de tout le monde… Le midi, au restaurant, il avait foutu le bordel pour avoir à tout propos engueulé une employée : plats tièdes, vin bouchonné, service mal fait… Pour faire bref, il avait été odieux. La pauvre fille faisait les frais de la mauvaise humeur de Max. Elle en avait versé des larmes. Tout le personnel s'était ligué contre nous. Je lui avais demandé de s'excuser et il m'avait lancé le contenu de son verre à la figure. Le ton était monté. Pendant ce temps, du renfort avait été appelé à la rescousse parce que nous étions perçus, à juste raison, pour des continentaux arrogants à l'esprit colonisateur. Cela allait dégénérer, nous avons dû décamper. Dans l'après-midi, Sa Majesté avait retrouvé le sourire, comme si cet incident l'avait libéré de ses mauvaises dispositions. Mais il ne s'en était pas tenu là. En prenant possession de nos chambres d'hôtel, il ne s'était pas privé de reluquer de trop près la femme du patron, mettant une fois de plus toute l'équipe dans une situation inconfortable. Le résultat, à la hauteur de ses frasques, ne s'est pas fait attendre. Là-bas, on ne badine pas avec l'honneur. L'offensé voulait faire un buffet froid de notre animateur. Il dut son salut en trouvant refuge à la gendarmerie. Il s'était fait escorter pour reprendre l'avion du soir. Et nous, le lendemain, nous avons embarqué sur le ferry pour rapatrier le car-régie avant qu'il ne soit réduit en un tas de ferraille. Aucune candidate corse ne fut sélectionnée pour la *Star University*. La direction de la chaîne a évoqué l'énervement de leur présentateur vedette à cause de paparazzi trop insistants. Après des tractations, la presse locale a été muselée en contrepartie d'achats d'espaces publicitaires. Ainsi a pris fin l'incursion corse… Depuis, la direction n'en a jamais reparlé.

— Quand il se fera virer, nos dirigeants sauront lui faire payer ses écarts de conduite. Le monde de la télévision est impitoyable.

— Je ne vois pas dans quelle activité, il se recyclera.

— Il fera des animations d'hypermarchés ou il inaugurera des ouvertures de magasins en province en signant ses derniers autographes dans la quasi indifférence, à l'instar de nombre de ses confrères.

— Seras-tu préparé à accepter cette disgrâce ? releva Édouard.

— Oui. C'est un métier aléatoire. Il faut connaître quelques règles pour éviter les surprises. Soit tu plais au public et tu le monnayes chèrement auprès des chaînes, soit tes soutiens politiques t'assurent une certaine longévité. En aucun cas, ne s'abreuver des discours des flatteurs. Ce sont les premiers à te descendre dès la baisse de ton audimat. La porte de sortie n'est jamais bien loin quand ton émission est décalée dans la grille horaire des programmes et…

— Tu le revois quand, le flic ?

— Quand je veux, à la plage.

— A la plage ?

XI

Jean Bonneau sirotait un Bloody Mary au bar du casino. Le cocktail était abusivement dosé de gin et d'épices. Chaque gorgée lui ramonait l'œsophage. Il en avait besoin pour se remettre de la décision de sa hiérarchie. L'opération "Came l'eau" était momentanément suspendue. Cette nouvelle était tombée dans la soirée. Il en était amer.

Au terme d'une carrière sans éclat particulier – il avait l'honnêteté de le reconnaître – l'ultime chance de se distinguer lui filait sous le nez. Tout ça parce que la goélette mettait sans conteste le cap sur la pointe de Bretagne.

« Incroyable, elle file droit à la rencontre des douaniers ! », ne cessait de se répéter le commissaire. C'était à croire que les pourvoyeurs avaient abusé de leur cargaison illicite et que, dans leur délire, à la lecture des cartes marines, ils avaient confondu le rail d'Ouessant avec une gigantesque sniffette. Il fulminait, révolté par tant d'amateurisme.

« Tout contrebandier avisé n'ignore pas la maraude de la vedette des douaniers à cet endroit. Merde, à la fin ! »

En même temps, il interprétait tout autrement les événements et il avait sa petite idée sur le sujet.

Ce bateau ne transportait rien et naviguait pour faire diversion. En haut lieu, on s'était probablement rendu compte de la farce et l'on ressentait la désagréable impression de tenir le rôle humiliant des dindons. Dans les jours suivants, il fallait s'attendre aux réprimandes en cascade et à leurs conséquences douloureuses pour le personnel de base… Normal, l'impéritie est toujours l'apanage des lampistes, jamais de l'élite !

Toutefois, l'ordre était de ne pas bouger. Entretemps, des spécialistes du renseignement disséquaient les données afin d'éclaircir le tour de passe-passe utilisé par les trafiquants. Peut-être une information capitale n'avait-elle pas été transmise par l'un des différents corps de police collaborant à cette affaire.

Que pouvait-il y faire en bout de chaîne, lui, Jean Bonneau ? Pas grand-chose. Pourtant, il occupait un poste-clé pouvant enfin lui apporter la consécration professionnelle accompagnée, pourquoi pas, de la médaille du mérite qu'un préfet aurait pu avoir le bon goût de lui épingler sur la veste de son uniforme de cérémonie.

Las, il se considérait victime du manquement de ses collègues.

Aussi, en lot de consolation, pourquoi ne tenterait-il pas d'élucider, une fois pour toutes, la disparition de cet animateur de télévision ? Après tout, à défaut de trafiquants de drogue, cela ferait tout aussi bien dans son tableau de chasse. Il imaginait déjà la Une du journal : « *Le commissaire Bonneau perce un mystère à La Baule !* » ou quelque chose d'identique. En tout cas, une formule grandiloquente à la mesure de l'exploit. Là, il lui serait à nouveau permis de rêver à une gratification préfectorale.

Il en était à cette réflexion quand il commanda un deuxième cocktail qu'il corsa “en veux tu en voilà” de piment, de poivre noir et de céleri. Il tournait son verre dans sa main et semblait lui accorder un intérêt tout particulier. En réalité, il pensait à autre chose ; il gambergeait dur !

En effet, concernant cette affaire de disparu, après sa visite à la villa, par expérience, il avait déjà sa petite conviction. Elle ne demandait qu'à être vérifiée.

Il s'envoya une rasade tout en portant son regard vers le hall d'entrée du casino. Il faillit avaler de travers quand il aperçut ses trois hôtes de la veille.

Le petit chauve, bedonnant et moustachu, venait aussi de se rendre compte de sa présence. Déjà, il se dirigeait vers lui, suivi de ses deux comparses.

— Bonsoir, Commissaire ! lança Patrick.

— Chuuut, voyons !

— Pardon, ai-je dit quelque chose de mal ?

— Avouez, on fait mieux en matière de discrétion.

— Excusez-nous, nous ignorions que vous êtes en service.

— Je ne le suis pas, mais dans un casino la présence d'un flic est toujours suspecte.

— Pour une fois qu'un flic est suspect, on ne va pas rater ça, hein les gars ? plaisanta Patrick en adressant un clin d'œil à ses amis.

La boutade n'eut pas l'heur de plaire.

— Holà ! Je rectifie : ce n'est pas moi le suspect, mais ma présence.

— Heu… Ça revient au même, non ?

— Non ! C'est une question d'interprétation et de bon sens. Tenez, je vous cite, en exemple parmi d'autres, un cas similaire. Il n'y a pas si longtemps, vers quatre heures du matin, je regardais par la fenêtre de mon appartement et que vis-je ? Trois individus sur la plage. A cette heure, c'était plutôt louche. Leur véhicule, un 4x4, était garé à cheval sur le trottoir. Ce qui est strictement interdit, fût-ce en pleine nuit ; d'où une deuxième suspicion de ma part… Vous me suivez ?

— Heu… Ou… Oui, Commi… Pardon, je voulais dire Monsieur, répondit Pierre en blêmissant.

— Qu'avez-vous, mon exemple vous trouble à ce point ?

Patrick eut une poussée d'adrénaline et sentit la transpiration couler le long de sa colonne vertébrale. Yann n'écoutait pas. Il était trop occupé à aborder une jeune femme.

Pierre eut du mal à déglutir avant de répondre, la bouche sèche :

— Non… Non, nous vous écoutons.

— Bien. Alors dois-je considérer ces trois individus suspects au motif qu'ils sont sur la plage à une heure incongrue et que leur véhicule est garé de façon anormale, hein ? Je vous pose la question.

— Certainement pas. Mais non, voyons. C'est un raisonnement… con… Mais alors con… contradictoire, bafouilla Patrick.

— Je n'irai pas jusqu'à dire qu'il est con. Mais, vous le voyez bien, on doit toujours se garder de tirer des conclusions hâtives. Ces personnes souhaitaient probablement assister au lever du soleil sur Pornichet. Concernant ma présence en ces lieux, c'est pareil. Elle vous apparaît suspecte parce que vous savez que je suis un flic et c'est cela qui vous interpelle. En réalité, je suis un consommateur comme un autre.

Patrick et Pierre ne savaient plus sur quel pied danser. Pierre changea de conversation :

— Il fait très chaud, j'ai une petite soif. Permettez-nous de vous offrir un verre, Commi…

— Jean Bonneau, ce sera plus discret.

— Monsieur Jean Bonneau, vous reprendrez bien un verre de… Que buvez-vous, au juste ?

— Un Bloody Mary : gin et jus de tomate rehaussés de quelques ingrédients. Le cocktail indiqué pour un bal de vampires. Je lui trouve une certaine ressemblance avec de l'hémoglobine.

Pierre et Patrick se fendirent d'un sourire forcé.

— Savez-vous qu'Ernest Hemingway se vantait de l'avoir fait connaître aux Chinois ? rapporta Patrick.

— Non. De toute évidence la couleur ne pouvait que séduire Mao.

— Eh bien, mettons-nous à l'heure de Pékin, qu'en dis-tu Pierre. ?

— Adjugé !

— Yann, tu prends aussi un... Mais où a-t-il encore disparu ? râla Patrick en se retournant.

— Votre ami a suivi une jeune femme. Ils se sont dirigés vers la salle des jackpots.

Rien n'échappait à l'œil du commissaire. Du moins pas après deux verres. Le troisième fut servi et Jean Bonneau insista auprès du barman pour allonger la dose de gin.

La conversation s'engagea, courtoise, sur des futilités concernant le séjour des trois hommes à La Baule. Cela donnait l'impression de deux camps se jaugeant en préliminaires d'un débat épineux. Après avoir fait le tour des pronostics météorologiques ou des charmes de la vie bauloise, le registre fut vite épuisé. Cela sombra dans la banalité totale à tel point qu'une gêne s'installa progressivement.

Jean Bonneau ne faisait aucun effort. Entre deux gorgées de cocktail, il écoutait, dubitatif en s'exprimant par des « Han, han ? » ou affirmatif en accompagnant ses hochements de tête par des « Hum, hum ».

Une véritable torture pour les deux amis. N'ayant plus rien à dire, ils tombèrent en contemplation devant le fond de leur verre vide.

Patrick, n'y tenant plus, commanda d'autorité une autre tournée pour sortir de ce mauvais pas. Puis, à brûle-pourpoint, questionna le commissaire :

— Et l'animateur de la télévision, le disparu de La Baule, vous l'avez retrouvé ?

En entendant cette question, Pierre crut recevoir le plafond du casino sur la tête. Patrick était-il devenu subitement fou ?

Jean Bonneau, du haut de son tabouret, sembla toiser Patrick en levant un sourcil. Il soupira :

— Non… Puisque vous en parlez, connaissez-vous un certain Wrosinsky ?

Ce nom ne leur évoquait rien.

— Lui aussi serait heureux de retrouver l'amuseur public, précisa Jean Bonneau.

— Vous n'avez pas l'air de l'apprécier… jugea Patrick.

— Qui ?

— Ben l'animateur, Max Orlando !

— Je me garde de tout jugement sur sa personne. Il n'y a rien de péjoratif à le qualifier d'amuseur, c'est son métier.

— Ce Wrosinsky a un lien avec l'animateur disparu ?

— C'est son ami. Il est cadre dans la société de production pour laquelle travaille Orlando. Ils préparaient une émission de télévision à La Baule… Ça ne vous dit rien ?

— Je reprendrai bien un Bloody Mary, intervint Pierre, en se sentant de plus en plus mal à l'aise.

Le commissaire aussi était partant pour une autre tournée. Pourtant, son regard était moins précis et son élocution s'empâtait au fur et à mesure. Il avait deux cocktails d'avance. Il se retourna pour passer la commande au barman.

Pierre en profita pour glisser discrètement à l'oreille de son ami :

— Qu'est-ce qui te prend de lui parler d'Orlando. Ça va pas, non ?

— Tu sais quoi ? Il se fiche de nous. Nous devons nous en débarrasser. L'achever, quoi…

Pierre interpréta mal les intentions de son ami et ne comprit pas que celui-ci faisait référence à la boisson. Il imagina aussitôt l'horreur. Il le foudroya du regard et, sans s'en rendre compte, lâcha à haute voix :

— Ah non, tu ne vas pas remettre ça !

En entendant cela, Jean Bonneau se retourna vers eux. Lui aussi avait interprété tout autre chose. Il ronchonna :

— Faudrait savoir ce que vous voulez, j'ai déjà commandé la tournée !

*

* *

Yann Coppi était fasciné par les appareils. Leurs icônes multicolores étaient actionnées par des jetons glissés dans les fentes et, à défaut, elles s'arrêtaient brusquement, soumettant alors le joueur à la science fragile des probabilités. La machine allait-elle déverser des gains ou pas ?

Pour les accros, les quelques jetons gagnés étaient réinvestis immédiatement dans le circuit infernal.

— Vous ne jouez jamais ? demanda Yann à sa partenaire inattendue.

— Non, je viens ici pour l'ambiance. Observez les joueurs. Ils luttent contre la machine, ils cherchent à la dominer pour qu'elle leur donne tout ce qu'elle a dans les entrailles. C'est une sorte de possession amoureuse. Gerhard Adler a dit : « Jouer c'est se donner à l'objet avec lequel on joue et le joueur investit sa propre libido dans la chose avec laquelle il joue. »

— C'est une libido qui peut être dévastatrice…

— Vous pensez à ceux qui se ruinent au jeu ?

— Oui.

— Aucun joueur ne reconnaît être responsable de ses actes. On préfère parler de pathologie, là est le problème.

— Je ne connais même pas votre prénom !

— Maeva.

— Hum… Très original. Il évoque des îles paradisiaques. Il suggère, comment dire ?… quelque chose de sensuel, d'érotique même. Voilà, c'est ça. Si, si, je vous l'assure ! J'imagine déjà votre prénom dans une jolie mélodie.

— Arrêtez, vous me gênez, protesta-t-elle d'un air candide en battant des cils.

— Il ne faut pas, voyons. Moi, c'est Yann, ça rappelle davantage l'exotisme breton, lui glissa-t-il à l'oreille.

Il regardait rire la fille quand il sentit une main s'abattre sur son épaule. Il se retourna et tomba nez à nez avec Patrick.

— Je n'importune pas Monsieur ?

— Ma parole, t'as allumé les clignotants rouges ? Tu en tiens une sévère ! constata Yann.

— Un peu. C'est trop te demander de nous aider à ramener le gros chez lui ?

— C'est quoi ce plan ? Il est capable de rentrer seul, je ne suis pas dresseur d'éléphant. Enfin Patrick, tu le vois bien, je suis sur un coup sérieux, ajouta-t-il en désignant discrètement la fille du coin de l'œil.

— C'est une idée de Pierre. Pour être bien avec le flic, qu'il a dit.

— Vous n'êtes pas assez grands tous les deux ?

— Tu es le seul en état de conduire… Râââh, tu trouves toujours le moyen de te défiler quand on a besoin de toi.

— Hé ! Tu veux que je te rappelle le nom de celui qui nous a foutus dans la…

— Ça va, j'ai compris ! Mais ne me demande plus d'arranger tes coups foireux avec les nanas.

— Bon, j'arrive… Tu sais, t'es vraiment gonflé comme gus. Tes conneries et les miennes ne souffrent pas la comparaison. Il crèche dans quel zoo, le pachyderme ?

— Boulevard de l'Océan.

— Tu te fiches de moi, c'est à deux pas d'ici !

— Et tu ne devineras jamais en face de qui.

— Nooon… Attends… Ne me dis pas que…

— Si mec t'as vu juste !

— Bon, puisqu'on le reconduit chez lui, c'est le moment ou jamais, l'occasion ne se présentera pas deux fois. Je préviens l'oiseau des îles de mon départ et je vous rejoins au bar.

— Que tu préviennes qui ?

— Laisse tomber, c'est personnel.

*

* *

Yann était au volant avec Pierre à son côté, tandis que Patrick et Jean Bonneau étaient assis à l'arrière. Le parcours entre le casino et le domicile du commissaire était certes insignifiant. Tout au plus un kilomètre, mais certains états hallucinogènes ont la magie d'accroître les distances et de plomber les semelles des chaussures.

Lorsqu'il posa le pied sur le trottoir, devant son immeuble, Jean Bonneau eut l'impression d'être monté dans le véhicule à l'instant même. Il exprima son étonnement. Il n'imaginait pas le trajet aussi court.

Puis, prenant un peu de recul, il détailla le 4x4 aux vitres teintées pour, quelques secondes après, le comparer à un corbillard, allant jusqu'à soutenir qu'en abaissant les sièges de l'arrière, on pouvait facilement y loger un cercueil. La panique s'empara du trio. Une diversion s'imposait.

Yann intervint le premier. Il supputa la vue imprenable sur la baie dont jouissait le commissaire du haut de son building.

Chacun leva la tête pour s'en faire une idée et approuva. Patrick nota toutefois qu'il ne fallait pas être en proie au vertige sinon les vacances étaient irrémédiablement gâchées.

— *Do not lean out of the window* ! recommanda le commissaire qui avait beaucoup voyagé en train dans sa jeunesse. Puis il invita ses trois obligés à prendre un dernier verre chez lui pour l'avoir aimablement raccompagné.

Pierre anticipa l'horreur. Le huis clos augurait un danger pour la vie du commissaire. Il n'eut qu'une idée en tête : séparer ses deux amis. Il pria Yann de les attendre dans le véhicule, de retourner au casino, à la villa, où il voulait. Lui et Patrick en avaient pour peu de temps.

Yann protesta et, puisqu'il était indésirable, il rendit à Pierre les clés du véhicule.

Il retournait au casino où l'attendait une compagnie nettement plus agréable que celle de trois poivrots.

Dans l'ascenseur, chacun semblait perdu dans ses pensées, muet, fixant d'un œil éteint un point imaginaire sur la cloison d'en face. Seules, les respirations se mêlaient aux bruits de la machinerie et du frottement des câbles. La décélération se fit sentir, accompagnée d'un tintement annonçant l'étage. La cabine s'immobilisa après un soubresaut.

Jean Bonneau sortit son trousseau de clés de sa poche. Un miaulement éraillé déchira le silence.

— Hercule, c'est paaapaaa !

Quand la porte fut ouverte, les deux compères restèrent interdits en découvrant un chaton décharné, les poils ébouriffés aux deux cent vingt volts. Il était assis, la tête penchée sur le côté, et les regardait de ses yeux exorbités.

— Navrés de vous décevoir ! En toute logique, vous vous attendiez à voir un molosse, un chien policier, un fin limier. Eh bien non, moi j'ai un chat ! Installez-vous…

— Nous n'allons pas nous attarder, Commissaire.

— Ah, ah ! Auriez-vous des choses à vous reprocher ?

— No… Non, absolument pas !

— Dans tout individu sommeille un coupable potentiel. Personne ne peut se targuer de n'avoir jamais fauté, serait-ce une petite tricherie avec le fisc !

— Votre exemple n'a rien d'original, Commissaire. Il relève d'un sport national pratiqué par tous les contribuables et dans cette compétition les vrais tricheurs ne sont pas comme nous, en queue du peloton, sinon nous passerions nos vacances à trimbaler nos valises pleines de billets sur les rives du lac Léman.

— A ce propos, pourquoi avoir choisi La Baule ?… Avant votre réponse, je vous prépare un Alexandra. Cela vous convient-il ?

— Parfait.

Jean Bonneau tourna le dos à ses invités. Il s'accroupit pour prendre une bouteille de Grand Marnier® posée sur le plateau inférieur d'une desserte. Ses vêtements, tendus à mort, étaient sur le point d'éclater.

Patrick avait repéré une statuette de bronze, un nu de femme, juste à sa portée.

Elle ornait un meuble. Il la saisit, la soupesa, se leva et, sans hésiter, brandit l'objet au-dessus de la tête du commissaire.

Pierre assistait à la scène sans réagir, complètement pétrifié, il n'osait y croire.

*

* *

Dans la boîte de nuit, le tempo abrutissant de la musique techno accompagné par le jeu de spots multicolores martelait les crânes. Mathilde essayait de surmonter le vacarme ambiant pour faire entendre sa voix fluette :

— Nous n'avons pas choisi le lieu le plus calme pour parler de notre avenir !

Un jeune s'approcha d'Adriana pour l'inviter à danser. Elle haussa le ton pour se faire comprendre.

— Non mais tu te crois où mon p'tit bonhomme ? Si j'ai envie de danser, je suis assez grande pour m'éclater toute seule sur la piste. Va jouer avec les filles de ton âge !

Le gars en resta médusé.

— Allez, va voir ailleurs, ici on cause entre adultes ! renchérit Julie.

Sergueï Wrosinsky s'amusa de la répartie. Après avoir attendu que l'éconduit disparaisse, il reprit le fil de la conversation.

— Pour nos juristes, tout est limpide. Nous reprenons le contrat en remplaçant les noms. Le précédent est considéré caduc par la défaillance des deux signataires. Et encore, monsieur Chauvin peut s'estimer heureux, nous n'engagerons pas de procédure contre lui. Il recevra un courrier recommandé de notre cabinet conseil pour lui signifier la fin de notre collaboration, affirma Sergueï Wrosinsky.

Il ajouta :

— Mesdames, vous le remarquerez en page dix, les sommes inscrites n'ont rien à voir avec celles conclues par monsieur Chauvin. Elles sont plus conséquentes !

— Moui… Si l'on veut.

— Eh bien, quand même ? s'étonna Sergueï Wrosinsky devant si peu d'enthousiasme…

— Pour obtenir notre signature, vous rajouterez un zéro ! exigea Julie.

Sergueï Wrosinsky en resta bouche bée avant de se ressaisir :

— Voyons Mesdames, c'est insensé ! Là, vous n'êtes plus du tout raisonnables.

— Nous n'allons pas contrarier Julie, c'est elle, la comptable, ironisa Adriana. De nos jours, tout est tellement cher. Vous n'avez pas idée des prix des toilettes et des produits cosmétiques pour une femme… Alors, c'est un zéro de plus, y compris notre petit arrangement, cela va de soi !

— Pour notre petit arrangement, je n'y reviendrai pas. Je comprends l'importance que vous accordez à cet objet. En revanche, je ne peux pas aller si loin dans la négociation !

— Oh, les filles, regardez-le, il me fait de la peine. Tout ça parce qu'il nous refuse un petit zéro supplémentaire !

— Mais c'est dix fois plus que prévu ! protesta Sergueï Wrosinsky.

— Et alors, combien palpe votre société de production ?

— Heu… Je n'en sais rien.

— Amnésique avec ça. Je vais vous rafraîchir la mémoire : des sommes dépassant l'entendement. Si le téléspectateur le savait, il en tomberait à la renverse !

Mathilde s'en mêla :

— La plupart des émissions sont affligeantes de débilité et menées par des animateurs surexcités dont la seule obsession est de faire leur one man show. Il serait aussi facile de faire du divertissement culturel. Instruire à la place d'abrutir et je sais de quoi je parle : je suis enseignante, moi, Monsieur !

Adriana et Julie restèrent époustouflées par la véhémence de Mathilde.

— Whaou ma chérie, tu décoiffes ce soir !

— Mais c'est vrai, zut à la fin ! A quoi avons-nous droit tous les étés ? A l'intégrale du *Gendarme de Saint-Tropez* et l'hiver au sempiternel *Le père Noël est une ordure*, sans oublier le gavage des récurrentes séries américaines en tous genres… Tout est conditionné, formaté et politiquement correct, bref, ça ronronne, pourquoi se casser la tête ? Moi, je dis que ça tourne en rond mais pas dans le bon sens !

— Sidérante ! Je n'en reviens pas. A présent, calme-toi, tu te fais du mal, ma puce, lui conseilla Adriana, prévenante.

— Justement, notre société de production, elle, propose des sujets originaux, désopilants.

— Taratata, à d'autres ! C'est de la télé-poubelle diffusant des "beauferies"… Alors, il vient ce zéro ? insista Julie.

— Vous en profitez parce que vous êtes trois !

— Et vous, seul, c'est ça ? C'est un argument de gamin. Vous allez m'arracher des larmes. Au secours les filles, un mouchoir ! dit Adriana en prenant un air peiné.

— Détrompez-vous, je cherche à sauver l'émission mais ne perdez pas ceci de vue : vos compagnons n'ont pas la conscience très nette et j'en ai la preuve. Alors mon silence vaut bien le sacrifice du petit zéro supplémentaire que vous réclamez tant.

*

*   *

Alors que la main de Patrick maintenant le lourd objet de bronze allait s'abattre sur la tête du commissaire, toujours accroupi, celui-ci fit un écart à la dernière seconde pour repousser Hercule, grimpé sur la desserte à la recherche de caresses.

Patrick ne rencontra que le vide et s'affala sur la moquette.

— Hercule, fiche-moi la paix, veux-tu ? Tiens, votre ami se serait-il pris les pieds dans le tapis ? dit Jean Bonneau en s'adressant à Pierre.

Ce dernier, trop content de l'échec, retrouva vite ses esprits. Il se précipita pour aider Patrick à se relever.

— Il regardait la statuette quand il a trébuché… Trop bête ! expliqua Pierre.

Jean Bonneau dévisageait Patrick en riant.

— Ah, ah, ah mon jeune ami, c'est la nudité de la femme qui vous tourne la tête ou aviez-vous l'intention de vous en servir comme objet contondant sur ma personne ?

Patrick, gêné, soutint :

— Ce n'était ni l'un ni l'autre.

Jean Bonneau disparut dans la cuisine pour y chercher les ingrédients nécessaires à sa préparation alcoolisée.

Les deux amis en profitèrent pour dialoguer rapidement à voix basse. Pour Patrick, Jean Bonneau utilisait ses méthodes de policier. Il savait tout et usait leurs nerfs afin qu'ils craquent et avouent. Pierre, euphorisé par l'alcool absorbé, soutint qu'il n'avait rien à se reprocher… sinon l'illégalité d'un enterrement… Par ailleurs, si dans les commissariats, les interrogatoires se déroulaient ainsi, autour d'un cocktail, les droits de l'homme seraient enfin respectés. Si beaucoup de flics manquaient de savoir-vivre, là non ! Pour une fois, il en était un qui avait le sens de l'hospitalité et il n'allait pas bouder ce plaisir.

Patrick appréciait moyennement ce point de vue et promit de se débarrasser du commissaire avant d'avoir quitté l'appartement. Pierre allait contester vivement quand Jean Bonneau revint de la cuisine en secouant son shaker, pareil à un musicien sud américain agitant ses maracas sur un rythme endiablé.

Hercule était à la fête. Il trottait derrière son maître, queue dressée, les moustaches enduites de crème fraîche.

Le commissaire servit le liquide crémeux dans les verres et chacun sirota. Les compliments abondèrent. Quel était ce parfum subtil titillant leurs papilles gustatives ?

Les deux amis cherchèrent, sans succès. Jean Bonneau finit par lâcher :

— De la noix de muscade !

Quand tous les qualificatifs élogieux du cocktail furent épuisés, il fut question de la vue imprenable s'étendant devant la porte-fenêtre.

— Venez voir, dit le commissaire, du balcon, elle est grandiose !

Patrick tenait enfin l'opportunité d'une nouvelle

tentative pour éliminer Jean Bonneau et comprit très vite la solution au problème de physique qui se posait. Au jugé, la rambarde du balcon arrivait juste à la taille du commissaire.

En le saisissant par les pieds, et en exerçant un simple effet de bascule grâce au muret, il serait aisé de le précipiter dans le vide... Un poulet, c'est lourd, ça ne vole pas vraiment...

*

*   *

Adriana, Mathilde et Julie avaient refusé de signer le contrat. D'abord, ce n'était ni le moment ni le lieu idéal pour traiter ce type d'affaire et aussi parce que le zéro additionnel était la condition sine qua non. Les choses en étaient restées là. Pour autant, ce point de blocage ne pouvait perdurer, les deux parties en étaient conscientes. A ce jeu de poker menteur, Sergueï Wrosinsky avait un avantage, cependant il ne s'attendait pas à la pugnacité de la partie adverse. Sur le chemin du retour à la villa, les trois femmes étaient préoccupées par ce marché dont elles ne savaient s'il s'agissait ou non d'un coup de bluff.

— Pourquoi ne va-t-il pas tout balancer au policier, puisqu'il connaît les assassins de l'animateur ? dit Julie.

— Assassins ? Jamais il n'a prononcé ce mot dans la conversation.

— Nous n'allons pas ergoter. Il a dit : vos compagnons n'ont pas la conscience tranquille. Cela revient au même, c'est de la rhétorique pour ne pas nous heurter... Et puis vous l'imaginez crier ce mot dans la boîte de nuit, à cause du tapage ? Bonjour la discrétion !

— Il est plus fin. Pour obtenir notre adhésion à son contrat, il laisse entendre une dénonciation possible de nos trois hommes auprès des flics. En est-il capable ? Nous n'avons guère le choix, nous devons accepter son offre. N'oublions pas notre arrangement avec lui et ce petit objet est bien plus précieux que le contrat lui-même.

— Et si nous abordions le problème différemment, en nous interrogeant sur ses réelles intentions car, enfin, à quel jeu joue-t-il ?

— Mathilde, nous ne maîtrisons rien, Sergueï Wrosinsky nous tient. S'il parle, les hommes en prendront au moins pour quinze ans ! estima Adriana.

Julie s'interposa :

— Mathilde a raison. Wrosinsky joue une partie curieuse. La visite du commissaire à la villa ne doit rien au hasard mais davantage aux informations d'un tiers. En l'occurrence, pourquoi pas Sergueï Wrosinsky ? Il aurait donc rendu une visite au policier mais, pour autant, il ne lui aurait pas tout dit. Pour quelles raisons ?

— C'est évident, voyons, en cas de dénonciation, ses projets tombent aussi à l'eau !

— Il nous manipule. A mon avis, ce n'est que la partie visible de l'iceberg.

— OK. Et elle cache quoi la partie immergée ?

— Réfléchissez…

*

*   *

Devant la vue limitée, à cause de l'obscurité, Pierre s'extasiait par politesse envers son hôte. Son état d'ébriété n'arrangeait rien. Il ne distinguait pas grand-chose, à part, au loin, les éclats du phare de la Banche créant une nitescence dans la baie par intervalles réguliers ou encore des ombres fuyantes en contrebas de l'immeuble, quand il osait regarder entre deux vertiges.

Jean Bonneau, une main en appui sur la rambarde du balcon, se servait de l'autre pour désigner tour à tour Le Pouliguen à sa droite, Pornichet à sa gauche, en commentant les particularités de ces deux communes situées à chacune des extrémités de La Baule-Les-Pins.

Patrick, lui, se tenait en retrait derrière eux. Son idée toujours bien ancrée dans la tête, il se courba avec l'intention de saisir le commissaire aux chevilles et hop ! Dans quelques secondes, celui-ci irait gonfler les statistiques des accidents domestiques inexpliqués.

C'était sans compter sur le destin parfois contrariant.

Il lui arriva directement dans la figure par la chaussure du commissaire qui, à ce moment précis, rejeta son pied en arrière pour changer de pose. Un simple mouvement banal. Sauf que là !

Patrick poussa un cri de douleur quand le talon heurta la base de son nez. Il se prit le visage entre les mains et s'écroula à moitié groggy sur le sol cimenté.

Jean Bonneau avait entendu. Il tourna la tête mais ne remarqua rien à hauteur de sa vue. Il mit du temps à réaliser. Les gémissements étouffés, accompagnés de jurons, provenaient de plus bas, à ses pieds.

— Décidément, ce soir votre ami est un adepte de la position horizontale !

— Hein ? dit Pierre, déphasé par l'alcool.

La mine ahurie, il regardait Patrick se relever et se demandait ce qu'il fichait par terre. Son ami enserrait son appendice nasal entre ses mains.

— Ouille, ouille, ouille ! Fe fuis fomber !

— Qu'est-ce que tu racontes ?

— Il dit qu'il est tombé… Il saigne comme un porc ! Accompagnez-le dans la salle de bain, ordonna Jean Bonneau. Je prépare quelques glaçons dans un sac plastique.

Devant le miroir de la salle de bain, Patrick regardait son nez enfler. Il prenait la dimension d'un tubercule.

Le commissaire remplit d'eau le lavabo et intima à Patrick d'y immerger son visage.

Celui-ci, soupçonneux, hésitait. Il dévisageait son

ami et le policier. Contraint, il se résigna à tremper rapidement le bout de son nez.

— Mais non, pas comme ça ! grommela Jean Bonneau, excédé. Comme ceci !

Saisissant Patrick par l'arrière de son col de sa chemise, l'autre main en appui sur sa nuque, il lui plongea la tête dans le lavabo et la maintint, tel un tortionnaire dans l'exercice de sa fonction.

Au bout de quelques secondes, sans lâcher prise, il tira la tête de Patrick hors de l'eau.

— Inspirez un bon coup afin de la garder le plus longtemps possible dans l'eau, si vous voulez que votre blaze retrouve des proportions normales. Allez, on recommence !

Patrick n'eut pas le temps de protester. La scène, surréaliste, ressemblait à un interrogatoire non conforme. L'eau était rouge de sang. Le commissaire, un brin cynique, y voyait l'évacuation du Bloody Mary. Par trois fois, il renouvela l'immersion en usant de sa force et laissant peu de répit à Patrick pour reprendre sa respiration.

— Parfait ! conclut-il, tandis que Patrick reprenait son souffle bruyamment. Maintenez le sac de glaçons sur votre nez puis allez vous installer dans le canapé… Surtout n'en bougez plus ! Aujourd'hui, ce n'est vraiment pas votre jour. Ce matin, vous auriez dû consulter votre horoscope avant de sortir de votre lit. Je vous sers un remontant pour vous remettre de vos émotions. Un cognac vous convient-il ?

*
* *

Yann, après avoir quitté ses amis, était retourné au casino rejoindre sa beauté des îles.

A présent, ils marchaient sur la plage, main dans la main, s'arrêtant de temps à autre pour un bouche-à-bouche.

Le romantisme platonique au clair de lune avait ses limites. Une envie lui traversa soudainement l'esprit. Le fameux bain de minuit !

La jeune femme fit sa mijaurée, histoire de ne pas adhérer d'emblée à cette proposition saugrenue, aussi parce qu'elle en devinait la finalité et pour en arriver là, elle ne voyait pas pourquoi elle devait se baigner dans une eau froide. Elle préférait encore céder là, sans façon, sur le sable. Elle pria le ciel afin que ce garçon changeât d'avis. En même temps, elle avait l'intuition qu'elle n'y échapperait pas.

Yann s'arrêta et, face à la mer, les bras écartés comme un messie, se mit à discourir avec emphase sur les origines de la vie. A l'aube de la création sur terre, n'étions-nous pas des êtres issus du milieu aquatique ? Il ne tarissait pas pour se justifier de son idée de baignade, celle-ci était dénuée de toute arrière-pensée. Mais à trop insister, il était bien le seul à vouloir s'en persuader.

— Comprenez, Maeva. Il ne faut pas y voir le côté paillard des noceurs qui se jettent à poil dans l'eau après une soirée bien arrosée. Au contraire, quoi de plus beau, de plus naturel, de plus romantique !

Il se retourna.

— Bon alors, on y va ? dit-elle impatiente.

Maeva attendait. Elle était nue !

Il fallut tout juste quelques secondes à Yann pour se dévêtir à son tour. Main dans la main, ils coururent vers la mer en poussant des cris et en riant.

*

* *

Lucas et Arthur rentraient chez eux en longeant le boulevard, côté océan. Ils vivaient leur première sortie nocturne. La soirée en boîte n'avait pas été terrible. Ils étaient dépités, les filles s'intéressaient aux gars plus âgés qu'eux. A croire qu'ils n'étaient pas assez mûrs pour le monde de la nuit. Ils devaient assumer cette période de transition de n'être plus désormais des ados mais pas encore des hommes. Un entre-deux vécu parfois de façon désagréable. Arthur cherchait une explication rationnelle au comportement des filles.

— Te fatigue pas. Les filles, tu ne peux pas savoir ce qu'elles ont dans la tête, répondit Lucas en aiguisant son regard sur la plage. Eh, c'est quoi, ça ?

— Des fringues.

— Vise là-bas, deux baigneurs dans l'eau !

— Chiche, si on…

— Ouais, acquiesça Arthur en pouffant de rire.

*

*   *

Elle avait enlacé ses jambes autour de la taille de Yann. Dans l'eau, l'état d'apesanteur la portait au rythme régulier de l'étreinte.

— C'est pas le bonheur, ça ?

— Si, murmura-t-elle en sentant un frisson l'envahir.

L'instant d'après, assagis, l'esprit vide, ils se laissèrent dériver par les flots.

Puis ils nagèrent, cherchèrent encore le contact de leurs corps. Enfin, elle éprouva l'envie de sortir de l'eau.

— Je commence à avoir froid, dit-elle.

— Mais où sont mes vêtements ? s'écria Yann.

— Tu les avais laissés à côté des miens.

— J'ai compris… Regarde… Des traces de pas sur le sable !

— Une mauvaise farce. Des gentlemen tout de même, ils m'ont épargnée.

— Merde, des salauds oui ! De plus, je suis sûr qu'ils sont planqués pas loin d'ici pour en rire.

— Comment vas-tu faire ? Je n'ai absolument rien à te prêter, dit-elle en enfilant directement son jeans et sa chemise sur son corps mouillé. Elle fit disparaître ses sous-vêtements dans ses poches.

— Je n'ai pas d'autre alternative que de rentrer à poil.

— Oh non ! Attends ici, je vais jusqu'à chez moi chercher une serviette.

— Tu habites où ?

— Du côté du Pouliguen. En faisant vite, j'en ai pour une demi-heure, à tout casser.

— Et autant pour revenir ?

— Oui.

— Non... Je ne vais pas poireauter ! Je vais me débrouiller.

— Je t'accompagne.

— Heu... Surtout pas.

— Pourquoi ?... Ça va, j'ai compris. Une autre t'attend. C'est bien ça ?

— Oui... Heu... non... Enfin, ce n'est pas ce que tu crois.

— C'est toujours ce que l'on dit... Allez, fais pas cette tête, c'était quand même super. A plus !

Yann regarda s'en aller Maeva. « Une chic fille », pensa-t-il. Elle se retourna et lui sourit. Il lui adressa un dernier baiser de la main et attendit que sa silhouette se fonde dans la nuit, puis partit de son côté.

Pour se réchauffer, il courut sur la plage en pestant puis finit par admettre que râler ne résoudrait pas son problème. L'urgent était de penser à l'itinéraire le plus court et le moins fréquenté pour rentrer à la villa... Mais voilà, avec son sens approximatif de l'orientation, il n'arrivait pas à se repérer.

Quand il gravit l'escalier menant de la plage au boulevard, il s'arrêta à une marche.

Sa tête seule dépassait du parapet. Tous les sens en alerte, comme un suricate aux aguets, il se dévissa le cou à droite et à gauche : personne en vue !

Il se risqua.

Il se mit à courir comme un dératé le long du boulevard en tenant son sexe dans la main puis finit carrément par le lâcher pour donner l'entière mesure à ses foulées, éprouvant même une certaine jouissance dans cette course effrénée, libre de toute entrave !

Hélas, parfois les ennuis s'enchaînent sans que l'on puisse enrayer la terrible fatalité de la série incontrôlable dite des emmerdes !

Yann fut soumis à une nouvelle épreuve quand il croisa un fourgon de police en patrouille de nuit.

Dans le véhicule, c'était l'ahurissement, limite apoplectique. On faillit en bouffer son képi !

— Chef, je n'y crois pas, dites-moi que j'ai la berlue ! Vous l'avez vu ce sauvage, il court les sacoches au ras du bitume et la zigounette qui claque d'une cuisse à l'autre. Un pervers, encore un pervers !

— Pff… Plus rien ne m'étonne. C'est même devenu un sport national en Angleterre. Demi-tour !

Yann quitta le boulevard pour disparaître dans l'une des allées perpendiculaires. Le fourgon à ses trousses, dans la panique la plus totale, il n'arrivait plus à retrouver son chemin. Si les flics le cherchaient à présent dans le quartier des villas, le mieux n'était-il pas encore qu'il retournât vers le front de mer ? Ce qu'il fit. A ce rythme, il allait vite s'épuiser.

Quand il déboula sur le boulevard, il remercia le ciel en apercevant un 4 X 4 qu'il connaissait bien ! Il se mit au milieu de la chaussée et fit de grands gestes en sautant pour l'arrêter. Il dut s'écarter pour ne pas se faire écraser. Le véhicule fit une embardée puis s'immobilisa dans un crissement de pneus.

Yann se précipita.

Quand il monta à bord, en le voyant nu, ses amis, morts de rire, lui demandèrent l'adresse de son tailleur.

Yann éclata de rire à son tour quand il vit le nez de Patrick.

A la villa, au contraire, le comité d'accueil n'eut rien de chaleureux.

XII

Devant le bar de la plage dressé sous un barnum, la fillette, gênée, attendait, les jambes croisées, les mains dans le dos.

Elle n'osait réclamer son ballon. Il avait roulé juste aux pieds de la dame blonde qui parlait à deux autres femmes.

Adriana la regarda et réalisa.

— Oh, tu veux ton ballon, ma puce ?

Elle le tendit à la fillette.

Adriana prenait un rafraîchissement en compagnie de Mathilde et de Julie et ne cessait de nourrir les mêmes interrogations depuis le début de la matinée.

— Franchement, les filles, je ne crois pas un mot de ce qu'ils nous racontent. Pierre était rond de chez rond, Patrick ne valait pas mieux et, en plus, avec son nez en patate, il n'arrivait plus à prononcer correctement deux mots. Quant à Yann, je me demande encore ce qu'il foutait à poil. Ne me dites pas qu'il a viré exhibitionniste ! On lui aurait volé ses vêtements alors qu'il prenait un bain. N'im-por-te-quoi !

— Oh, et pas seul, je suppose ! releva Julie.

— Mais qu'est-ce qu'on fiche avec des types pareils, ils nous prennent pour des nunuches ou quoi ? Attendez, ils ne vont pas être déçus de leur voyage à La Baule.

Adriana se pencha vers Mathilde et Julie.

— Quand j'y pense, tous les jours, nous côtoyons un ou des assassins.

— Je t'en prie, Adriana, ne m'en parle pas. Je n'en dors plus la nuit. Je sens que je vais encore craquer, geignit Mathilde.

— Arrête tes jérémiades, ma cocotte. A la fin du séjour, tu plaques ton gros bras. Il ne vaut pas un clou !

— Je crains de ne pas en avoir le courage…

— Compte sur moi pour ça.

— Oui…

— Pierre ne te mérite pas. Tu verras…

— Dis-nous, Adriana, tu crois vraiment que Patrick a dérapé ? demanda Julie.

— Mais c'est une évidence. Brrr, ça m'excite de le savoir, j'en ai des frissons.

— Adriana ! T'es pas un peu zinzin, non ?

— Mais je plaisante, Mathilde. Je l'avoue, au début, si.

Pour Adriana, cela devenait de plus en plus évident.

Patrick s'était fait berner avec cette émission et, n'ayant aucun recours pour faire annuler le contrat, il avait fait appel à l'un ou à deux de ses amis pour supprimer l'animateur. Le commissaire le savait et, dans une sorte de jeu cruel, il tentait de démasquer les assassins.

— Pourquoi Patrick n'a-t-il pas fait appel à un avocat pour faire annuler ce contrat ? s'étonna Julie.

— Parce qu'il lui aurait fallu des moyens qu'il ne possède pas pour engager une telle procédure. Tu connais les honoraires d'un ténor du barreau ? De quoi te passer l'envie de mettre de la confiture sur tes tartines !

— Je l'imagine mal en assassin. Je ne devrais pas te le dire parce que c'est ton mari mais…

— Alors là, ne te gêne surtout pas !

— Pour condenser, il n'est pas méchant pour deux sous. Ça se voit !

— Dis qu'il est carrément con et on n'en parle plus. Tu veux que je te dise ? Ce sont les pires ! Tiens !… Savez-vous ce qu'il exigeait de moi dix jours après notre mariage ?

Après s'être assurée de la discrétion des tables voisines, Adriana se pencha vers ses amies… Elle se confia…

Mathilde et Julie la regardèrent, dubitatives.

— Nooon… Pourtant à le voir, on ne croirait pas, considéra Mathilde.

— Eh bien si ! Et avec toute la panoplie, s'il vous plaît ! Porte-jarretelles et tout le tralala… Quand vous avez devant vous un mec avec une sale gueule, au moins vous savez à quoi vous en tenir, mais là vous ne voyez rien venir.

— Tu exagères, Adriana, ça n'a rien à voir. Il existe des hommes laids absolument charmants et de beaux gosses aux manières de rustres. Tu sais, les fantasmes de Patrick ne sont pas ceux d'un dépravé. Tout au plus le trip d'un fétichiste… Bon, après tout, si ça pouvait l'aider à… Enfin, tu vois très bien ce à quoi je fais allusion.

— Ah ouais ? Après, il serait monté d'un cran et aurait joué du martinet. Merci bien, j'ai pas les fesses en peau de tambour !

— Tiens ? Toi-même tu viens de dire toute l'excitation que te procurait Patrick quand tu as su qu'il était un… n'osa avouer Mathilde, gênée.

— Un assassin ?

— Voilà…

— Ne nous égarons pas et revenons-en à notre préoccupation : nous devons nous mettre d'accord avant de rejoindre nos trois zigoteaux sur la plage, rappela Julie.

— Pourquoi fais-tu tout cela, Julie ? Après tout, toi, tu pourrais partir, rien ne te retient.

— Par solidarité entre femmes.

— Je t'adore. Tu es trop, ma poulette !

Julie suggéra un plan à ses amies :

— Nous invitons Wrosinsky à la villa en lui laissant entendre que nous serions enclines à lâcher du lest sur la négociation. A la seule condition qu'il nous apporte ce qu'il nous a promis en plus, et là les filles à nous de nous l'accaparer ! Voilà ce que nous allons organiser…

*

* *

Le monde affluait sur la plage. Dans une heure, les mètres carrés de tranquillité ne seraient plus qu'un souvenir.

Yann s'était invité dans un groupe de jeunes pour une partie de volley-ball. Patrick, lui, dormait allongé sur le dos. Un magazine ouvert sur son visage, il ronflait légèrement à cause de son nez tuméfié. Quant à Pierre, il s'était retourné plusieurs fois sur son drap de bain pour trouver une position confortable. A présent, il était bien, si ce n'était le soleil qui lui cognait sur la tête, mais, cloué par l'apathie, il n'avait même pas la volonté de s'en protéger. Il somnolait en assumant tant bien que mal sa gueule de bois. L'animation de la plage lui semblait lointaine, irréelle presque. Enfin, il allait pouvoir se détendre, éviter tout remue-méninges, se laisser glisser vers l'abandon total…

— Salut les serial glandeurs !

Ce fut comme un électrochoc !

Quand il entendit cette voix, il aurait payé cher pour être ailleurs, sur une île déserte, une autre planète, peu importait, mais surtout ne plus voir celui qui se tenait devant lui avec son équipement de plagiste avisé.

— Vous ne devriez pas rester en plein soleil, ce n'est pas bon !

« Qu'est-ce que ça peut bien lui foutre », pensa Pierre.

Jean Bonneau, prévenant, déploya son parasol, planta le piquet du support dans le sable et chercha la bonne orientation afin d'abriter Pierre et Patrick. Puis, il occupa la partie ombragée restante en y étalant son drap de bain.

En appui sur un coude, par réflexe professionnel, même si l'épisode baulois de l'opération "Came l'eau" prenait la direction des archives, il ne put s'empêcher de balayer discrètement la plage avec ses jumelles et en monologuant.

Il s'interrogeait sur les motivations de cette foule. Elle fuyait la fournaise des villes pour venir s'agglutiner en masse sur les plages. Il ne comprenait pas.

Les vacances se résumaient-elles à un déplacement orchestré de la population durant une période de l'année, générant ainsi en un lieu de villégiature surpopulation et embouteillages ? Somme toute, seul le cadre changeait !

— Commissaire, j'ai besoin de silence pour récupérer, alors vos analyses sur les comportements des "congés payeurs", je m'en fous ! se plaignit Pierre.

— Ah bon ? Personnellement, je fais toujours une sieste avant de venir à la plage. Il m'est impossible de dormir comme le fait votre ami en ce moment. Quand il se réveillera, je crains qu'il n'ait les pages du magazine imprimées sur la figure.

Et puisqu'il dérangeait, Jean Bonneau décida d'aller se baigner. Dès qu'il s'éloigna, Patrick souleva une moitié du magazine et dit à Pierre :

— Ça devient chaud pour nous. Il nous traque jusque sur la plage.

Yann revint, essoufflé et en sueur.

— Whoua, quelle partie ! Tiens, nous avons un invité ?

— Devine qui ?

— Nooon !… Où est-il ?

— Dans la flotte.

— Vous voulez mon avis ? Il ne nous lâche plus.

— Je viens de dire exactement la même chose à Pierre.

— Les potes, profitons du soleil. La taule, ce n'est pas l'endroit idéal pour bronzer. Les barreaux, ça laisse des traces blanches… Je vais me rafraîchir dans l'eau !

Yann courut vers la mer.

Les trois femmes arrivèrent. Elles s'étonnèrent du parasol et du drap de bain supplémentaire. L'explication leur fut donnée.

— Au moins, c'est un policier prévenant. Il vous habitue à l'ombre, ironisa Adriana.

Patrick trouva la plaisanterie déplacée. Il en fit la remarque. Sa femme lui rappela qu'il était à l'origine de cette situation et que, malgré tout, il pouvait s'estimer heureux de pouvoir encore compter sur son épouse et des amis compréhensifs. N'importe qui d'autre l'aurait laissé tomber.

— Mon pauvre Patrick… Quand les andouilles voleront, tu seras chef d'escadrille !

— Chouchou, ça suffit !

— Mais regardez-le, c'est qu'il mordrait en plus ! railla Adriana.

— Oh ! Calmez-vous, les Chauvin, râla Pierre en soupirant.

Il se retourna sur le ventre en réclamant un peu de paix autour de lui. Il voulait piquer un somme. Soudain, il réalisa…

— N'de Dieu !

Il ne se serait pas retrouvé aussi vite debout si un crabe lui avait pincé les fesses. Affolé, il scrutait la mer, cherchant Yann parmi les baigneurs.

Pressentant un danger imminent, genre *Les dents de la mer*, il partit comme une flèche.

Sans s'en rendre compte, sur son passage, il piétina une œuvre : un magnifique château de sable. Laissant derrière lui un père dégoûté de tout et un bambin en larmes, le seau à la main. Pour gagner du temps, il se surpassa dans un parcours parfait de steeple-chase en sautant par-dessus des corps allongés et en les saupoudrant de sable, il évita de justesse une vieille dame assise sur sa chaise pliante, zigzagua entre des enfants occupés à ramasser des coquilles vides, reçut un ballon en pleine tête mais ne vacilla pas, bouscula un homme qui tentait d'actionner son cerveau trop lent.

Cette foule insouciante ignorait tout du drame en préparation. Lui seul avait deviné. Il courut encore quelques mètres dans l'eau, soulevant les protestations des personnes éclaboussées, puis plongea, tel un héros d'*Alerte à Malibu*. Battant énergiquement la mer de ses quatre membres, il nagea vers la masse flottante qu'il avait repérée au-delà de la barrière formée par de grosses vagues…

Jean Bonneau faisait la planche, ballotté par l'onde calme, tel un esquif à la dérive. Les yeux fermés, le visage inondé de soleil, il se délectait de l'instant. Seul, son ventre proéminent émergeait de l'eau comme une île perdue au milieu de l'océan.

Une forme, semblable à l'aileron d'un requin, tournait autour de lui en resserrant son ellipse à chacun de ses passages… L'attaque était imminente. Pierre en prit conscience. Jamais il n'arriverait à temps.

— Hé, ho ! cria-t-il en agitant les bras hors de l'eau pour attirer l'attention tandis qu'il disparaissait dans une déferlante.

Il refit surface après avoir bu la tasse et se rendit compte que la vague l'avait ramené en arrière. Il peinait à reprendre sa respiration quand une deuxième vague, plus forte, s'abattit sur lui dans un grondement d'enfer. La panique le saisit. Quand il revint à la surface, il suffoquait, happait l'air avec difficulté par la bouche. Il désespérait. Il hurla :

— Yann !

Une troisième vague se formait, elle prenait de plus en plus d'ampleur en arrivant sur lui. Il comprit qu'il devait l'affronter, nager vers elle avant qu'elle n'éclate et, quand l'écume se forma sur la crête, il n'avait plus de temps à perdre. Il se remit à nager.

Il se sentit soulevé par la masse d'eau. Parvenu au sommet, il sut qu'elle était passée sous lui. Soulagé, il se retrouva dans le creux, presque nez à nez avec Yann. En quelques brasses, il le rejoignit.

— Pourquoi cries-tu comme ça, Pierre ?

— Tu crois que je n'ai pas repéré ton manège, hein ?

— Et alors ? C'est le moment inespéré !

— Ah ouais ? Et les maîtres-nageurs, ils se les roulent dans le sable ? Vu la distance à laquelle nous sommes de la plage, à l'instant, pas moins d'une paire de jumelles est braquée sur nous. Alors, si tu veux un témoin pour assister à un meurtre par noyade, ne te retiens pas !

Une nouvelle déferlante fondit sur eux. Avant d'être emporté par l'eau tumultueuse, Pierre eut une dernière vision, celle du commissaire, surfant sur le faîte de la vague. Tête en avant, il fonçait vers le rivage.

Pierre était prêt à remettre en cause le principe d'Archimède. Un corps aussi lourd, quelles que fussent toutes les théories sur les poussées contraires exercées sur lui, aurait dû finir au fond de l'eau.

Jean Bonneau était insubmersible.

XIII

Sergueï Wrosinsky se regardait dans le grand miroir de sa chambre d'hôtel.

Il s'exerçait à la présentation d'une émission. Il prit du recul pour mieux s'apprécier. « Mesdames et Messieurs !… Cher public !… » Non. C'était du réchauffé, de l'archi-rebattu. Ça sonnait faux. Bien sûr la transe du direct n'était pas là pour le porter ! Néanmoins la formule était trop usitée, voire désuète. Il devait innover mais que dire, que faire ? D'abord, supprimer cette cravate ridicule, elle lui donnait un style trop guindé. Il devait ouvrir modérément son col de chemise. Pas question non plus d'offrir son poitrail de façon vulgaire, non. Juste laisser entrevoir une chaînette, rehaussée d'un brillant discret. Un strass pour commencer. Cela allait de soi. Pour se donner une certaine contenance, il tiendrait des fiches dans sa main, les consulterait de temps à autre, même en l'absence de notes. Les téléspectateurs y verraient un gage de sérieux de sa part.

Pour son entrée sur le plateau, il pouvait reprendre le style de cette vedette qu'il regardait quand il était jeunot, Yves Mourousi avec son percutant et dynamique : « Bonjour ! » Une formule sans fioritures, directe, simple. C'était encore ce qu'il y avait de mieux.

A bien réfléchir, il n'y avait rien de nouveau sous les sunlights. Intervilles existait toujours… Mireille et son petit conservatoire avaient fait place à la formule plus tapageuse de la *Star'Ac*… Quand même, il était grand temps de révolutionner tout ça ! Il retourna dans la salle de bain dont il avait fait sa loge.

Dans sa tête se mêlaient la musique du générique et les applaudissements nourris du public quand, pour la quatrième fois, la démarche étudiée, un rien décontracté, il entra dans la chambre, la main droite tendue vers le public, opinant légèrement de la tête inclinée sur le côté, le sourire au coin des lèvres. Une attitude d'entrée en scène laissant sous-entendre : « Oui, public chéri, j'ai compris. Moi aussi je suis heureux de te retrouver… » Tête qu'il relèverait franchement quand il lancerait : « Bonjour à vous tous ! » tandis que l'hystérie collective gagnerait la salle…

Il s'arrêta brusquement dans son élan, serrant des poings et de la mâchoire, il réfrénait l'envie de tout envoyer valser dans la chambre.

« Non, non et non ! »

Ça n'allait toujours pas à cause de ce fichu détail qu'il venait de repérer dans le miroir ! Ce maudit tic dont il n'arrivait pas à se défaire : passer sa langue sur ses lèvres desséchées par le trac. Les caméras ne pardonnent pas. Seul un coach, un pro, un vrai, pas un obscur comédien recyclé en professeur de je-ne-sais-quoi, serait capable de lui donner une astuce technique pour se défaire de cette manie.

Son autre handicap était sa taille légèrement inférieure à la moyenne. Pour rattraper ces quelques centimètres absents, des talons rehaussés ou de discrètes semelles compensées feraient l'affaire. Il devrait aussi adopter un autre style de coiffure et changer de patronyme. A l'audiovisuel, prendre un pseudonyme était courant. Il angliciserait son nom pour se démarquer de ses confrères.

Cela faisait beaucoup de choses à revoir. L'important n'était-il pas qu'il se façonne un personnage, qu'il impose son style afin d'avoir lui aussi un salaire de patron du CAC 40 pour, enfin, faire partie du monde des paillettes, côtoyer les célébrités, le show-biz et amasser le plus d'argent possible ? C'était la seule finalité. Le reste : l'amour du public, du métier, la déontologie… seulement des mots pour la galerie. De l'éthique en toc !

Lui, Sergueï apporterait un souffle nouveau à la profession ! Il n'était pas jaloux de ses confrères, non. Eux n'avaient rien compris au métier… Ils n'avaient pas senti le vent tourner. En France, la télévision avait des années de retard. Elle n'était pas le reflet de la société comme elle aurait dû l'être. Non, elle diffusait toujours d'interminables séries sirupeuses aux héros consensuels, aux épisodes sans lien les uns avec les autres. Il fallait tout bousculer ; les séries, fractionnées en séquence de cinquante-deux minutes maximum, devaient durer quatre saisons pour rendre le téléspectateur accro à une intrigue au rythme soutenu et aux travers psychologiques de ses personnages. Le reflet de la vraie vie et non des fictions édulcorées pour chaisières.

Des idées d'émissions de télé-réalité, il en avait. Il puiserait aussi chez les autres. Il fallait du hard, du vrai, du réel, du vécu aussi glauque fût-il, l'essentiel étant de choquer.

La provocation comme arme de marketing pour ravir des parts de marché dans un univers fortement concurrentiel…

Audimat mon amour, fais-moi du bien à la tirelire !

L'heure de son rendez-vous approchait. Il nota sur une feuille tous les détails vestimentaires à revoir ainsi que la gestuelle qu'il avait retenue, pour les soumettre aux critiques de son futur coach à Paris. Il n'avait plus de temps à perdre. La direction attendait de sa part un dossier complet avant d'annoncer au journal télévisé du soir qu'il remplacerait désormais Max Orlando. Il s'ensuivrait une conférence de presse. Les journalistes pertinents poseraient à n'en pas douter la question brûlante : « Pouvez-vous nous donner des informations sur Max Orlando ? » Une équipe, composée de spécialistes en relations publiques, planchait sur un scénario plausible.

Ensuite, il ne serait plus question de prononcer ou d'évoquer le nom de Max Orlando sur les plateaux.

Sergueï Wrosinsky devait apparaître sur les écrans sans qu'il n'y eût le moindre regret pour l'ancien animateur.

Vingt heures…

Dans deux heures, le contrat serait signé. Un trophée à brandir devant le nez du directeur de la chaîne. Le vieux caractériel, connu pour ses légendaires coups de gueule, serait soulagé de sauver la part de budget déjà consacrée à la préparation de cette émission et lui en serait reconnaissant.

Il avait gagné la partie de bluff contre les trois femmes, il pouvait être fier de lui. En insistant, il aurait même remporté la signature du contrat sans contrepartie financière, uniquement par cet objet auquel elles tenaient tant. Cela n'aurait rien coûté à la société de production. Mais bon, il ne fallait pas non plus pousser le bouchon trop loin.

« Tiens, d'ailleurs où l'ai-je rangé ? Ah oui, je m'en souviens, dans la poche de ma valise… »

— Allez, encore deux ou trois répétitions !

XIV

— Vous en reprendrez bien encore… Si, pour me faire plaisir. Regardez, il en reste encore beaucoup dans le plat… Allez, un petit effort !

Patrick avait cuisiné le dîner. La bouche en feu, personne n'osait le décevoir.

— Je n'ai plus faim. C'était très bon. Un peu épicé à mon goût… Oh, juste une petite pointe de trop, nuança Mathilde en transpirant légèrement.

— C'est exactement ça, juste, un peu trop épicé, appuya Julie.

Les autres acquiescèrent dans ce sens.

— Vous tournez tous autour du pot. Dites-le carrément, mon risotto est dégueulasse !

— Oh mais que lui prend-il, il devient susceptible comme une jeune fille maintenant ? dit Adriana en prenant la tablée à témoin.

— Eh bien oui, puisque tu veux l'entendre, ton riz nous emporte la gueule !

— J'en ai marre, tout ce que je fais est critiqué !

— Mais c'est qu'il nous fait une petite crise ?

— Adriana, je t'emmerde ! hurla Patrick en reposant vivement le plat sur la table et en faisant tinter les couverts.

Silence total.

Chacun se trouva une bonne raison pour piquer du nez dans son assiette, sauf Adriana. Bouche bée, elle n'en revenait pas. C'était la première fois qu'elle subissait un mouvement de révolte de son mari.

Yann pouffa, puis finit par éclater de rire.

— Généralement les scènes de ménage débutent à cause d'un plat pas assez relevé, ici c'est le contraire !

Personne ne bronchait, pas même un sourire. Yann continua :

— Holà là... Quelle ambiance depuis le début du repas ! Il faut relativiser, mes cocos. Ce n'est pas la peine de se prendre la tête avec des histoires pareilles. Pouvez-vous me dire l'importance d'un plat trop épicé face aux problèmes de la planète, hein ? On s'en bat les cils, zut à la fin !

La réplique arriva de Julie :

— Et pour le commissaire, tu t'en bats quoi ? Lui, il représente un sérieux problème sur "notre" planète et nous commençons à en avoir la trouille, à être un tant soit peu sur les nerfs. Alors tu as une solution ?

Yann exprima une moue dubitative et poursuivit :

— Bon, d'accord. Jusqu'à présent chaque tentative a échoué. Nous devons attendre une autre opportunité. Voilà tout.

— Attends. De quoi nous parles-tu ?

— Ben de le...

— De le zigouiller, c'est ça ?

— Ben oui. Tu as une autre solution ?

Il n'en fallut pas plus pour déclencher une fanfare de protestations dans la cacophonie la plus totale. Les trois femmes vociféraient en même temps leur désapprobation.

Néanmoins, les allusions au dénuement d'intelligence de leurs compagnons et bien d'autres amabilités du même acabit se démarquaient nettement du fond de leur discours : « Crétins, fous à lier, rabougris du bulbe… »

Les prévenus laissèrent passer la tornade sans piper mot. L'un mangeait un bout de fromage en passant en revue les avantages du célibat, l'autre portait un intérêt tout particulier à la vache du couvercle de la boîte de Pont-L'Évêque, le troisième s'attardait sur l'étude approfondie de l'étiquette de la bouteille de vin dont il finit par se servir un verre.

Le tollé retomba aussi vite qu'il était venu. Adriana eut le dernier mot :

— Vos conneries, y en a ras le bol ! Vous feriez mieux de lui tirer les vers du nez, au commissaire !

Pierre, traversé par un rayon lumineux, la regarda.

— Adriana, il me vient une idée.

— Si elle est intelligente, je t'écoute.

— Pourquoi ne le ferais-tu pas ?

— Quoiii ! Qu'est-ce que tu…

— Ben, ouais, facile, tu séduis le commissaire pour le faire parler. Tu lui fais un brin de…

Il n'eut pas le temps de terminer sa phrase. Adriana lui appliqua une claque sonore sur la joue.

— Non mais tu me prends pour qui ? Je fais encore ce que je veux de mes fesses !

— C'est vrai, Pierre, pourquoi ne le proposes-tu pas à Mathilde ? s'indigna Patrick.

— Ce n'est pas à nous d'arranger vos coups foireux, au prétexte que nous sommes des femmes ! fit remarquer Adriana.

— Vos coups foireux ? Tu veux dire ceux de "ton" cher époux, rectifia Pierre.

— Lui ? Il ne perd rien pour attendre !

Mathilde, inquiète, jeta un coup d'œil discret à sa montre : l'heure approchait. Elle transmit discrètement l'information à Adriana et Julie. Cette dernière décréta qu'il était temps de débarrasser la table et rappela à Pierre qu'il devait assumer cette corvée. C'était son tour.

Il confirma avec aplomb son intention de s'en acquitter mais avant, dans l'urgence, il devait gagner un endroit où nul ne pouvait aller à sa place. Julie s'y opposa fermement. Elle ne tolérait pas ce genre de prétexte puéril pour se dérober.

— Aux chiottes, mais que ne faut-il pas entendre !

Elle n'en revenait pas.

Pierre accomplit son obligation sous la surveillance de Julie en grommelant son désaccord sur la méthode. Les matrones, ce n'était pas son truc !

— On devrait bien s'entendre, Pierre. Moi, les petits machos tout en biscottos avec rien dans le ciboulot ne sont pas ma tasse de thé.

Il la foudroya du regard. Quand il eut terminé, par défi, il jeta le torchon sur la table. Julie ne releva pas ce mouvement d'humeur infantile.

Elle s'adressa à Mathilde avec un sourire en coin :

— Tu vois, il n'est pas aussi terrible qu'il en a l'air. Tu n'es pas assez ferme avec lui. Tiens, à ta place, j'aurais fait grève de l'amour.

— Si tu savais, soupira Mathilde, ce n'est plus un argument de poids. Il a débrayé lui-même depuis longtemps.

Il s'ensuivit une effervescence empreinte de nervosité de la part des trois femmes. Elles attendaient avec impatience d'être seules, or, comme un fait exprès, les trois hommes n'étaient pas pressés de sortir. Qui plus est, ce soir, ils souhaitaient qu'elles les accompagnent.

Julie prétexta qu'elle était fatiguée. Elle restait à la villa. Adriana et Mathilde saisirent au bond cette opportunité. Elles n'allaient pas laisser leur amie seule. Tiens, pourquoi ne feraient-elles pas une soirée Scrabble, toutes les trois ?

Ils furent étonnés de cette subite passion pour ce jeu. Ils n'étaient pas venus à La Baule pour se taper des soirées de maison de retraite. Puisqu'il en était ainsi, ils abdiquèrent et partirent à pied vers le front de mer avec, surtout depuis qu'ils étaient ici, le sentiment partagé d'être devenus indésirables et à la fois libres de faire ce qu'ils voulaient. Ce deuxième ressenti n'était-il pas l'essentiel ?

Dès qu'ils eurent tourné le dos, Adriana, Mathilde

et Julie, dans une ambiance survoltée et dominée par des éclats de rire complices, se précipitèrent dans la salle de bain pour s'apprêter.

Julie mit du rouge à lèvres. C'était l'une des rares fois. Elle détestait cela. Elle ramassa ses cheveux pour en faire une queue de cheval, enfila une minijupe, une paire de socquettes de tennis.

Mathilde aussi se colora la bouche. Elle souligna exagérément ses yeux avec du mascara, bouffa ses cheveux devant le miroir, puis s'attardant sur sa silhouette, elle tenta de gommer les bourrelets de ses hanches en rentrant son ventre.

— C'est désespérant, tous les jours, je prends des kilos !

Quant à Adriana, déjà ripolinée à souhait, elle exécuta seulement quelques retouches. Elle envoya valser son débardeur et son soutien-gorge pour passer directement un pull très fin et très échancré.

Elle se pencha en avant pour un essai.

— Les filles, on les voit bien ?

— Qui donc.

— Mes seins, pardi !

— Crois-moi, il est de l'autre bord si, en les voyant, il ne vire pas de l'œil.

Elles éclatèrent de rire.

Fin prêtes, le vent de folie qui les animait retomba. Cette fois, en silence, elles s'agitaient, concentrées sur les rôles et les préparatifs à venir. Elles dévalèrent l'escalier pour se rendre au salon.

— Ma petite Julie, mets le champagne au freezer et des cerises dans une soucoupe ! Les deux ensemble, hum… Je ne te dis que ça : C'est ul-tra-bon. Tu me diras ce que tu en penses !

Tout fut prêt largement à l'avance.

XV

Le dernier essai était loin d'être concluant. Sergueï Wrosinsky s'était retrouvé sur la moquette de la chambre sans trop comprendre comment cela s'était produit. A vouloir être perfectionniste, voire tatillon, en reculant et dans un mouvement mal contrôlé, il avait buté sur une chaise, était parti à la renverse pour se retrouver à terre, cul par-dessus tête.

Sergueï Wrosinsky venait d'encaisser son premier aléa du direct.

Cet incident le fit réfléchir… Ce genre d'imprévu le guetterait également un jour sur un plateau de télé. Des gamelles mémorables, il en connaissait. Certains de ses futurs confrères n'hésitaient pas à vendre le droit de diffuser leurs propres mésaventures. Un rien désabusé, il se fit une raison : « De toute manière, la télé s'abreuve des mauvais coups du sort et des catastrophes. Le malheur de nos semblables a toujours quelque chose de rassurant pour soi. Il permet de relativiser ses propres infortunes et de se conforter : le pire est ailleurs ! Tandis que le bonheur, personne ne se rue sur son poste pour le voir… C'est ennuyeux le bonheur. Surtout celui des autres… On s'en tape ! Bon, ce n'est pas tout, il est grand temps… » Il avait un rendez-vous important à honorer. Il se remit sur pied en rageant quand une douleur dans la zone lombaire lui arracha une grimace. S'était-il déplacé une vertèbre ? Il devait se présenter sous son meilleur jour devant les femmes afin d'emporter cet ultime accord.

En relevant la chaise, un nouvel élancement aigu le stoppa dans son mouvement. Ce n'était vraiment pas de chance. L'image du quadragénaire carnassier qu'il voulait se donner était sérieusement écornée.

Au prix de mille efforts, il prit une douche et changea de tenue.

Il laissa sa Porsche sur le parking de l'hôtel. Marcher lui ferait du bien et peut-être même remettrait sa lombaire en place.

N'empêche, il boitillait, et s'il exhibait deux rangées de dents blanches, ce n'était pas parce qu'il souriait. Non, c'était de douleur.

*

*   *

Assises dans les fauteuils du salon, elles bavardaient de choses et d'autres quand tinta la clochette de la grille du jardin. Mathilde sursauta.

— Oh mon Dieu ! Le voilà…

— Du calme, ma cocotte, ça devait bien arriver puisque nous l'avons invité.

— Bien sûr.

— Alors, tu gardes ton sang-froid, recommanda Adriana. Compte sur ta vieille copine pour n'en faire qu'une bouchée. Vous avez en tête votre rôle, il est clair pour chacune de vous ?

Approbations.

— Et n'oubliez pas ! Où qu'il s'assoie, la place en face de lui m'est réservée.

— Holà, là, ouiii… J'avais déjà oublié. Mais où ai-je la tête… dit Mathilde, prête à céder à la panique.

— Mathilde ! Ou tu es à la hauteur ou tu te retires dans ta chambre en attendant que Julie et moi nous en ayons fini avec lui, la houspilla Adriana.

— Ça va aller… ça va aller…

— Je vais l'accueillir, proposa Julie.

Elle revint quelques instants après, suivie de Sergueï Wrosinsky.

Adriana, ravie de le voir, s'exclama :

— Oh, mais il boite le malheureux !

Il justifia :

— Trois fois rien…

Une douleur aux lombaires à cause d'un revers du gauche mal négocié sur le court de tennis, dans le troisième set, alors qu'il menait quarante à quinze. Une légère flexion du tronc pour cueillir la balle et en se redressant… Crac !

— Le truc qui vous guette quand vous arrivez à un certain niveau de compète, conclut-il, un brin frimeur.

Mathilde, intimidée, se tenait en retrait. Elle serra la main tendue par l'homme, allant jusqu'à esquisser une légère génuflexion tant elle était fébrile et doutait des chances d'aboutissement de leur plan.

Elles le prièrent de s'asseoir.

Sergueï Wrosinsky s'assura auprès des femmes que la soirée ne serait pas interrompue par le retour inopiné de leurs époux.

D'une chemise cartonnée qu'il tenait serrée sous son bras, il sortit le contrat et le mit en vue pour bien marquer l'enjeu de cette rencontre. Sans toutefois aborder l'affaire d'emblée. Non, il avait du tact. Le sujet serait entrepris plus tard dans la soirée quand chacun aurait trouvé ses marques et serait détendu. D'ailleurs, n'était-il pas dans la position confortable de celui qui attend une offre ?

— J'ai aussi apporté votre petit bonus. Comment dit-t-on déjà ? Ah oui, la cerise sur le gâteau ! annonça-t-il en agitant devant les yeux des femmes une enveloppe carrée. Parfois, je me pose cette question : pour vous, cette cerise ne serait-elle pas plus importante que le gâteau lui-même ? Il la posa sur le document.

Elles éclatèrent de rire.

— Parfait, vous êtes un homme de parole ! reconnut Adriana.

Si Sergueï Wrosinsky était habile dans sa manière d'aborder une négociation, Adriana l'était tout autant, mais de manière moins méthodique, plus intuitive. Au-delà de cette qualité, elle avait aussi des arguments imparables pour déstabiliser son adversaire.

Tout d'abord, par politesse, elle s'informa naturellement auprès de Sergueï Wrosinsky sur les contraintes de son métier d'homme de télévision et sur la façon de mener une émission. Face aux trois femmes, il ne lui en fallut pas plus pour alimenter la fontaine de son ego naissant.

Adriana l'interrompit et s'excusa. Elle demanda à Mathilde d'aller chercher la bouteille de champagne, les cerises ainsi que quelques biscuits.

La conversation reprit, toujours sous l'émerveillement des femmes. Sergueï Wrosinsky était à la parade pour raconter son métier. Elles étaient à mille lieues d'imaginer les exigences de cette profession suspendue aux desiderata des pontes et parfois de certains hommes politiques.

Maîtrise de la godille et technique du doigt mouillé pour sentir venir les vents contraires étaient fortement conseillées pour ne pas sombrer dans les eaux tumultueuses de l'audiovisuel.

En même temps, quelle chance inouïe de travailler pour ce média ! Pouvoir dire : « Oui, je bosse à la télé » en jetait indéniablement.

Mathilde jugeait cet homme un brin narcissique. Mais n'est-ce pas propre à ces individus dont le désir est de paraître, de se donner en spectacle pour assouvir leur soif d'être reconnu par des millions d'êtres anonymes qu'ils ne verront ni ne connaîtront jamais ? Ne s'agit-il pas non d'être aimé par les autres mais par soi ?…

Elle insista une fois de plus sur la déficience des programmes.

Pour Sergueï Wrosinsky, la télévision était un moyen d'évasion, de rêve. En rentrant chez soi, après une journée de travail, on aspire à la détente.

Mathilde doutait du bien-fondé de cette réponse et campait sur ses positions.

Adriana écoutait le chassé-croisé des questions de ses amies et des réponses apportées par leur invité. Ce qui ne l'empêchait pas durant ce temps de disposer une coupe devant chacun, de saisir la bouteille de champagne et de se pencher exagérément au-dessus de la table pour servir.

Sergueï ressentit une brutale poussée d'hormones à la vue des seins d'Adriana dans l'encolure évasée de son pull.

Il en était éberlué. Cette femme savait parfaitement ce qu'elle faisait, c'était une provocation de sa part ! Il n'arrivait plus à se soustraire de cette vision érotique.

Muet, il tendit la main au-dessus de son verre pour refuser la boisson tout en ne perdant pas une miette du spectacle.

Adriana, espiègle, continua à verser sciemment le champagne et lorsque Sergueï Wrosinsky retira brusquement sa main trempée, elle feignit l'étourderie.

— Oh pardon, où ai-je la tête, quelle maladroite je fais ! Ne bougez surtout pas, cher monsieur Wrosinsky, je vais arranger cela.

— S'cusez-moi… J'avais aussi la tête ailleurs. Tout cela est de ma faute, j'aurais dû vous le dire, je n'aime pas le champagne.

Elle disparut dans la cuisine pour réapparaître aussitôt avec un rouleau de papier absorbant. Elle en débita quelques feuilles, les donna à leur invité puis utilisa les autres pour essuyer la table.

Encore penchée, outre mesure, elle frottait la table avec énergie tandis que ses seins gigotaient sous le nez de l'homme, subjugué…

— Vous n'aimez donc pas le champagne, Cher monsieur ? Du vin ! Vous aimez le vin ? Nous avons de très bons millésimes à la cave.

— Heu… Pardon ?

Elle se redressa.

— Désirez-vous du vin à la place du champagne ?

— Ça me convient parfaitement.

— Si cela ne vous dérange pas, je vous demande de m'accompagner à la cave. J'ai une sainte horreur de m'y retrouver seule.

— Je vous accompagne volontiers, chère… Oh, puis-je me permettre de vous appeler par votre prénom.

— Si vous le souhaitez…

— Il vous va à ravir… Si, si.

Elle lui décocha un sourire à dérider un bouledogue.

Du salon, Adriana actionna l'interrupteur pour éclairer l'escalier menant au sous-sol. Elle déverrouilla la porte et l'ouvrit. Au même moment, Mathilde l'appela de la cuisine pour lui demander où étaient rangés les verres à vin. De cet endroit, Adriana n'entendait pas distinctement ce que désirait son amie. Le mieux était encore qu'elle se rapprochât d'elle. Elle invita Sergueï Wrosinsky à descendre pendant ce temps à la cave. Elle le rejoindrait.

— Faites attention à votre lombalgie, l'escalier est très abrupt, rappela Adriana.

Sergueï Wrosinsky descendit péniblement les marches pendant qu'Adriana gagnait rapidement la cuisine.

— Où sont les verres à vin ? réitéra Mathilde.

— Laisse tomber, il n'en aura pas besoin. Quand je l'ai entendu manifester son peu d'enthousiasme pour le champagne, j'ai saisi l'occasion. Plus besoin de se torturer les méninges pour le faire descendre à la cave, il y est ! Vite, j'y retourne et clic clac l'affaire est dans le sac. J'éteins la lumière et je referme la porte sur lui, OK ? dit-elle à mi-voix, gagnée par l'excitation à la perspective de voir leur plan réussir avec une facilité quasi déconcertante.

Mains levées et à plat, elles topèrent leur paume l'une contre l'autre.

— Ouais, on le tient !

— Hihihi…

— Sois prudente, ma belle, conseilla néanmoins Mathilde en jubilant. Nos hommes devraient en prendre de la graine, ce sont vraiment des nuls…

— Tu le reconnais quand même… A tout de suite !

Adriana traversa en trombe le salon en adressant au passage un clin d'œil malicieux à Julie et déboula dans l'entrée de la cave.

A peine franchi, tête baissée, le dormant de la porte, elle heurta de plein fouet Sergueï Wrosinsky à la poitrine à l'instant même où celui-ci gravissait la dernière marche, une bouteille à la main. Il la lâcha dans sa tentative désespérée de saisir une prise solide pour se retenir.

Hélas…

Le choc fut si fort qu'Adriana, légèrement sonnée, tituba sur le seuil. L'invité de la soirée, lui, dévala l'escalier à la renverse tandis que sa tête heurtait l'arête d'un mur et celle d'une marche. En quelques secondes, il se retrouva en bas.

— Les fiiilles ! hurla Adriana, remise du choc. Affolée, elle se tenait la tête entre les mains. Non, tout mais pas ça !

Mathilde et Julie se précipitèrent.

L'homme gisait inerte au pied de l'escalier. Elles mesuraient petit à petit toute l'horreur. Mathilde rompit la première le silence.

— Il ne bouge plus. Vous… Vous croyez qu'il est… Elle n'osait prononcer le mot.

Adriana n'arrivait plus à détacher ses yeux écarquillés du corps. Elle haussa les épaules en faisant la moue. Elle ne le savait pas. Contre toute attente, Mathilde gardait son sang-froid.

— Avant tout, nous devons nous en assurer. Je descends, dit-elle.

— Non, ma cocotte, c'est à moi d'y aller. C'est tout de même de ma faute, revendiqua Adriana en reprenant ses esprits.

— Que s'est-il passé, il t'a manqué de respect et tu l'as poussé ? s'enquit Mathilde.

— Même pas, confirma Julie qui, du canapé, avait assisté à la scène. C'est un accident. Le plus bête qui soit. C'est de sa faute après tout, voilà où ça le mène à chipoter un zéro. Il a dû s'assommer en chutant… Ne vous inquiétez pas, je m'en charge.

Elle prit la tête de Sergueï Wrosinsky entre ses mains et la tourna vers elle. Ses yeux voilés étaient fixes, un filet de sang coulait de son nez. Julie chercha le pouls de l'homme.

— Alors ? demanda Adriana, impatiente.

Julie se retourna vers ses deux amies.

— Il est mort…

*

* *

— Il est si adorable. Je ne comprends pas pourquoi vous avez donné un nom de légume à votre chat.

— Mais nom d'un chien, absolument pas ! Hercule… Comme Poirot avec un o et un t.

— Pourtant Bonneau s'écrit bien avec un e, un a et un u. N'est-ce pas ?

— Oui…

Le sosie de l'ex-star du piano à bretelles était perplexe.

— Le contraire eut été plus normal, non ? insista-t-elle.

— C'est-à-dire ? s'étonna le commissaire.

— Que le nom de votre chat s'écrive comme le vôtre ! Avec un e, un a et un u !

— C'est comme ça ! Je n'y peux rien si la romancière anglaise a donné un nom de légume à son détective et l'a orthographié avec un o et un t pour compliquer les choses.

— Et que le nom de votre père soit aussi celui d'un célèbre gangster, mais qu'il ne s'écrive pas pareil.

— Voilà, c'est exactement ça. Maintenant foutez-moi la paix avec ces histoires !

— Holà ! C'était seulement pour comprendre… Tenez, je vous rends votre petit fugueur. Je crois qu'il se plaît chez moi.

« Il est bien le seul. », fulmina intérieurement Jean Bonneau en récupérant son chaton.

— Bonne soirée, monsieur Bonneau !

— B'soir, bougonna-t-il en claquant la porte de son appartement derrière lui.

Dure journée… Elle s'était déroulée en une accumulation d'événements désagréables. Le plus important : l'annulation de l'opération “Came l'eau”. Le plus irritant : sonner une fois encore chez la voisine pour récupérer Hercule.

Il posa le chat sur une chaise et le réprimanda sévèrement pour son escapade lui promettant une existence de traîne-misère des gouttières si cela persistait. Le matou indifférent aux admonestations de son maître faisait tranquillement sa toilette, il le regarda en bâillant puis disparut dans la cuisine faire la fête à sa ration de croquettes.

Jean Bonneau, sans s'être rendu compte de l'absence du chat, continuait son monologue :

— Je ne suis pas dupe, Hercule. Je soupçonne cette haridelle de t'encourager à passer sous la vitre séparant les balcons. Enfin, quoi qu'il en soit, mon petit Hercule, nous rentrons bientôt à la maison. Fini le travail à La Baule. Nous allons enfin prendre des vacances à la campagne, à Pigerolles dans la Creuse ! Mais avant, je dois confronter deux témoins. Parfaitement, Hercule, c'est ainsi qu'on les appelle autant que dure la présomption d'innocence. C'est la loi. Ce sera une confrontation pour la forme… Je sais qui est l'assassin… Mais figure-toi, les choses ne sont pas aussi simples qu'elles paraissent. En tout cas, ça ne se passe pas du tout, mais alors pas du tout comme dans les romans policiers de cette anglaise, malgré tout le respect que je lui dois avec son mister Pouawôte, please ! Non, mon cher Hercule, ici c'est bien plus compliqué. Dans cette affaire, c'est comme si je m'efforçais de démontrer le néant sans apporter la moindre preuve d'existence de la matière. Sans elle, le néant n'existe pas. L'un et l'autre sont indissociables. Tu me suis ? Pour faire simple, pour ta cervelle de chat, je ne peux te prouver l'existence d'un trou de souris, en l'absence d'un matériau autour. Là, c'est pareil ! Tu en conviendras, il est absurde d'accuser une personne d'un crime alors que l'on est dans l'incapacité de lui montrer le moindre cadavre. La preuve, Hercule, il faut toujours apporter une preuve… Autre chose, mon petit Hercule, on a cherché à attenter à ma vie. Parfaitement, Hercule. Mais j'avais l'œil ! Comme toi, Hercule, je n'en ferme qu'un seul… Hercule ?… Heeerculeu !… Où es-tu encore passé ?

On sonna à la porte de l'appartement.

— Tiens, quelle surprise ! Je m'embrouille toujours avec vos trois noms. Vous c'est ?… Non, non, ne me le dites pas. Laissez-moi deviner…

*

*   *

— A trois, on reprend, les filles. Une… Deux…

Julie avait passé une corde autour du corps et sous les aisselles de Sergueï Wrosinsky. Arc-boutées, du haut de l'escalier de la cave, elles tiraient ensemble jusqu'à épuisement. Elles s'octroyaient alors une pause pour souffler.

Le cadavre remontait vers le seuil de la porte tant bien que mal. De temps à autre, sa tête butait sur une marche. Alors, l'une d'elles se dévouait pour la libérer.

Feu Sergueï Wrosinsky était à présent à mi-hauteur de l'escalier.

— Je ne l'imaginais pas aussi lourd, dit Mathilde.

Après avoir délibéré de la situation, elles avaient décidé de taire l'événement. Qui pourrait croire à la version d'un accident aussi stupide ? Personne !

Elles seraient accusées d'avoir attiré cet homme dans un traquenard à des fins vénales. Soit, ce n'était pas tout à fait faux, mais pas non plus répréhensible. C'était cette suite qui était imprévue…

— Attendez, je n'ai pas la corde en main, prévint Adriana.

Le pas serait vite franchi de leur imputer d'avoir poussé Sergueï Wrosinsky dans l'escalier au terme d'une négociation infructueuse. Elles ne bénéficieraient ni du doute ni de circonstances atténuantes.

— Allez les filles, on reprend ! intima Julie.

Sans oublier le souvenir d'une autre mort planant déjà sur la villa. Deux, en une semaine, cela faisait bazar ! Il y avait aussi ce commissaire de police. Il soupçonnait fortement leurs compagnons à tel point que Damoclès s'en serait méfié comme de l'épée, mais c'était leur affaire. A chacun son cadavre !

Pour raccourcir : la barque était déjà bien chargée. En conséquence, elles avaient pris leur décision, elles résoudraient elles-mêmes leur problème.

— Ouf !… Arrêtez, je n'en peux plus, se plaignit Mathilde.

Ce fut avec une certaine contrariété qu'elles avaient

brûlé le contrat. Certes, en le faisant, les droits de retransmission leur échappaient définitivement mais ces documents en leur possession, même non signés, s'avéraient trop compromettants : ils étaient la preuve de négociations engagées avec la société de production, par l'entremise de la dépouille qui remontait péniblement les marches.

Sergueï Wrosinsky avait vraiment décidé de leur compliquer la tâche jusqu'au bout !

— Encore un dernier effort et nous y serons enfin, constata Adriana.

Elles nieraient tout projet de marché et soutiendraient même n'avoir jamais rencontré cet individu.

Il leur restait, et c'était l'essentiel, le précieux contenu de l'enveloppe carrée. Leur sésame pour la liberté et, pourquoi pas, une rente à vie pour chacune d'elles…

— Ouais, nous y sommes arrivées ! triompha Adriana, éreintée. Julie, sers-nous une coupe de champagne. Nous l'avons bien méritée. Qu'en penses-tu, Mathilde ?

Mathilde, affalée dans le canapé, reprenait sa respiration. Elle approuva de la tête. Julie et Adriana la rejoignirent, chacune s'asseyant de chaque côté d'elle pour recouvrer des forces.

Toutes les trois, songeuses, sirotaient leur champagne. Les vêtements en désordre, coiffées à coups de détonateur, le maquillage en déliquescence, elles regardaient le cadavre.

Mathilde troubla ce recueillement.

— Les filles... J'angoisse à l'idée de le trimbaler dans les rues.

— Ah non ! protesta Adriana. Tu ne vas pas nous laisser tomber, nous avons absolument besoin de ton aide. Ressaisis-toi, ma cocotte ! Julie, ressers-nous une coupe, s'il te plaît.

Tandis que Julie faisait le service, Adriana se leva pour fouiller les poches de Sergueï Wrosinsky. Elle en ressortit un trousseau de clés qu'elle détailla, puis, d'un air ravi, elle le brandit en l'agitant.

— C'est quoi ça ?... Les-clés-et-la-télécommande-de-l'alarme-du-car-de-la-régiiie !

— Comment le sais-tu ?

— En lisant tout simplement l'étiquette. Cela va faciliter notre plan... Avant tout, il nous faut un moyen de transport autre que les véhicules. N'importe qui peut relever leur numéro. Quant à l'engin de Yann, *no comment*... Une brouette, c'est encore ce qu'il y a de mieux !

— Le garage est le seul endroit où sont stockés les outils de jardin, or je n'ai pas vu de brouette, précisa Julie.

— Nous pouvons demander au voisin de nous prêter la sienne.

— Celui qui habite la petite maison ?

— Oui. En prétextant qu'elle nous serait utile pour mettre un peu d'ordre dans le jardin avant de quitter la villa.

— N'est-il pas trop tard pour sonner chez lui ? Il va trouver étrange que nous n'ayons pas attendu demain matin pour emprunter une brouette.

— A nous poser trop de questions, nous n'avançons pas. J'y vais ! décréta Julie.

*

*   *

— Non, vous êtes dans l'erreur, Commissaire. Moi, je suis Patrick Chauvin. Celui à la coupe rasta, c'est Yann Coppi.

— Coppi… De la famille du coureur cycliste ? s'étonna Jean Bonneau.

Patrick haussa les épaules en faisant la moue. Non, même en cherchant bien, ce nom associé au cyclisme n'évoquait rien pour lui.

— Où ai-je la tête… Bien sûr, vous êtes trop jeune pour avoir connu Fausto Coppi. Un roi du braquet ! Pas comme de nos jours où ça pédale à coups de seringues. Bientôt, les vélos seront directement équipés du nécessaire à perfuser et les équipes seront sponsorisées par les labos pharmaceutiques. La dope sera offerte en prime au passage des cols et le séjour en caisson à oxygène gratuit pour le maillot jaune ! Et vous, vous désiriez quoi, au juste ?

— Mes amis m'attendent au pied de l'immeuble. Nous souhaitons vous inviter à prendre un verre avec nous.

— Parfait, je n'en espérais pas tant.

— Pardon ?

— Je me comprends… Hercuuule ! Papa s'absente. Et n'en profite pas pour te carapater chez la voisine !

*

* *

Les trois amis et le commissaire étaient attablés à la terrasse d'un bar situé en face de l'espace culturel de la chapelle Sainte-Anne. Un flot continu de piétons, venu de l'avenue du Général de Gaulle, déambulait devant eux en direction du boulevard Hennecart tout proche.

Ces badauds du soir, aux tenues allant du débraillé recherché au chic bien pensé, animaient l'artère de la station balnéaire. L'un tirant une langue gourmande sur son cornet de glace, un autre suçant avec application une niniche*, un autre encore les mains collantes de sucre à cause d'une barba à papa en état de décomposition.

De la musique sourde et rythmée émanait des voitures lors de leur passage, amplement diffusée parfois s'il s'agissait d'un coupé décapotable-style aspirateur à minettes, habité par des jeunes paradant comme des officiels en visite, l'avant-bras en appui sur le bord de

*Confiserie très connue à la Baule.

la portière. C'était l'heure où se croisaient les ambiances : celle des vacances en famille et celle, festive, du monde de la nuit. Le lendemain, sur la plage, il n'y aurait aucune ségrégation.

Jean Bonneau reposa son verre de bière sur la table et passa discrètement sa langue sur ses lèvres pour en chasser la mousse.

— Sergueï Wrosinsky. Ce nom ne vous évoque rien ?

— Non, Commissaire. Vous nous aviez déjà posé cette question au bar du casino. Vous aviez précisé qu'il est l'ami de l'animateur, le disparu.

— Exact, alors je vous repose la question différemment : connaissiez-vous cet animateur ?

Pas un ne broncha.

— Votre silence ressemble fortement à un aveu. Je me trompe ?

— Non. Mais je suis le seul responsable, tout est de ma faute ! lâcha Patrick à bout de nerfs.

— Calmez-vous. Un ton plus bas, s'il vous plaît. Nous ne sommes pas seuls… Décrivez-moi la position du corps dans le tas de bois car il s'agissait bien de Max Orlando, n'est-ce pas ? Non, non… Ne répondez pas tous à la fois. Un seul va parler. Les autres confirmeront ou pas… Monsieur Chauvin, à vous d'en faire la description la plus honnête puisque vous affirmez être le seul responsable. Mais attention, réfléchissez bien avant de répondre. Ensuite, vous m'indiquerez l'endroit où vous avez caché le cadavre.

*
* *

Léonce Dumoulin montra l'appentis à Julie.

— Vous la voyez, elle est dessous, près du tas de bouteilles.

Son pauvre Gaston n'était pas à la veille d'utiliser sa brouette. Il était à l'hôpital. Alors la brouette, pensez, il n'en avait rien à faire. De plus, il était à moitié paralysé. Une hémiplégie, disaient les médecins. A son âge, les séances de rééducation seraient longues. Il avait aussi perdu en partie l'usage de la parole. On avait beaucoup de mal à le comprendre. Comme s'il parlait avec une patate chaude dans la bouche, pensez, un vrai charabia !

— C'est-y lourd, c'qu'elle doit porter, la d'moiselle ?

— Oh… On a un truc qui doit faire dans les quatre-vingts kilos environ ! répondit Julie.

Le vélomoteur de Gaston avec sa petite remorque pouvait aussi convenir. Pensez, il s'en servait pour transporter les bonbonnes de gaz.

— Vous n'avez pas le gaz de ville ?

— Grand Dieu si ! Tous les branchements sont prêts mais Gaston n'en veut pas parce que ce gaz-là vient de chez les Russes : d'anciens communistes, pensez !

— Je prends la brouette.

— C'est vous qui voyez. J'peux pas dire mieux. Vous reprendrez bien une p'tite prune ?

— Non, sans manière. C'est très aimable de votre part mais j'ai assez bu.

Julie saisit les deux poignées de la brouette.

— A demain, Madame !

— Prenez votre temps, pensez, j'en ai pas besoin, cria Léonce en faisant un signe de la main pour saluer sa jeune et sympathique voisine.

— Merci !

Adriana et Mathilde attendaient, assises dans le canapé, face au corps enveloppé dans une bâche plastique – celle ayant servi pour Max Orlando ficelé façon rôti.

Adriana se leva d'un bond lorsqu'elle aperçut Julie.

— Tu en as mis du temps !

Julie justifia son retard. Décemment, elle ne pouvait entrer chez Léonce comme une météorite pour repartir aussi sec. Adriana s'excusa. Son impatience était due à l'urgence d'évacuer le colis encombrant.

La brouette attendait devant l'entrée de la maison. Les femmes saisirent la corde enserrant la bâche et firent glisser le paquet sans ménagement. Sergueï Wrosinsky descendit, sans manière, les quelques marches menant en bas du perron, lui qui ambitionnait de gravir, avec panache, celles du festival de Cannes !

Il fut hissé sur son corbillard de fortune. Le corps, positionné de biais sur la brouette, était maintenu à gauche par Julie et à droite par Mathilde. Après un tirage au sort, Adriana fut désignée pour conduire la première la brouette.

La suite fut clairement établie : chacune à tour de rôle, en tournant dans le sens des aiguilles d'une montre, occuperait ce poste. Direction : le car-régie stationné près de la voie ferrée !

Progressant dans le lacis des avenues, la tâche s'avérait moins ardue qu'elles ne l'avaient pensé. Elles se relayaient dès que la fatigue gagnait la préposée aux poignées.

A cette heure, l'animation de La Baule se concentrait sur le front de mer. Elles rencontraient peu de personnes sur leur passage. Les rares passants poursuivaient leur chemin dans l'indifférence, ils jetaient tout au plus un coup d'œil à la dérobée sur leur étrange chargement.

L'équipée, très osée, se déroula à merveille jusqu'à ce que…

*

* *

— Vous en êtes absolument certain ? s'assura à nouveau le commissaire auprès de Patrick.

— Comme si je l'avais devant moi !

— Hum… Et le soir de votre arrivée, lorsque vous avez fait le tour de la propriété tandis que votre épouse et vos amis faisaient des provisions au supermarché, il n'y avait rien dans le tas de bois ?

— Rien de rien, Commissaire. Ma première préoccupation a été de vérifier si le mannequin, prévu par la société de production, était à sa place. Ce n'était pas le cas. Ma conscience me pousse à vous dire également ceci…

Jean Bonneau releva un sourcil.

— Dites, votre conscience ne vous aurait-elle pas suggéré autre chose ?

— … ?

— Celle de vouloir liquider un flic encombrant. Hein ?

— N… Non… Pourquoi ?

— Si, si… Reprenons…

— J'ai donc téléphoné à Orlando. Nous sommes convenus d'un rendez-vous dans le jardin.

— Quelle heure était-il ?

— Quand ?

— Quand vous vous êtes retrouvés dans le jardin, bon sang !

— Ah oui… Deux heures.

— Ça colle… Orlando a quitté la boîte de nuit à une heure du matin avec son équipe. Combien de temps êtes-vous restés ensemble ?

— Un quart d'heure… Vingt minutes au plus.

— Et là ?

— Et là, quoi ?

— Que vous a-t-il dit, nom de Dieu ! Il faut vous arracher les mots !

— De ne pas m'inquiéter. Tout se déroulait parfaitement bien. La mise en place du leurre aurait lieu dans la demi-heure suivante. Au cours de cette rencontre,

Pierre est sorti de la maison pour faire trois pas dans le jardin. Orlando et moi, nous nous sommes cachés derrière le tas de bois. Ensuite, lorsque nous nous sommes quittés, je suis rentré dans la maison et j'ai retrouvé Pierre assis dans la cuisine.

Jean Bonneau porta un œil inquisiteur sur Yann et Pierre. Ces derniers validèrent les dires de leur ami. Oui, ils étaient d'accord avec lui sur la position du cadavre dans le tas de bois. Ils étaient même capables de se souvenir, à quelques petits centimètres près, de la place et de la position du bras.

— Je dis bien approximativement… Eh oui, nous n'avons pas remis les bûches exactement à leur place, confirma Yann, benoîtement, dans son élan.

Si jusqu'à présent tout s'était déroulé sans faute, cette dernière précision s'avéra être une énorme bourde.

L'oreille de Jean Bonneau saisit à la volée ces propos prononcés par mégarde à cause d'une trop grande mise en confiance.

— Comment ça, vous n'avez pas remis les bûches à leur place ? Alors, dites-moi ce que vous avez fait d'Orlando. Là nous sommes dans le cadre d'une dissimulation de preuves d'un assassinat et peut-être, de recel de cadavre. Croyez-moi, n'importe quel juge perdra son humour devant ces faits.

*

*   *

Skippy fronça des sourcils et se prit le menton dans la main quand il vit les trois femmes poussant leur charge. Il se retourna vers ses amis.

— Hé, zarbi les keums, c'est quoi ces trois meufs avec la brouette ? Moi, j'dis que c'est chelou !

— Laisse béton, Skippy, c'est pas not' blème. On est à la rebou !

Indifférents, ils continuèrent leur chemin. Skippy, la visière de la casquette sur l'oreille, la médaille en plaqué toc pendant au cou, le pantalon baggy multi-plis à double fond, se posta sur le passage d'Adriana, de Mathilde et de Julie.

Bien campé sur ses jambes, il dégaina ses deux index dans leur direction.

— Hé, Mesdemoiselles, besoin d'un coup de main ? Faut pas vous gêner, Skippy il est là. Parole !

Mathilde n'en pouvait plus. Elle sentait des élancements dans son dos. Elle reposa la brouette pour souffler.

— C'est qui ce comique égaré ? interrogea Adriana.

— Moi, j'dis ça pour vous, parce que ça a l'air franchement relou c'que vous trimbalez. J'me trompe ? Alors pour ça, faut pas hésiter. J'l'ai dit, Skippy il est là !

— Hé Skippy, ramène-toi, bâtard de ta race !

— Attends, Psychotik ! Tu vois pas qu'elles sont en détresse, ces meufs ? Faut la jouer style, élégant et tout et tout. Faut les aider, quoi !

Skippy s'approcha des trois femmes tandis que ses amis disparaissaient.

Il palpa la bâche et avec ses yeux ronds d'étonnement, il lâcha :

— Mais ma parole, vous trimbalez un saucisson géant ou quoi !

Adriana, bras croisés, le défia :

— Non Dugland, c'est un cadavre, affirma-t-elle avec aplomb.

— Oh… Respect pour moi, Madame ! Moi j'chui poli et toi tu t'payes ma gueule en me disant que tu t'promènes avec un macchab' dans une poussette de jardin.

— Casse-toi Ducon ! hurla Mathilde à bout de nerfs et contre toute attente.

— Holà là, comment tu cries grave à t'faire péter les pipelines ! Ça j'ai compris. Faut pas t'énerver comme ça. Skippy lui il est cool.

— Oui, Skippy est très gentil. Maintenant, il va rejoindre ses tepos. Ils sont déjà loin devant, conseilla Julie.

— Ouais, toi j'te kiffe grave, la jolie taspé. Pas comme ces deux autres hystériks, là !

Skippy poursuivit sa route.

Adriana était de plus en plus étonnée par le comportement de Mathilde.

— Alors là, respect la meuf, tu nous scotches !

Mathilde restait silencieuse après son coup d'éclat. Son cœur battait la chamade. Les yeux fermés, elle régulait sa respiration pour se libérer de la tension qui la nouait. Elle-même n'en revenait pas d'avoir hurlé ainsi.

— Il était complètement shooté. J'ai bien cru que nous n'allions pas nous en défaire aussi facilement. Tu as bien réagi, Mathilde. La preuve, il a disparu aussitôt après. Continuons, le car n'est plus loin, ce n'est pas le moment de mollir.

Mathilde se plaignit de son dos. Elle demanda à Julie de prendre la relève.

La nuit était maintenant bien présente. La fatigue amenuisait leurs forces. Pour se donner plus de courage, elles se dirent qu'au retour, la brouette serait plus légère.

Au fur et à mesure de leur progression, l'avenue se désertifiait de toute présence humaine. Elles approchaient de leur but. L'ombre du camion garé sur une aire de stationnement se devinait. Elles jetèrent un dernier coup d'œil des deux côtés de l'avenue pour être certaines de ne pas être vues puis disparurent avec leur chargement derrière le véhicule.

Après avoir enfilé une paire de gants de ménage pour ne pas laisser d'empreintes, Adriana coupa l'alarme avec la télécommande puis introduisit la clé dans la serrure.

La porte s'ouvrit en libérant un marchepied. Elles approchèrent la brouette le plus près possible de celui-ci et hissèrent le cadavre à l'intérieur de l'espace aménagé en studio d'enregistrement.

Sans perte de temps, elle libérèrent le corps de son suaire en plastique et le positionnèrent face contre le plancher, pour donner l'illusion d'une chute après une attaque par l'arrière.

Mathilde fut exemptée de cette corvée. Elle ne supportait plus de toucher le mort. C'était au-dessus de ses forces.

Elle se chargea de parfaire la mise en scène en renversant deux sièges et en éparpillant sur le sol quelques feuillets techniques abandonnés sur les consoles de réglage tout en prenant soin, elle aussi, à ne pas laisser la moindre empreinte.

Elles quittèrent le camion en laissant la porte ouverte, les clés sur la serrure, puis s'assurèrent que la voie était libre avant de s'éloigner le plus vite possible. Au premier croisement, elles empruntèrent un itinéraire différent de celui de l'aller.

*

* *

Yann comprit très vite la teneur compromettante de ses propos. Un aveu en soi ! Toujours habile à rebondir sur les mots grâce à ses talents de slameur, sans perdre la tête et sans que ses amis eussent le temps de réaliser la gravité de la situation, il répliqua au commissaire :

— Ben, oui, pour enlever le corps, il fallait défaire le tas de bois. Vous êtes d'accord avec moi, Commissaire ?

— Ça me semble logique…

— Celui qui s'y est coltiné a dispersé les bûches. Et c'est nous, Commissaire, qui nous sommes acquittés de cette corvée alors que nous n'y étions pour rien ! Et vous portiez des soupçons sur nous ? Comment pouviez-vous croire une chose pareille, je suis peiné de l'apprendre !

— Vous vous en remettrez…

Certes, ils n'étaient pas des saints mais jamais ils n'auraient osé…

Ils n'avaient pas touché au cadavre. Ils avaient constaté sa disparition le lendemain matin et ils en avaient été soulagés.

— Orlando a été assassiné, vous seuls pouvez en témoigner puisque vous l'avez vu mort.

— Pourquoi l'a-t-on mis dans le tas de bois, si ce n'est dans l'intention de nous nuire ?

— Vous allez trop vite… L'un de vous trois est dans la situation inconfortable du suspect… N'est-ce pas, monsieur Chauvin ?

— Eh oh ! Mais ça va pas, non !

— Vous êtes le dernier à avoir vu Max Orlando vivant. Votre ami Pierre Clouzot, selon votre récit, n'a fait que passer dans le jardin. Vous l'avez rejoint ensuite dans la cuisine. Quant à monsieur Coppi, il était absent.

Le monde s'écroulait autour de Patrick.

— Mais… Mais, pourquoi aurais-je fait ça, hein ? Et comment d'abord ?

— C'est à vous de nous le dire.

— Je… Je conteste ! s'insurgea Patrick.

— C'est votre droit. Dans ce cas, apportez-moi la preuve de votre innocence… Pour l'heure, cette affaire n'a pas fait de vagues car personne n'a jusqu'à présent signalé officiellement l'absence d'Orlando. La disparition d'un adulte doit toujours être analysée avec circonspection. Certains prennent la tangente tout bonnement pour changer d'air, on ne les revoit jamais… Concernant Orlando, on aurait pu aussi penser cela, mais comment croire qu'un homme tirant satisfaction de sa propre exhibition en public peut tout à coup tourner la page ? Et puis, vous ne pouvez réfuter avoir vu son cadavre…

— Ce, ce Wrosinsky. Qui est-il exactement ? interrogea Patrick. Parce qu'à force de vous en entendre parler, ce nom me dit quelque chose… Il ne m'est pas inconnu. Mais où l'ai-je entendu, ça… mystère ! Mais si ! Mais je suis complètement…

— Inutile de le préciser, nous l'avons compris, ironisa Jean Bonneau, en gardant son sérieux.

— Mais oui, c'est avec Max Orlando ! se rappela tout à coup Patrick avec une certaine fébrilité. Ça me revient… Lors de notre rendez-vous dans le jardin, il m'avait dit : Wrosinsky mettra le mannequin. C'était un nom compliqué. Sur le moment, je n'y ai pas prêté attention, j'avais la tête ailleurs. L'idée de savoir que tout était en place et que nous allions vivre une aventure hors du commun m'excitait.

— Tu parles… Tellement originale qu'on s'en serait tapé le cul de rire par terre, railla Pierre.

— Oui, bon ça va… Mais… Et si c'était lui, Commissaire ? insinua Patrick.

— C'est possible… Une autre bière, Messieurs ?

XVI

L'atmosphère était lourde, électrique, pas un souffle d'air, pas la moindre brise. La mer elle-même était dans la retenue. Pas un chuintement, comme à l'étale, d'huile. Pourtant, on pressentait sa masse sombre au-delà de la langue de sable blond éclairée par les lampadaires, s'étirant le long du boulevard.

Tout était anormalement calme. Cette pesanteur n'augurait rien de bon. Elle préparait la venue de la dépression atmosphérique annoncée pour le début de la semaine.

Jean Bonneau attaquait le macadam de ses talons. L'humeur noire, il se dirigeait vers l'hôtel où logeait Sergueï Wrosinsky.

Quand il déboula dans le hall, le personnel crut à une charge des cavaliers de l'apocalypse.

— Monsieur Sergueï Wrosinsky ! tonna-t-il, un tant soit peu remonté contre l'individu qu'il venait de nommer.

Le veilleur n'osa même pas lui demander à quel titre, tellement le ton ne tolérait aucune discussion sur le sujet.

— Sa clé est accrochée au tableau depuis hier soir, Monsieur. Il est parti à pied. Sa voiture est toujours sur le parking.

— Depuis, il n'est pas rentré ?

— Non, Monsieur. Mon collègue de jour me l'a confirmé quand j'ai pris mon service ce soir.

— La dernière fois que vous l'avez vu, rien ne vous a paru anormal ?

— Il souffrait d'une douleur dans le bas du dos et il m'a demandé de l'aspirine. Il avait un rendez-vous avec trois jolies femmes, m'a-t-il confié en plaisantant. Il pensait qu'un peu de marche lui ferait du bien.

— A son retour, faites-lui part que le commissaire Bonneau Jean est passé !

— Le commissaire Bonnegens ?

— Jean-Bon-neau ! rectifia-t-il, furieux d'entendre son nom écorné par cet imbécile et particulièrement remonté contre Sergueï Wrosinsky à qui il aurait aimé dire ses quatre vérités, là, sur-le-champ. Il s'était bien payé sa tête !

Semblant réfléchir, l'employé regarda le commissaire partir. Juste avant que ce dernier n'eût franchi le seuil de la porte, il l'apostropha à voix basse :

— Commissaire…

— Hein ?

Jean Bonneau marqua un arrêt, se retourna, puis revint vers l'accueil.

Il était habitué. Le ton de l'interpellation augurait une invite à la confidence.

« Tiens donc, un excès de zèle, une conscience à soulager, une dénonciation ou une faveur, un passe-droit à demander ? »

— Je vous écoute.

L'homme jeta des regards furtifs alentour et glissa à Jean Bonneau sur l'air "de ne pas y toucher" :

— La p'tite Zoubida, elle vous en dira un peu plus... Ça reste entre nous, Commissaire.

« Bien pensé, Jeannot. Probablement une délation sur fond de règlement de compte entre membres du personnel. Intéressant, je ne m'y attendais pas. » Il s'apaisa.

— Hum... Où puis-je la rencontrer ?

— Ici. Elle fait le service dans les étages... La petite tisane de madame et le whisky du soir de monsieur... Quand ce n'est pas une gâterie supplémentaire pour certains... ajouta-t-il, en baissant d'un ton et en prenant un air égrillard.

« Salopard », pensa le commissaire.

— Vous pouvez la faire demander ?

— Il est préférable que vous passiez par l'adjoint de direction. Venant de moi... Vous voyez ce que je veux dire, hein, Monsieur le commissaire ?

« Que trop... Holà, oui ! »

— Je vous l'appelle, Commissaire.

Un fringant quadragénaire, impeccablement costumé par la french confection, débarqua dans le hall. Le front ridé par l'interrogation, il s'avança vers Jean Bonneau.

— Bonsoir, Commissaire. Rien de grave, j'espère ?... Mademoiselle Hilami Zoubida ? Elle vient de prendre son service du soir... C'est une employée irréprochable... Je la fais remplacer et elle vous rejoint... Installez-vous dans la salle de réunion, vous y serez plus tranquille pour discuter avec elle.

Quand Hilami Zoubida entra dans la salle, Jean Bonneau se retrouva face à une belle fille aux yeux noirs veloutés, le nez un rien camus et les lèvres bien dessinées.

Ses cheveux frisés, couleur de jais, tombaient sur ses épaules. Sur le qui-vive, les mains enfouies dans les poches de son tablier, elle défiait Jean Bonneau du regard.

Il attaqua d'emblée :

— Pouvez-vous me dire où je peux trouver le dénommé Wrosinsky ?

— Le client de la chambre vingt-deux ? Non. Pourquoi le saurais-je ? Il fait ce qu'il veut de sa vie. Si vous êtes patient, vous l'attendez.

— Vous le connaissez bien ?

— Comme les autres clients !

— Bien, je dispose de tout mon temps, alors si ça vous chante, continuez sur ce ton ! En revanche, pendant ce temps, votre compteur horaire tourne à vide. Vous n'y serez pas gagnante à la fin du mois.

— Qu'est-ce qu'il a encore fait ce salaud ?

— Ah ! Vous le connaissez mieux tout à coup ?

— Ouais. Ce petit enfoir...

— Tss, tss, épargnez-moi ce vocabulaire. Qu'a-t-il fait pour vous mettre dans cet état ?

— Oh, après tout c'est de ma faute… Je me suis bien fait avoir sur ce coup. Il m'a promis des merveilles avec sa boîte de production. Il m'a dit : « Avec ton physique, la porte de la télé t'est ouverte… » Qu'il s'occuperait de ma carrière… Que je serai…

— Un tas de bobards à condition de lui céder, c'est ça ?

— Oui.

— Et vous y avez cru…

— Comme tant d'autres, probablement… Le truc facile pour ces mecs ! Ils en profitent parce qu'ils travaillent dans le monde du spectacle et du show-biz. Ils vous font rêver. Vous croyez enfin saisir l'occasion de sortir de votre condition, quitter votre travail, vivre autre chose… Non, ça vous revient en pleine poire.

— Dimanche dernier, vous avez passé la nuit avec lui ?

— Dimanche dernier ? Parlons-en ! C'est le jour où je lui ai cédé. Deux nuits après, l'affaire était pliée. J'étais redevenue l'employée de l'hôtel. Je n'étais plus digne d'un regard ! Et vous me demandez si je sais où il est ce soir ? J'en ai rien à faire ! Et quand bien même, je suis incapable de répondre à votre question.

— Le dimanche, quelle heure était-il lorsque vous vous êtes retrouvés ?

— Je termine mon service à une heure. Disons, un quart d'heure après. Ils revenaient tous de boîte de nuit, sauf Max Orlando. La super vedette dort au “Royal” !

— C’est exact.

Zoubida soulagea sa conscience. Elle avait bavardé un moment dans le salon avec Wrosinsky, puis il l’avait invitée à poursuivre la conversation dans sa chambre, devant un verre de champagne.

Il était allé prendre une bouteille au bar de l’hôtel. Mais Wrosinsky avait un travail à faire, la préparation d’une émission, avait-il dit. Pour cela, il devait ressortir.

De la chambre, il avait téléphoné à l’un des deux techniciens pour se faire remplacer. Plus tard, elle avait cédé à ses avances.

— Il ne se serait donc pas absenté de l’hôtel durant la nuit ?

— Non. J’ai quitté l’hôtel en douce vers sept heures du matin, par crainte de croiser des collègues de travail à l’heure de l’embauche… Lui était toujours au lit.

— A-t-il appelé du téléphone de sa chambre et connaissez-vous le nom de la personne qu’il a jointe ?

— Non. A ce moment-là, j’étais dans la salle de bain. Mon collègue de l’accueil de nuit va se faire un plaisir de vous renseigner. Il adore ça…

« Perspicace, cette petite », considéra Jean Bonneau.

— Vous ne l’appréciez pas ?

— Qui ?

— Votre collègue de l'accueil.

— Pas vraiment. Il est du genre à fouiner partout. Depuis un moment, il me tourne autour. Il peut toujours rêver, pour moi il n'en est pas question.

Jean Bonneau en convenait. Cet homme n'avait rien pour éveiller l'appétence sexuelle d'une femme. Il était plutôt repoussant.

Et même si des axiomes soutiennent que l'appétit vient en mangeant ou que l'on devient forgeron en forgeant… Même en usant de bonne volonté, Zoubida Hilami n'était pas encline à des ébats avec le gardien de nuit.

— Je vais intervenir auprès de votre directeur, la rassura Jean Bonneau.

— Pourquoi ?

— Pour qu'il régularise votre compteur horaire ! Et si vous ne faites pas une carrière à la télé, consolez-vous, cela n'enlève rien à votre beauté…

Après ce compliment, le commissaire revint dans le hall d'entrée. Il s'approcha du comptoir de l'accueil d'où émergeait seulement le sommet du crâne du veilleur.

Absorbé à noircir les cases des mots croisés, le chafouin ne s'était pas aperçu de la présence du policier et, quand celui-ci frappa fortement du plat de la main sur le comptoir, il fit un bond sur son siège.

— Ah ! Mon Dieu ! M'avez fait peur…

— Les deux techniciens de l'équipe de la télé logent dans quelles chambres ? s'enquit le commissaire.

— Ils ont quitté l'hôtel hier. Leur mission à La Baule est terminée. Ils reviendront la semaine prochaine pour récupérer leur car-studio.

— Alors je vous repose la même question en la conjuguant à l'imparfait.

— Ils occupaient les chambres quarante-deux et quarante-trois.

— Dimanche dernier, peu après une heure trente, Wrosinsky vous a-t-il demandé une mise en relation téléphonique avec l'une de ces chambres. Si oui, Laquelle des deux était-ce ?

— … ? M'en souviens plus. Vous savez, les appels téléphoniques ne passent plus uniquement par le standard, il existe maintenant des petits appareils baptisés portables, Commissaire !

— C'est ça, faites le malin en plus d'être…

Non, Jean Bonneau se retint.

Il s'en alla de l'hôtel, tourmenté par le sentiment d'avoir été dupé par Sergueï Wrosinsky. Il aurait dû se méfier de lui. Celui-ci ne travaillait-il pas pour un media qui opposait à toute critique potentielle le fait que le propos y était toujours soutenu par l'image ? Par ailleurs, n'était-ce pas non plus le métier de Wrosinsky de mettre en scène des situations, de les tronquer, de les retourner et d'en livrer au public une lecture revisitée ?

Or, il était facile d'isoler certaines images de leur contexte général et de les accommoder de commentaires spécieux…

Jean Bonneau éprouvait la désagréable impression d'être la victime d'une telle manipulation.

Quant à la confession de la jeune femme, elle avait aussi une similitude avec cette manière de faire. Certes, elle avait dit la vérité, mais celle qui l'accommodait… La vraie était sous-jacente, or le commissaire ne savait dire à quel moment, elle lui avait échappé. Il devait prendre du recul pour en faire l'analyse.

Par ailleurs, cette nuit, les événements allaient se précipiter. Il en avait la certitude.

*

* *

La sonnerie du réveil émit ses petits sons aigus et répétés. Patrick la fit taire. Il ouvrit un œil sur les chiffres luminescents du cadran : deux heures trente… Adriana se retourna dans le lit en baragouinant dans son sommeil. Patrick Chauvin n'osait plus bouger par crainte de la réveiller. Dans la nuit, chaque bruit donnait l'impression d'être décuplé. La moindre plainte du sommier devenait une véritable torture. Dès qu'elle eut retrouvé un souffle régulier, il se leva et s'habilla en usant de mille précautions. L'espace entre le lit et la porte fut jalonné de grincements des lames du parquet et du heurt d'une chaise accompagné d'un juron étouffé. Patrick avait dévié de sa trajectoire pourtant maintes fois mémorisée. Dans le noir, il caressa durant un moment la tapisserie avant de tomber sur la porte. Sa paire de tongs à la main, il pénétra ensuite sur la pointe des pieds dans la chambre du couple Clouzot. Il croyait secouer Pierre et, quand il entendit les gémissements de Mathilde, il se rendit compte de sa méprise. Il contourna le lit.

De même, il passa dans la chambre de Yann.

Le trio se retrouva dans la cuisine. Chacun bâillant à l'envi, la mine chiffonnée.

Yann réchauffait du café. Pierre finissait de boucler ses sandales, le pied posé sur l'assise d'une chaise. Patrick, le coude en appui sur la table, le menton reposant dans le creux de sa main, somnolait, les yeux mi-clos.

Dehors, la fraîcheur les surprit et les ragaillardit de manière définitive. Pierre grimpa dans le 4x4. Il ne mit pas le moteur en marche. Patrick et Yann poussèrent le véhicule par l'arrière pour franchir en silence les grilles de la propriété.

A l'une des fenêtres de l'étage de la maison, les trois femmes observaient…

Parvenu sur la voie publique, Pierre tourna la clé de contact. Patrick et Yann se précipitèrent à bord du véhicule.

— Au retour, qu'allons nous prétexter ? demanda Patrick, alors qu'ils roulaient…

— Elles dormiront encore. Elles ne se seront aperçues de rien, supposa Yann.

— Vous êtes certains de bien agir ? voulut se rassurer une fois de plus Patrick.

— Oh ! Tu ne vas pas recommencer ? Et quand bien même, nous n'avons plus le choix. Bonneau nous a mis en garde : recel de cadavre et dissimulation de preuves d'assassinat ! Alors, si nous devons écoper des années de taule, au moins nous saurons pourquoi. Pas d'états d'âme, fonçons et finissons-en ! recommanda Pierre.

— Merde !

— Quoi encore ?

— J'ai oublié la bâche ! cria Patrick.

Pierre pila sur place. Il se prit la tête entre les mains.

— Tu sais quoi, Patrick ?… Je me retiens de t'étrangler… Je retourne la chercher. Avant, je vous débarque comme convenu et vous commencez le boulot.

Comme une opération commando bien orchestrée, ne laissant pas de part au hasard, ils montèrent sur le trottoir avec le 4x4 et l'immobilisèrent, tout juste une minute, devant l'escalier d'accès à la plage. Le plus proche possible du club de jeux “Star of sea”. Les outils furent lancés sur le sable, à la va-vite, par-dessus le parapet.

Patrick et Yann se retrouvèrent aussi rapidement à pied d'œuvre tandis que le véhicule repartait déjà vers la villa.

L'exhumation de Max Orlando débuta, pelletée par pelletée…

*

*   *

C'était l'heure où Jean Bonneau donnait pleine puissance sonore à ses ronflements, telle une locomotive des années cinquante, lancée à toute vapeur sur les rails de Paris à Vintimille.

Mais il n'était pas dans le train. Non, il était sur un chantier, en ville, sur la voie publique. Un marteau-piqueur résonnait dans sa tête et tout son être vibrait en staccato avec l'outil. Cela devint très vite insupportable.

Il se réveilla.

Le marteau de son réveil mécanique frappait en alternance et, de façon frénétique, les deux sonneries. A cela s'ajoutaient les notes métalliques des quelques pièces disposées dans la soucoupe en porcelaine. Tout un dispositif !

Simple, rustique, absolument efficace pour les malentendants. La main de Jean Bonneau s'abattit lourdement sur l'arrêtoir.

Il bâilla fort, puis émit quelques bruits de bouche pâteuse.

Hercule, qui vivait sa vie nocturne de chat quelque part dans l'appartement, fut dans un premier temps effrayé par le tintamarre, puis accourut en entendant son maître. D'un bond, il se retrouva sur le lit en ronronnant de plaisir.

Le chaton prenait du poids. En revanche, l'aspect de son pelage ne s'arrangeait pas du tout. Il avoisinait à présent les trois cent trente volts. Jean Bonneau s'interrogeait sur les origines de l'animal, allant jusqu'à accuser sa mère d'un péché monstrueux avec un animal inconnu, probablement de race angora. Il ne trouvait pas d'autres causes à cette bizarrerie de la nature…

Le commissaire se redressa dans son lit aux ressorts multi-agonisants. Encore endormi, il saisit sa robe de chambre et l'enfila. Dans la cuisine, il prit un grand verre d'eau du robinet, le but d'un trait, lâcha un soupir de satisfaction, éructa “en veux tu en voilà”, puis s'arma de ses jumelles posées sur la table.

Confortablement installé dans un fauteuil, devant la porte-fenêtre grande ouverte face à la baie, il balayait de son équipement optique une surface circonscrite de la plage, juste en face de son immeuble.

Rien, il ne se passait rien !

« Zut, que dalle ! », constata amèrement Jean Bonneau.

S'était-il réveillé trop tard ou trop tôt ? L'horloge comtoise comptait pourtant trois heures trente. En principe, l'heure idéale pour exhumer un cadavre, d'autant que les premières lueurs de l'aube ne tarderaient plus.

*

* *

Patrick et Yann récupéraient, adossés au mur longeant la plage. La tâche avait été ingrate, jusqu'à être répugnante. Mais elle était accomplie. Max Orlando était de nouveau ficelé dans la bâche.

Sans repère précis, il ne leur avait pas été facile de

trouver le corps du premier coup… C'était là… Non plutôt ici… Plus près du mur…

Ce soir, Orlando leur en avait fait voir de toutes les couleurs, pas en Palm-Secam cette fois…

Ils attendaient Pierre, parti chercher son véhicule garé plus loin sur la bande centrale du boulevard. Aujourd'hui, il n'avait pas été question de stationner sur le trottoir.

Le vent se levait, ramenant vers eux la puanteur du corps en décomposition. Yann en avait la nausée. Il se demandait comment il allait supporter cette odeur dans la voiture.

Ils s'impatientaient de ne pas voir revenir plus vite leur ami. Il ne manquait plus que quelqu'un les surprît ! Aussi Patrick conjurait-il le ciel que cela n'arrivât pas, mais à force, sans doute, provoqua-t-il l'effet contraire. La malchance se présenta. Surpris dans leurs pensées, ils sursautèrent quand ils entendirent :

— Salut les Gaulois, c'est Skippy ! Là, comme Dieu au-dessus de vos têtes. Alors là, c'est l'épate pour moi ! Comment vous êtes balèzes, vous ! Faire d'la planche à repasser sur l'eau et à cette heure, whaou, faut pas avoir les chouquettes en porcelaine. J'vous l'dis, moi !

Yann leva la tête. Un jeune noir les fixait avec ses yeux ronds d'étonnement.

— Hé, c'est vot' matos qu'est dans l'étui géant, là ? Mais ma parole, j'l'ai déjà vu dans une brouette avec trois meufs !

Patrick et Pierre se regardèrent. Une voix venue de plus loin se fit entendre :

— Hé Skippy, bâtard de ta mère, ramène-toi !

— J'voudrais pas dire, mais ce soir, la mer elle sent zarbi. Une odeur de marée d'la veille. Hé, vous n'êtes pas bavards, amis sportifs. J'arrive, Psychotik !

Skippy disparut.

Yann se rapprocha de l'escalier. Il gravit prudemment quelques marches. Seule, sa tête dépassait du muret comme un périscope : un tour à droite, un autre à gauche pour observer les environs.

Quand la voiture de Pierre apparut, il rejoignit Patrick.

— Vite. Pierre arrive !

Ils se saisirent tous deux d'un bout de bâche et traînèrent leur charge jusqu'à l'escalier, tout en rasant le mur.

*

*   *

Jean Bonneau avait beau régler ses jumelles à l'aide de la petite molette située entre les foyers, il ne parvenait pas à distinguer nettement le visage de l'individu qu'il tenait dans sa ligne de mire.

Si celui-ci faisait des gestes face à la mer, ce n'était sûrement pas pour avoir une conversation avec elle. Alors, à qui s'adressait-il ?

L'énergumène en question s'en alla rapidement

rejoindre un groupe. Puis, plus rien. A nouveau le calme plat.

Le commissaire ne comprenait pas. Cette nuit, il s'attendait à une réaction du trio. Il en était déçu. Néanmoins, il poursuivit son observation.

Au bout de quelques minutes, persuadé de s'être trompé, il s'apprêtait à abandonner son poste de guet quand, tout à coup, au niveau de l'escalier, à la hauteur du parapet, une masse sombre bougea. Une tête ?... Un véhicule arriva en trombe.

Ces premiers signes d'agitation réactivèrent sa vigilance.

— Ainsi, mon cher Hercule, c'était une question d'angle de vision. Les gogos étaient masqués par le mur. Je sais, ça te passe au-dessus. A part tes gamelles de flotte et de croquettes, tu t'en fiches. Nous touchons au but : le décor est planté et les personnages entrent en scène... Le véhicule monte sur le trottoir... s'arrête... Le conducteur en descend... ouvre le hayon arrière... disparaît sur la plage par l'escalier... Tu vois, Hercule, j'avais raison... Attention, les voilà ! Cette fois, ils arrivent tous les trois avec leur charge... Ils peinent... Ils la hissent à bord... montent à leur tour et repartent en ne prenant pas la peine de refermer le hayon... Je les comprends, l'odeur doit être insupportable... Et voilà, Hercule, nous pouvons nous recoucher... Hercule ! Hercule ? Hercule !!!

— Le choupinet est avec moi, monsieur Bonneau. Je n'arrive pas à dormir, non plus...

Quand le commissaire entendit la voix roucoulante de sa voisine lui parvenir de la terrasse, il aurait bien tordu le cou à Hercule.

« Ma vieille, ne compte pas sur moi pour te bercer ! », se dit-il.

XVII

L'orage avait éclaté sur la région dans la matinée. Un ciel de traîne, chargé de nuages cotonneux, balayé par un vent modéré, en témoignait. Une forte ondée de courte durée s'était abattue sur la station balnéaire. En ce début d'après-midi, le tonnerre grondait toujours dans le lointain, au-dessus de la mer.

Cela ne décourageait pas les touristes. Délaissant pour un temps la plage par obligation, vêtus de protections imperméables multicolores pour les moins optimistes, ils s'adonnaient à des activités plus orientées sur la découverte du patrimoine et des environs. Des véliplanchistes rompus défiaient l'élément houleux sous l'œil admiratif de rares promeneurs entêtés.

Jean Bonneau passait aussi sur le boulevard René Dubois. L'environnement l'indifférait. Pour être poli, il n'avait cure du ballet aquatique des voiles dans la baie, ni de la réorganisation de la vie estivale pour cause d'intempéries. Ses préoccupations étaient bien plus sérieuses. La nuit avait été riche en péripéties.

La plus importante était l'assainissement de la plage. Il s'en félicitait. Quelle idée avait eu ces trois zèbres d'enfouir l'animateur dans le sable ! Un autre fait intriguait le commissaire : Sergueï Wrosinsky n'avait pas réapparu de la nuit. Il restait introuvable depuis la veille, or, ce matin, en prenant un café au comptoir d'un bar, Jean Bonneau, tous les sens en éveil, avait capté la rumeur du jour : un véhicule-studio appartenant à la télévision, garé depuis quelque temps déjà non loin de la voie ferrée, avait pris feu cette nuit… Enfin, la dernière aventure nocturne le concernait directement, intimement même. Il était allé chez sa voisine récupérer Hercule. Cette rencontre au cœur de la nuit avait été propice à la confidence. La femme s'était épanchée sur les désagréments de sa vie faite de solitude. Lui, l'avait écoutée par altruisme. Mais attention, il ne fallait pas se méprendre ! C'était en tout bien tout honneur, sans plus.

Elle s'appelait Clotilde de la Mirandole. Jean Bonneau, bien qu'il ne le laissât jamais paraître derrière sa mine renfrognée, s'émouvait toujours de ces situations particulières de détresse humaine engendrées parfois par les victimes elles-mêmes, sans que celles-ci ne le reconnussent forcément. C'était ici le cas. Il était prêt à aider cette femme, mais comment aborder avec elle la question délicate de la remise en cause de son style "bal à Jo", de sa coiffure d'après-guerre "made in tas de choucroute" et de son faciès fardé à outrance ? Les galants ne risquaient pas de périr dans la bousculade…

Il avait tenté de lui faire comprendre à mots couverts qu'elle était mûre pour la java bleue – certes sans conteste la plus belle et la plus ensorceleuse – au demeurant complètement démodée. D'autre part, quand on portait un nom comme de la Mirandole, le pic du mauvais goût était à éviter.

« Merde, il y a des limites à tout ! », se dit-il en y repensant et en quittant le boulevard pour s'engager dans l'allée des Pléiades et rejoindre ensuite l'avenue Lamoricière.

Dans l'air plus frais flottait l'odeur résineuse des pins humides mélangée à celle iodée de la mer. Parfums d'été après l'orage.

— La voie ferrée, s'il vous plaît ? s'informa-t-il auprès d'un passant, de façon autoritaire.

— Tout droit, dans cette direction, lui répondit-on.

Au fur et à mesure qu'il progressait dans les allées, les architectures variées des demeures le surprenaient. Comme si chaque propriétaire avait tenu à exprimer sa différence, son origine provinciale à travers son habitat.

Parfois, la géométrie des constructions cubiques contemporaines côtoyait le charme désuet de villas bourgeoises d'une autre époque.

Quand il repéra la flèche d'un camion-grue au pied duquel s'était formé un attroupement, il sut qu'il était arrivé.

A l'instant, le véhicule incendié était hissé sur le plateau d'une remorque. Ce n'était plus que de la tôle calcinée d'où pendait un enchevêtrement de câbles brûlés.

— Deux hommes ont péri dans l'incendie, entendit-il devant lui.

Jean Bonneau en resta interdit : « Deux hommes ? » Puis, il se renseigna : pourquoi évacuait-on aussi vite la carcasse ? Il obtint la réponse : la police avait déjà effectué tous les relevés et, d'après des informations glanées çà et là, l'ordre était de faire disparaître au plus vite les traces du véhicule incendié. La cité balnéaire tenait à conserver son image de marque.

Et comment cela s'était-il produit ? « On ne savait pas ! » On... émettait des suppositions : incendie subit, matériaux très inflammables, les malheureux avaient probablement été intoxiqués par les vapeurs et pris au piège, ils n'en avaient pas réchappé... Les experts sauraient, eux !

*

* *

Patrick lavait au jet d'eau la bâche de plastique étalée sur la pelouse. Il n'arrivait pas à détacher son regard de la brouette. Non qu'elle eût une originalité particulière, mais jusqu'à maintenant il ne se souvenait pas d'en avoir vu une à la villa.

Dans ce cas, d'où venait cette brouette et que faisait-elle cachée derrière le garage, semblant avoir été abandonnée là ?

Si d'ordinaire, il n'aurait pas prêté la moindre attention à cet outil, celui-ci ravivait en lui les paroles de

Skippy « Vot' matos, dans l'étui géant… J'lai déjà vu dans une brouette avec trois meufs ! »

« Une brouette avec trois meufs », c'était plus que troublant… Le jeune avait aussi parlé de la bâche – l'étui géant, sorti de son imaginaire. S'agissait-il de cette brouette, et de cette bâche qu'il nettoyait ? Patrick préférait croire à une hypothétique coïncidence pour ne pas affronter une vérité plus insupportable.

Quand Pierre le rejoignit, Patrick lui fit part de sa réflexion.

— Moi non plus, je n'ai jamais vu de brouette à cet endroit, admit Pierre. Mais je n'en ai pas la certitude absolue, ajouta-t-il, entretenant le mystère.

— Tu l'as vue ou tu ne l'as pas vue ? Faudrait savoir !

— Oh ! Je n'en sais rien, moi ! râla Pierre. Pourquoi cette brouette te dérange-t-elle tout à coup ? Patrick lui rapporta les allusions de Skippy.

— Ah… ça change tout, reconnut Pierre.

— En même temps, j'ai du mal à l'admettre.

Pierre réfléchit et déduisit :

— Tu dois te faire à cette raison. Pourquoi ce gars inventerait-il cette histoire ? Son inventaire est précis : une brouette, une bâche, trois femmes…

Patrick finit par le reconnaître. Les élucubrations de Skippy étaient à prendre avec sérieux. Toutefois, il se demandait ce que les femmes transportaient dans cette brouette. Pierre ne put s'empêcher de lui faire cette remarque :

— Patrick… Je comprends pourquoi tu t'es fait couillonner par les mecs de la télé… A ton avis… le deuxième cadavre que nous avons découvert dans le camion, il y est arrivé seul ? Je suis sûr qu'il poussait lui-même la brouette à l'aller. En revanche, je n'arrive pas à comprendre comment celle-ci est revenue seule à la villa !

*

* *

Adriana tapota sa cuiller sur le bord de sa tasse en la faisant tinter puis la reposa dans la soucoupe. Elles étaient toutes les trois dans un salon de thé.

— Je ne suis pas raisonnable, dit Mathilde en regardant les gâteaux de pâtisserie.

— Mais mange donc, ma cocotte ! Ne culpabilise pas !

— Hou, oui ! approuva Mathilde en ne cachant plus son désir.

— Moi, je m'la joue relâche ! Une entorse aux privations, ce n'est pas catastrophique, décréta Adriana.

— Tu peux te le permettre… Moi, depuis notre arrivée à La Baule, j'ai encore pris deux kilos, lui rétorqua Mathilde, en levant ses yeux par désespoir.

— Rien à voir avec la nourriture, ce sont les soucis, assura Julie.

— A ce régime, je vais devenir une vraie barrique. Pour un homme, je serai plus facile à rouler qu'à porter. Bon appétit, les filles. C'est trop bon !

Gloussements de rire.

Après la dernière bouchée de son premier gâteau, Adriana suça délicatement un à un le bout de ses doigts en exprimant son plaisir.

— Il était délicieux !

Le jour “J” approchait et l'inquiétude montait. Mathilde y voyait la raison de sa boulimie. Julie la reprit : elle pouvait se goinfrer de gâteaux, autant qu'elle le désirait, sans avoir besoin de se justifier.

Mathilde, portée par les événements et les conseils d'Adriana et de Julie, donnait l'impression de ne plus gouverner sa vie. En revanche, son état psychologique s'était nettement amélioré, preuve que sa décision de quitter Pierre était nécessaire.

Adriana avait décidé qu'elles partiraient avec sa voiture. Elles iraient dans un premier temps habiter chez une amie. Celle-ci vivait seule dans une ferme rénovée de la Beauce, à Illiers-Combray. Elle se ferait une joie de les accueillir. De cette retraite, toutes les trois envisageraient plus sereinement leur avenir.

Même si sa situation de couple n'avait rien de comparable avec celle de ses amies, Julie, complètement remontée, leur confirma son soutien à cette croisade de femmes, pas moins. Elle en avait assez d'être trompée.

— Je ne suis pas sa poupée de chiffon. Celle qu'il prend ou qu'il laisse tomber au gré de ses humeurs !

— De plus, ils nous ont prises pour des gourdes avec cette histoire de cadavre dans le tas de bois… Nous n'avons pas pu signer le contrat, dommage ! Un grand merci tout de même à Sergueï pour nous avoir remis la chose promise et paix à son âme. Cette fois, nous avons les cartes en main… La vengeance est un plat qui se mange froid, mes cocottes… En attendant, ne dansons pas le ventre vide devant le buffet, reprenons un autre gâteau, les filles…

XVIII

Le commissaire quittait définitivement les locaux attribués à l'opération "Came l'eau". Mission pour laquelle il n'avait pas saisi le moindre gramme de coke et qui avait bel et bien fini par sombrer. Adieu honneurs, médailles, citations ! Jean Bonneau devait s'y résoudre une fois pour toutes. La boutonnière du col de sa veste ne connaîtrait, tout au plus, que le pin's d'une coterie mondaine.

Ses collègues avaient remisé leurs affaires personnelles dans un carton et repartaient bronzés, eux aussi. Tout cela ressemblait à une fin de colonie de vacances, partagée entre les regrets puérils des départs et la joie des retrouvailles en famille.

Jean Bonneau sortit un tournevis de sa poche, donna un léger coup de pouce sur le bord de son Borsalino pour le relever et se mit à dévisser la plaque de la porte d'entrée sur laquelle était inscrit le mot Police.

Une seule personne avait repéré ces six lettres : Sergueï Wrosinsky ! Qu'en restait-il ? Un squelette calciné dont le médecin légiste ne tirerait aucun indice, sinon une identification par l'ADN. Pour Orlando, idem !

Ils n'avaient pas fait dans la demi-mesure, les trois branquignols ! Ce matin, si les journalistes se perdaient en conjectures sur les origines de l'incendie, la thèse de l'accident et des deux hommes piégés dans la fournaise avait cependant leur faveur et était largement commentée. Dans l'attente des résultats d'analyses, la question de l'identité des deux hommes restait posée. L'un s'interrogeait : s'agissait-il de Max Orlando, cet animateur disparu à La Baule depuis plus d'une semaine ? Dans ce cas, comment expliquer sa présence dans le studio mobile ? Il y avait là un mystère.

Le commissaire mit la plaque dans son carton et partit en direction de son appartement.

L'orage avait été épisodique. Le soleil brillait à nouveau dans un ciel bleu, limpide. Cependant, il régnait une atmosphère lourde et humide due à l'exhalaison des pluies abondantes de la veille.

Il sortit de l'ascenseur en transpirant. Il s'épongeait le visage avec son mouchoir quand la porte de l'appartement de sa voisine s'ouvrit en libérant une tornade.

— Oh, bonjooour Jean ! Je me permets de vous appeler par votre prénom, sans vouloir vous froisser ! Ne cherchez pas votre voyou, il est encore chez moi. Je file de ce pas faire quelques courses, à bientôt, très cher voisin !

Elle disparut, emportée par l'ascenseur.

Jean Bonneau en resta coi et le carton faillit lui en tomber des mains. Elle avait retenu la leçon.

Clotilde de la Mirandole n'était plus la même. La

métamorphose était totale ! En une journée, elle avait changé d'époque et déclaré les guinguettes de la Marne en faillite. Finis les flonflons de la valse-musette et remisée au clou la plus bath des javas, place au... Au fait, place à quoi ? Il n'avait pas eu le temps de s'en rendre compte.

Il posa son carton chez lui, s'équipa pour la plage et repartit.

*

* *

Il étala son drap de bain en empiétant inévitablement sur la parcelle de sable de ses voisins. Il ignora les regards désapprobateurs et les anathèmes à peine voilés, adressés aux indésirables : « Qu'il aille voir ailleurs... La plage est assez grande... Pourquoi se colle-t-il à nous... Encore un sans-gêne ! » Jean Bonneau, imperturbable, continuait son installation en se délectant de troubler ce petit monde et n'aurait d'ailleurs pas désavoué ceux qui l'auraient accusé de provocation.

Lorsqu'il déploya son parasol, cela devint carrément intolérable. La séance de bronzage était irrémédiablement gâchée. On les empêchait "d'hâler" tranquille !

Quelques instant plus tard, l'onde de choc provoquée par Jean Bonneau dans son voisinage s'estompa. Tout rentra dans l'ordre. Il improvisa un oreiller en amassant du sable sous sa nuque et en posant un vêtement dessus.

A son tour, entouré d'ondines callipyges, il put goûter à l'oisiveté du bord de mer sans pour autant pouvoir rêver sur la ligne d'horizon : l'obésité de son ventre lui bouchait la vue. Mais en se contorsionnant, tout allait bien. Il lui était possible de regarder sur les côtés.

C'est ainsi qu'il les aperçut tous les trois, alignés côte à côte, le plus petit entre les deux grands, scrutant la mer, les mains croisées dans le dos.

Ces silhouettes lui étaient devenues familières. Victimes incontestables mais revanchardes de la télévision, happées par la vanité de paraître à l'écran dans la quête inavouée de l'idolâtrie de soi à travers l'adulation du public. Lequel avait eu cette idée saugrenue ? Ah oui… Chauvin.

« La télévision est un piège pour les égotistes », pensait Jean Bonneau en se relevant.

Il s'approcha du trio.

— Vous attendez le passage d'un paquebot venu de Saint-Nazaire ou un nouveau débarquement des forces alliées ?

Les têtes se retournèrent.

— Vous devriez plutôt porter votre intérêt à la plage. Je la trouve plus propre. La nuit, son nettoyage est assuré par une équipe de bénévoles.

— Et alors, Commissaire, il fallait le faire…

— Je ne vous en blâme pas.

— Vous le saviez donc ?

— J'exerce ce métier depuis de nombreuses années. Il m'a permis d'apprendre à faire la différence entre un éléphant et une souris. Étonnant, non ? Allons prendre un verre au bar de la plage.

Attablés sous le barnum, Pierre posa la première question au commissaire :

— Comment avez-vous su que c'était nous ?

— A part vous, personne n'avait intérêt à faire disparaître le cadavre du tas de bois, surtout pas l'assassin. Dans tous les cas, il jouait gagnant : de très forts soupçons de meurtre auraient pesé sur vous, Patrick Chauvin. Vous êtes la dernière personne à avoir vu Orlando vivant…

— Eh, oh, ça va pas, non ? se défendit Patrick.

— Je sais, je sais… Mais vous aurez du mal à prouver votre innocence…

— Le dernier qui a vu Orlando vivant, c'est l'assassin. Pas moi !

— Inutile de le gueuler sur tous les toits, vous n'en apportez pas la moindre preuve… Je continue mon raisonnement : vous pouviez aussi le soulager du cadavre et c'est ce que vous avez fait. Il en a certainement gardé un témoignage.

— Comment ça ?

— Dois-je vous le rappeler ? Cette équipe était chargée de filmer vos faits et gestes.

— Nous avons pris la précaution de détruire l'antenne de télécommande des caméras !

— Il y a bien eu des prises de vues où vous apparaissez près du tas de bois quand le cadavre y était ?

— Oui, du moins le premier jour de sa découverte.

— Donc, aucun de vous ne peut nier avoir vu Orlando mort. Ces prises de vues n'ont certainement pas résisté à l'incendie mais j'ose espérer pour vous qu'aucune copie n'a été faite.

— Qui est cet homme, Commissaire ?

— Vous parlez de l'assassin ? A cette heure, j'ignore son nom. Un élément me manque… comme dans le titre de cette émission qui fait passer les candidats malchanceux pour des loosers de première classe.

— *Le Chaînon Manquant* ! trouva Patrick, ravi.

— Voilà… Nous avons deux cadavres et deux témoins… les techniciens.

— Deux cadavres ? reprit Pierre en feignant la surprise. Qui est le deuxième ?

— Wrosinsky.

— Ah, le fameux Wrosinsky dont vous nous parliez ?

Ah bon, la presse du jour en avait fait état ? Ils l'ignoraient. Ils n'avaient pas lu les journaux. Non, ils n'avaient rien vu lorsqu'ils avaient hissé Orlando à bord du véhicule parce qu'il faisait nuit. Ils avaient refermé la porte et mis le feu pour effacer toute trace, aussi par esprit de vengeance contre la télé. Un peu plus tard, de retour à la villa, ils avaient entendu une explosion provenant probablement du réservoir à essence.

— Votre incinération a parfaitement réussi, il ne reste rien. Par la suite, l'orage s'est chargé d'effacer les indices restants.

— Qu'allez-vous faire ?

— De vous ?

— Oui.

— Rassurez-vous, rien… Je n'étais pas chargé de l'enquête. Je répondais simplement à un souhait de Wrosinsky. Vous n'avez tué personne… Au pire, vous avez foutu le feu à un véhicule de la télé… Vous savez, tous les week-ends, des voitures brûlent en France, et cette vérité est bien gardée. Non, Messieurs, je suis désolé pour vous mais je ne vous passerai pas les menottes. Ma hiérarchie ne m'en serait pas plus reconnaissante. En revanche, avant de quitter La Baule, je tiens à connaître la vérité… Chez un flic, c'est comme une sorte de Trouble Obsessionnel Compulsif…

*

*   *

Julie ressortit les valises et les sacs du coffre de la voiture. Pour la troisième fois, elle refaisait le chargement. Il restait toujours un bagage à loger. Elle prit la décision de le caler entre deux sièges dans l'habitacle. Elle avait perdu assez de temps.

Dans le salon, Adriana, conseillée par Mathilde, écrivait une courte lettre aux trois hommes :

« *Vous serez sans doute surpris de ne pas nous*

trouver à la villa à votre retour. Nous avons décidé de nous évader quelque temps pour faire le point sur nos vies... »

— Et tu ajoutes un post-scriptum, « le frigo est plein de nourriture... »

— Ça va pas, non ! Et puis quoi encore ! Les bobonnes sont parties, qu'ils se débrouillent !

— Histoire d'atténuer leur désespoir, justifia Mathilde.

— Leur désespoir ? Je suis prête à le parier, ce soir, ils feront la bringue pour fêter notre départ !

— Une petite formule de politesse, alors ?

— N'insiste pas ! C'est non ! Ou plutôt si, quelque chose comme : « Nous vous contacterons par téléphone. »

— Écris ce que tu veux mais dépêche-toi. Je n'ai pas envie de les voir arriver.

La lettre, pour le moins laconique, en resta là.

— Ouille, ouille, ouille, mon Dieu ! Qu'ai-je fait de l'enveloppe ? s'inquiéta tout à coup Adriana.

— Inutile de mettre la lettre dans une enveloppe. Laissons-la sur la table.

— Je parle de celle de Sergueï ! précisa Adriana, affolée, en cherchant dans son sac à main.

— Ne me dis pas que tu l'as perdue ! s'inquiéta Mathilde.

Adriana lâcha un long soupir de soulagement.

— Ouf, quelle idiote ! Je ne la voyais pas. Elle est dans mon sac. Je ne sais pas où j'ai la tête...

— Tu m'as fait peur.

Elles sortirent.

— Tout est prêt, allons-y ! les pressa Julie.

Elles gagnèrent la Route Bleue en direction de Nantes.

*

*   *

Dans la soirée, Clotilde de La Mirandole sonna à la porte du commissaire.

— Ce n'est que moâ !

— Merci de me prévenir, je ne vous avais pas reconnue !

Jean Bonneau se félicitait de son séjour à la Baule. Il avait au moins profité à une personne : sa voisine.

Elle se tenait devant lui, dominatrice, affichant un sourire radieux, fière de sa transformation.

Lui imaginait le coiffeur s'acharnant à la tondeuse à gazon sur les cheveux de sa cliente et l'esthéticienne, vêtue d'une salopette, recyclée en ouvrière spécialisée du bâtiment pour un ravalement de façade. Quant aux deux grandes incisives, hormis une attaque à la meuleuse – que tout dentiste consciencieux aurait refusé d'exécuter – il était impossible d'y remédier. Quand elle fermait la bouche, c'était correct, mais Clotilde de la Mirandole était une grande bavarde.

Mais bon, il était grotesque de chicaner sur ce détail car *nobody* – lui-même – n'étant parfait, alors…

— Voyons, Jean, arrêtez de me taquiner.

Puis elle ajouta sur un ton n'admettant pas la contradiction :

— Pour votre dernier soir à La Baule, je vous invite à dîner chez moi. Si, si, j'y tiens !

— Mais je…

— Jean, vous n'allez pas me faire l'affront d'un refus. Le repas est prêt !

— C'est que… j'allais partir.

— Ah, non, vous le faites exprès !

— Dans une heure je serai de retour, promis ! Juste une dernière chose à régler. Pour me faire pardonner, j'apporte le champagne !

— Parfait, je vous attends, dit-elle, le sourire accrocheur au coin des lèvres.

Elle regagna son appartement.

Il savait très bien comment cela allait finir. Pourtant, il s'était juré le contraire, mais la nature humaine est ainsi faite : parfois changeante au gré…

Jean Bonneau était déjà ailleurs. Aussi tendu qu'un toréador avant d'entrer dans l'arène, il se préparait à porter l'estocade finale.

Il prit une douche, vêtit son costume froissé de lin écru, chaussa ses mocassins éculés et ajusta son Borsalino.

« Ah, oui ! Avant de partir, je dois mettre du champagne au frais… », se souvint-il.

Il se figea sur place, touché par une sorte d'inspiration divine…

« Le champagne… Le champagne… Le témoignage de Hilami Zoubida ne tient pas debout. » Il avait glissé sur cet indice lors de son entretien avec la jeune femme. Comment était-ce possible ? Il n'en revenait pas de s'être fait berner à ce point. Cette révélation de dernière minute tombait à pic !

Il s'en alla vers son destin, tel Alain Delon dans *Le samouraï*… L'allure en moins et les kilos en plus.

C'était le dernier soir qu'il croisait les flâneurs sur le boulevard. Plus il approchait de son but, plus la distance qui l'en séparait était inversement exponentielle à la colère sourde montant en lui.

Elle s'était bien fichue de lui ! De plus, elle n'était pas la seule !

Quand il saisit les deux barres de cuivre des vantaux de l'entrée de l'hôtel, il était d'une humeur massacrante.

Le gardien s'appliquait derrière le comptoir de l'accueil à faire coïncider les mots des cases verticales avec ceux des horizontales.

Jean Bonneau n'y alla pas par quatre chemins. Il abattit lourdement sa main sur le dessus du meuble pour interrompre l'activité cérébrale du cruciverbiste. Ce dernier, croyant à un effondrement de l'immeuble, fit un bond sur place.

— Mâhâââ !

Jean Bonneau, les coudes en appui sur le comptoir, saisit l'homme par les revers du col de sa veste et le décolla de son siège qui, libéré, roula sur le carrelage.

Suspendu entre deux mondes, son visage collé à celui du commissaire, le malheureux, sidéré par tant de brutalité, tenta une rébellion :

— Mais hé !

Une claque lui arriva sur la figure et dans sa tête ce fut Pâques avant la saison.

— Combien as-tu été payé pour la fermer ?

— Rien. Je n'ai rien touché, je vous le jure !

— Ah, j'ai compris, tu préférais être payé en nature avec la petite Zoubida, mais elle n'a pas voulu.

Les pieds du gardien retrouvèrent le sol. Jean Bonneau le maintenait toujours fermement par le col de sa veste.

— L'un des deux techniciens est-il ressorti de sa chambre le dimanche, après le retour de la boîte de nuit ?

Le veilleur de nuit sondait sa mémoire. Jean Bonneau le guérit très vite de son amnésie en agitant sa main.

— Oui, oui, si ! Édouard Moulinaux, Commissaire.

— Jamais Wrosinsky ?

— Non.

— Le bar de l'hôtel est-il toujours ouvert à la clientèle à une heure du matin ?

— Jamais !

— Elle est où la beurette ?

— En salle de repos du personnel. Dans le couloir de gauche, vous verrez une porte avec l'écriteau : Privé.

Il se massait la joue en regardant Jean Bonneau disparaître dans le couloir. Il pensait aux méthodes de sinistres individus, elles n'avaient pas totalement disparu.

— Gestapiste ! maugréa-t-il pour lui-même entre ses dents.

Le commissaire frappa à la porte puis entra sans attendre la réponse. Hilami Zoubida était assise, le coude sur la table, une cigarette entre les doigts, l'instant d'une pause.

Elle ne parut pas surprise de revoir le commissaire. Au contraire, elle le confirma sans détour : depuis la dernière visite du policier, elle s'y attendait. Une intuition. Avec les flics, ça commençait toujours sur le ton du simple renseignement, ensuite ils ne vous lâchaient plus.

Jean Bonneau modéra sa colère face à la franchise de la jeune femme. Cependant, il lui dit :

— Arrêtez de me prendre pour une bille, mademoiselle Zoubida. Wrosinsky n'a jamais pris de bouteille de champagne au bar. Celui-ci était fermé. Et quand bien même, dans ce genre d'établissement, cela ne se fait pas. Un client désireux consommer dans sa chambre se fait apporter cette boisson dans un seau à glace… Et vous assurez vous-même ce service, n'est-ce pas ?

— Oui.

— Ce détail m'a traversé l'esprit, fortuitement, je le reconnais. Donc si vous avez menti sur ce point, pourquoi pas sur le déroulement de la soirée... Aujourd'hui, vous n'êtes pas surprise de me revoir parce que vous n'avez pas la conscience sereine depuis ma dernière visite. Moi-même, j'étais reparti frustré. Cette fois, je vous conseille de dire toute la vérité, sinon...

Elle écrasa nerveusement sa cigarette dans le cendrier.

Oui, Sergueï Wrosinsky n'avait jamais nourri de réel sentiment d'amour envers elle. Il l'avait vraiment prise pour une imbécile. Elle avait inventé le prétexte du champagne pour présenter une justification plus acceptable d'avoir suivi cet homme dans sa chambre. Elle était consentante. Il la faisait tellement rêver avec ses histoires de télévision ! Au lit, Wrosinsky avait assuré le service minimum. Il semblait ailleurs. Elle avait mis cela sur le compte de son travail et, quand il l'avait sollicitée pour un service, elle avait cru bien faire en acceptant. Il paraissait tellement préoccupé.

— Que vous a-t-il demandé ?

— De soutenir qu'il n'avait pas quitté la chambre si le cas se présentait.

— Et pour cela, que vous a-t-il proposé en dehors de chimères, de l'argent ?

— ...Oui.

Ce n'était pas une fortune ! Une somme inespérée, suffisante pour combler son découvert bancaire. C'était trop tentant, surtout pour confirmer être restée dans la chambre avec lui. Elle ne s'était pas posé de questions.

Deux jours après, l'employé de l'accueil avait entendu parler de la disparition d'Orlando à la télévision et, avec sa sale habitude de mettre son nez partout, avait appris sa liaison avec un membre de l'équipe. Jaloux, il l'avait menacée de la dénoncer à la direction. Il était strictement interdit aux personnels de l'établissement d'avoir des relations, sortant du strict cadre commercial, avec la clientèle.

— Il a commencé à vous faire chanter afin que vous cédiez à ses avances…

— Oui.

— Vous ne dites toujours pas toute la vérité. La scène ne s'est pas déroulée exactement de cette façon, mademoiselle Hilami… Non !… La fameuse nuit, certes, vous ne l'avez pas passée entièrement avec votre amant de fortune. De mauvaise fortune, devrais-je dire. Wrosinsky a téléphoné à l'un des techniciens pour qu'il effectue un travail à sa place. Celui-ci a accepté… Le veilleur l'a donc bien vu quitter l'hôtel. Il ignorait que, dans le même temps, Wrosinsky était également sorti mais lui, par la porte du personnel. Wrosinsky vous a demandé non seulement de lui servir d'alibi en témoignant être restée dans la chambre avec lui, mais aussi de lui donner le code d'accès de cette porte… Exact ?

Le visage dissimulé par sa chevelure frisée, Hilami Zoubida avoua honteusement en opinant de la tête. Elle s'inquiéta de ce qu'elle encourait pour ce faux témoignage. « Rien », lui répondit Jean Bonneau.

S'attendant au pire, elle le regarda avec étonnement. Et Wrosinsky et Orlando, qu'étaient-ils devenus, alors ?

— Vous l'apprendrez par les journaux.

Il la salua et quitta la pièce.

Pour sortir de l'hôtel, il passa à nouveau devant le gardien de nuit. Méfiant, celui-ci se terrait derrière le meuble, prêt cette fois à parer à toute éventualité. Jean Bonneau ne lui adressa même pas un regard. Il pensait déjà au repas de Clotilde de la Mirandole et aux événements subséquents.

*

*   *

A la villa, la lecture de la lettre jeta la consternation. Patrick ne comprenait pas pourquoi Adriana l'avait abandonné. Était-ce définitif ? Elle ne l'avait pas précisé.

En tout cas, c'était à vous dégoûter de la vie ! Les femmes étaient bien toutes les mêmes – sauf maman, bien évidemment…

— Il faut reconnaître que tu y as beaucoup contribué, estima Pierre.

— Ah ouais ? Tu es plutôt mal placé pour en parler. Elle est où, Mathilde ?

— Elle a été entraînée par Adriana !

— Trop facile ! C'est encore pire pour toi… Si Mathilde s'est barrée, tu ne peux même pas prétexter que c'est à cause de tes conneries ! Alors c'est pour quoi, tu peux me le dire, hein ?

— Tu ne vas pas non plus revendiquer ta connerie pour justifier le départ de ta femme ? Je n'en sais rien, moi, pourquoi elles ont pris la tangente !

Yann relut la lettre.

— A mon avis, c'est momentané. Elles ont pris le large pour respirer sans nous. Elles l'ont écrit : « *Nous avons décidé de nous évader quelque temps pour faire le point sur nos vies...* » Elles reviendront, c'est certain.

L'écrit passait de main en main. Chacun tentait de le décoder à sa manière, de lire entre les lignes, d'entrer dans le subconscient des trois femmes.

« *Vous serez sans doute surpris de ne pas nous trouver à la villa à votre retour.* » Là, rien à redire, à moins d'être de très mauvaise foi... L'absence des trois femmes s'imposait comme une évidence. C'était la suite. Pourquoi ce soudain désir d'évasion pour faire le point ?

Ils passèrent en revue des hypothèses toutes aussi recevables les unes que les autres. Puis l'idée chemina : à La Baule, les femmes n'étaient plus les mêmes. Elles avaient certainement fait des rencontres en boîte de nuit ou encore sur la plage. Toutes les trois en même temps ? Là, c'était moins probable.

— J'ai peur de dire une bêtise, mais...

— Tu peux y aller, mon cher Patrick, nous n'en sommes plus à une près !

— Bon, si je ne raconte que des âneries, je n'ai plus qu'à me taire !

— Mais nooon... Je n'ai pas voulu dire cela ! Tiens, nous allons faire un *brainstorming*, toute idée est la bienvenue. A la boîte, nous appliquons cette méthode pour améliorer la performance de chacun, ainsi nous manutentionnons intelligemment. Alors, à quoi pensais-tu ? demanda Yann.

— J'en suis certain maintenant, le jeune Skippy disait la vérité à propos de la brouette, de la bâche et des trois femmes.

— Tu sais que tu es balèze en raisonnement ? Tu mets du temps à décoincer, mais quand tu y parviens, tu es impressionnant ! ironisa Pierre.

— D'accord, d'accord... Mais alors... Elles l'ont...

— Ben oui, Patrick, je croyais que tu l'avais compris... Pour autant, cela ne justifie pas leur départ.

— Elles trament quelque chose...

Le temps s'écoula dans le questionnement, allant de l'incompréhension au désir de vengeance, de la reconquête de leurs épouses à la séduction d'autres femmes.

Tout se mélangeait.

Ils en arrivèrent à cette conclusion : elles reviendraient parce qu'elles ne retrouveraient pas des gars comme eux, c'était certain. Elles leur avaient fait une farce, avaient eu un moment d'égarement ou encore, elles avaient éprouvé le désir de se retrouver seules entre femmes.

Ils seraient magnanimes et sauraient oublier cette histoire de cadavre en trop…

Yann écoutait ses amis, lui ne s'encombrait pas de ces interrogations.

Il se mit à chanter :

— *Depuis que tu es partiiie*
Je ne suis plus qu'un zombiii
J'erre la tête à l'envers…

Un coussin, lancé par Pierre, lui arriva en pleine tête.

— Je t'en prie, tais-toi !

Tard dans la soirée, confortés à l'idée que leurs femmes reviendraient bien vite parce qu'ils étaient irremplaçables, ils se préparèrent un plateau-repas et s'installèrent dans le salon pour manger.

Depuis qu'ils étaient à La Baule, pour la première fois, Pierre alluma le poste de télévision.

L'animateur commentait les affres des candidats d'une émission de télé-réalité.

« — *Aujourd'hui, le moral de l'équipe des verts est en baisse. La fatigue se fait sentir et, dans leur camp, la discorde règne. Élodie craque nerveusement. Elle pleure sa famille et son petit garçon de quatre ans qu'elle n'a pas vu depuis trois semaines. Quant à Cécilia, elle a fait alliance avec Frédéric. Tous les deux sont remontés contre Julien, il leur a fait perdre des points dans la dernière épreuve… Dans le clan des jaunes, ça ne va pas fort non plus… Ce soir, à l'issue de la réunion du conseil, le vote sera déterminant pour un des candidats de chaque équipe. Il devra partir…* »

Du jardin, par la fenêtre grande ouverte, on pouvait voir trois têtes dépasser du dossier du canapé… Ils oubliaient pour un temps leurs ennuis, voyeurs des turpitudes des autres…

ÉPILOGUE

Le clocher de la petite ville proustienne sonna les douze coups de midi.

Les trois femmes étaient arrivées tard dans la nuit à Illiers-Combray.

Leur hôtesse s'était absentée. Elle était à Chartres et rentrerait dans la soirée.

Adriana, levée la première, avait découvert le petit mot sur la table de la cuisine. Son amie leur souhaitait une agréable journée ; suivaient quelques recommandations à usage domestique.

Adriana, indolente, les coudes en appui sur la table, tenait sa tasse à portée de ses lèvres. Elle buvait son café par petites gorgées en s'attardant sur le paysage plat, n'offrant pour heurt à son regard qu'un petit bois perdu au loin. Le soleil blanc chauffait les pierres et les briques rouges de la maison. Dans la chaleur accablante, les lances à eau dispensaient le liquide salvateur aux plantations de maïs en créant des arcs-en-ciel.

Si une page de sa vie semblait se tourner, Adriana ne put s'empêcher d'avoir une pensée pour les trois hommes. Que faisaient-ils à cette heure ?

Elle prit dans son sac à main l'enveloppe remise par

Sergueï Wrosinsky. Elle en sortit le précieux contenu, un DVD. Ce petit disque de plastique à la surface irisée argent avait de quoi conduire leurs époux devant les Assises. Sans avoir à recourir à une procédure légale, cet objet représentait un moyen de pression bien plus efficace pour obtenir d'eux une pension alimentaire confortable, et plus si besoin était – la vie devenait tellement chère !

Elle allait enfin visionner la scène de la fameuse nuit, celle où les hommes avaient enlevé le cadavre du tas de bois. Il leur serait difficile de nier leur complicité dans ce meurtre. Elle introduisit le disque dans le lecteur après avoir allumé le téléviseur. Elle se familiarisa avec la télécommande…

Julie bâilla puis ouvrit un œil. Le soleil inondait la chambre malgré l'épaisseur des doubles rideaux. Elle écouta les cloches sonner et compta le nombre de coups : douze ! Elle s'étira et se leva.

Sur le palier de l'étage, elle tomba sur Mathilde sortant, elle aussi, de sa chambre. La mine défaite, celle-ci confessa son inquiétude à Julie : avaient-elles bien agi en abandonnant les hommes ?

Elle en éprouvait déjà des remords et n'en avait pas dormi de la nuit… Elle se languissait aussi des retrouvailles de ses enfants…

Il n'était pas trop tard pour faire croire à une escapade entre copines à leurs maris… Mathilde devait convaincre Adriana et, pour cela, elle avait besoin du soutien de Julie…

Un cri terrible retentit dans toute la maison. Julie et Mathilde se précipitèrent dans le salon.

Elle trouvèrent Adriana prostrée devant un écran de neige.

— Les filles… Wrosinsky nous a eues ! Le disque est vierge…

*

*   *

En ce début d'après-midi, le commissaire chargea ses valises dans le coffre de sa voiture, avec… celles de Clotilde de La Mirandole… Ben oui !

Jean Bonneau ne sut jamais si son hôtesse avait fait la tambouille en usant d'ingrédients aphrodisiaques ou si elle avait ajouté intentionnellement quelque philtre d'amour dans la carafe de vin, toujours est-il qu'il avait opté entre le fromage et le dessert pour une mise à mort des ressorts de la literie pendant que Clotilde de La Mirandole, telle une chanteuse tyrolienne, ioulait son plaisir, rimant en écho dans tous les étages de l'immeuble.

Hercule, terrifié, s'était réfugié vite fait chez lui en se faufilant et, pour une fois, dans le sens contraire, sous la vitre de séparation des balcons.

Ce matin, le pauvre chat se retrouvait prisonnier dans une cage de plastique posée sur le siège arrière du véhicule. Direction : Pigerolles dans la Creuse, avec papa-maman.

Tandis qu'ils laissaient La Baule derrière eux, Jean Bonneau expliquait à Clotilde de La Mirandole :

— Comprenez, chère amie, l'assassin a été lui-même assassiné.

— Mais enfin, mon cher Jean, l'assassin de l'assassin doit aussi expier son crime !

Jean Bonneau était d'accord… Cependant, il ne souhaitait aucunement poursuivre cette affaire dans laquelle il s'était immiscé en toute illégalité par la seule volonté d'un homme venu frapper à sa porte, l'assassin lui-même ! Ce dernier avait été aperçu pour la dernière fois alors qu'il se rendait à un rendez-vous avec trois femmes… Jean Bonneau avait sa petite idée sur leur identité. Cependant, il ne les imaginait pas capables d'un tel acte. Certes, elles n'étaient pas des saintes, mais de là à oser…

Non… Plutôt un acte involontaire dont elles répondraient tôt ou tard. Elles n'échapperaient pas non plus à un châtiment ; le commissaire misait plutôt sur une ordalie…

— Jean, bon comme vous l'êtes, cela ne m'étonne pas de vous… dit Clotilde de La Mirandole, émerveillée par tant de mansuétude.

FIN

Quadri Signe - Editions Alain Bargain
125, Vieille Route de Rosporden - 29000 Quimper
E-mail : editions.alain.bargain@wanadoo.fr
Site Internet : perso.wanadoo.fr/editions.bargain

Dépôt légal n°20 - 1er trimestre 2007
ISBN(10) 2-914532-94-6 — ISBN(13) 978-2-914532-94-5
ISSN 1281-7813
N° d'impression : 703020
Imprimé en France